難為侯門妻

3

風文創 131

不要掃雪 著

目錄

第五十三章

小船繼續在荷花池中穿行，所不同的是，除了微風拂過花葉的聲響以外，船上的兩人似乎都沒有再出過聲了。

夏玉華重新調整了注意力，將視線轉向那一大片讓人能夠靜下心來的美景，不再多說菲兒的事。有些話不必說得太多，再者莫陽本也是聰明人，說得太多反倒不好。

而夏玉華的安靜更是加重了莫陽內心深處那突然湧現出來的複雜情緒，思緒順著那道目光漸漸的放飛，而關於這個女人所說的幸福亦在他的腦海中反覆的思量了起來。

一直到小船快靠岸之際，莫陽這才在起身時朝夏玉華說道：「菲兒的事讓妳費心了，妳說的話我會好好考慮的。」

此話一出，夏玉華倒是有些意外，先前她說那些話時還真沒有抱太大的希望，可如今聽莫陽這意思，似乎也並非完全沒有可能。

「菲兒知道的話，一定會很開心的。」她不由得笑了起來，越發的覺得莫菲這個看似清清冷冷的三哥，實際上比外表看起來的要讓人溫暖得多。

「先別跟她說吧，這事畢竟也不是我說了算的。再說她那性子就算不找人好好管教一番，也得想想辦法讓她稍微收斂一些才行。」夏玉華的笑容映入莫陽眼中，襯著一池的美景更是讓人覺得心曠神怡。他低聲的說著，一抹自己都不曾察覺到的笑意悄悄的爬上了嘴角。

夏玉華見狀更是開心不已，這話的意思不言而喻，因此她也不再多說其他，只是點了點頭。看來，莫陽還真是心疼菲兒，這一下，菲兒估摸是不必煩心了。憑莫陽的能力，連香雪的事情都能夠擺平，那麼眼下這件小事自然也是不成問題的。

莫陽想如何處理，這一方面夏玉華倒是不再擔心，想來最後肯定是既會讓菲兒如願，但卻也不會讓這個妹子太過肆無忌憚，以他的能力想要做到這一點完全沒有問題，這樣的話對菲兒來說也是件好事。反正什麼事都是一樣，有個限度不會太過的話方是最佳。

上了岸，便看到菲兒早就已經在一旁的亭子裡頭等候，也不知道這丫頭是壓根兒沒上船呢，還是回來得比較早，不過遠遠的便看到她一臉的興奮，跟盼著什麼好消息似的雀躍不已。

「夏姊姊、夏姊姊，快進來休息，我已經讓人備好茶點了。」菲兒趕緊將剛剛踏上岸的夏玉華往亭子裡拉，一雙眼睛跟黏到了夏玉華臉上似的，充滿了期盼。

看到這個樣子，隨後上岸來的莫陽倒是心知肚明，不過卻並不出聲，微微搖了搖頭也跟了上去。

「怎麼樣、怎麼樣？有沒有跟我三哥說那個事呀？」進亭子準備坐下之際，菲兒悄悄的在夏玉華耳畔快速問了一句，同時又忍不住回頭看了一眼快跟進來的莫陽，心裡頭還真是期待不已。

夏玉華見這丫頭果然是急著這事，不由得笑了笑，卻並沒有馬上吭聲，而菲兒雖然心急，可見到三哥已經跟了進來，也不好再在此刻多問什麼。

「來來來，趕緊坐下喝杯茶吧，還有這些新鮮蓮子做的糕點可好吃了。」菲兒說話之際，已經有婢女端著水進來給夏玉華與莫陽淨手，別看這裡是莊園，不過各方面的設備卻都格外的周到，同時也不會讓人產生半絲不自在的感覺。

幾人都淨過手之後，一併在這風景如畫的荷花池畔的涼亭裡享用茶點，除了用蓮子做成的糕點，還有各式新鮮的瓜果，以及莊園裡一些自製的美食。涼亭裡的石桌並不大，婢女們便分了幾批輪流擺放，挨次讓主子們嚐嚐鮮。

菲兒說起了剛才她自己划船進去玩的一些趣事，說她划了半天船還在原地打著轉，根本沒有她想的那麼容易。幸好貼身丫鬟沒有依她所說的不帶船夫，否則的話這會兒她們還在那裡原地打著轉，連岸都上不了。

說說笑笑中，夏玉華聽得多，話並不太多。而莫陽的話更是少之又少，一時間只聽菲兒不停的說道，感覺倒像是有些冷場似的。見身旁的鳳兒一副興致勃勃卻又顧及規矩忍著不說的樣子，夏玉華便示意讓她不必太過拘束。有了主子的同意，鳳兒倒是添加了一些氣氛，與菲兒應對著越發的熱鬧了起來。

吃喝閒聊之後，幾個人這才離開荷花池轉往莊園其他地方。菲兒礙著莫陽跟得不遠不近的，所以也不好明著問，總是不時旁敲側擊的偶爾悄悄向夏玉華提一下。可是夏姊姊卻總是對這方面不吭聲，弄得她心裡頭癢得很，甭提多難受了。

好一會兒，夏玉華見菲兒這丫頭耐心都快被她給磨平了，興致也銳減了不少，甚至都有些無精打采的樣子，也不忍心再逗這丫頭，趁著莫陽沒往她們這邊瞧時，這才小聲朝走在身旁挽著自己的菲兒說道：「先前我已經跟莫大哥說過那事了……」

話還沒說完，菲兒頓時便跟被什麼驚醒了似的，馬上睜大了眼睛脫口而道：「真的嗎？他怎麼說？」

話一出口，菲兒立馬反應過來，回頭一看，果然見三哥正盯著她瞧，一副似笑非笑的樣子。一時間，菲兒這才明白過來，敢情夏姊姊與三哥兩人是聯合起來故意看她的笑話。畢竟以三哥的精明怎麼可能會看不出來她在想些什麼，打什麼樣的主意呢？

「好啊夏姊姊，妳這是故意逗我呀！」不必多問，菲兒心中已經有幾分底了，看來先前自己的猜測果然沒錯，夏姊姊一出馬這事便有了轉機，早知道她一開始便不用煩心了。

「沒有啊，我故意逗妳做什麼。我只是按妳說的跟莫大哥提了一下，莫大哥聽是聽了，可是既沒有點頭答應，也沒有搖頭，因此我是真的不知道這事能不能成。」夏玉華一本正經的回答著，並沒有被菲兒的追問給打亂陣腳。

菲兒見狀也不在意，笑呵呵地說道：「沒關係，我看這事肯定成了！妳說的話向來最容易服眾了，我最聽夏姊姊的，三哥也一定會聽的！」

看著菲兒如此自信滿滿的神情，夏玉華忍不住笑了起來，敢情菲兒這邏輯還真是厲害，菲兒聽她的話，莫陽也就一定會聽？照這麼算的話，怕是沒有人不會不聽她的話了。

好笑地搖了搖頭，夏玉華也沒有再跟菲兒多抬槓，見那丫頭心情頓時飛揚了起來，就不再多提先前的事了。菲兒性子雖然外放，可並不代表不細心，相反的這丫頭察言觀色上的能耐可不一般，估摸著這會兒已經猜到了些什麼。

接下來的行程再次恢復到了高昂的興致，當然這輕鬆而愉悅的氣氛自然還是可愛的菲兒所製造。莊園裡頭好玩的地方果然不少，幾個人一直玩到傍晚時分，又用過了豐盛的莊園特色晚膳，這才盡興而歸。

受菲兒的再三叮囑，莫陽特意跑了一趟，將夏玉華等人親自送到了夏家大門口，其實原本夏玉華真心覺得沒有必要，可那丫頭估計是心存感激，因此非得讓自家三哥代勞跑腿受累一趟。

莫陽心裡頭倒是沒什麼不樂意的，見夏玉華也沒有反對，便順勢應了下來，一路將人給送到了家。離去的時候，原本只是想簡單的道別後便走的，可猶豫了再三他還是多說了兩句。

「玉華……」似乎還是頭一次叫夏玉華的名字，莫陽多少覺得有些不太適應，不過卻很快將那份不自在給掩藏住了，繼續說道：「關於妳父親，我覺得交出兵權其實是件好事，只不過凡事總是有利有弊。夏將軍為人太過剛正，因此肯定得罪過不少人，如今難免會有小人乘機生事，你們凡事還是得更加小心謹慎才是，免得授人以柄，遭人算計。」

夏玉華還真是沒有想到莫陽竟然會主動跟她說到這些，她看得出來，眼前的男子是真心實意的提醒著她，因此意外之餘更多的還是感激。

「謝謝！」她輕輕說了一聲，看向莫陽的目光越發的柔和，而此時此刻，所能想到的也還是那相同的兩個字——謝謝。

「不必這般客氣，妳是菲兒的好朋友，若是有什麼需要只管開口，我會盡力而為。」如同有人在後面追趕似的，莫陽以異於平常的快速說完了這句，而後也不待夏玉華回應，轉身便上馬徑直離去。

看到那匆促得如同逃跑似的背影漸漸消失在眼前，夏玉華亦有些忍不住笑了起來，心情分外愉悅。

「小姐，莫公子跑什麼勁兒呀？什麼事把他給急成這樣了？」鳳兒先前離得有些遠，沒聽到莫陽與夏玉華的對話，因此突然見到這番情景，一時間有些摸不著頭緒，傻愣愣的問了一句。

「不知道，也許是有急事吧。」夏玉華最後看了一眼，撂下這句話，便轉身往裡走。玩了一天，她還真是有些累了，早些回去跟爹爹他們請個安後早些休息。

鳳兒依舊沒有想明白，不過見小姐一副含笑的模樣往裡走，似乎心情很不錯，因此也沒有再多想，轉身跟了上去。

三天後，夏玉華的好心情更是達到了一個新高點，也不知道是不是好事都聚集了，總之早上起來便不時有喜訊傳來，弄得鳳兒與香雪都覺得應該去翻翻黃曆，看看是不是撞上吉日了。

最先是平陽侯府那邊傳來的喜訊，一大早杜湘靈便偷偷打發了人過來給夏玉華報信，開心地說昨日她父親親自去將原本劉家的那門婚事給退了。

這劉家公子一向花名在外，杜湘靈為此不知跟夏玉華哀怨悲嘆過多少次，如今又為了另外一名女子死活鬧著要退婚，劉家心知這些事肯定是傳到了平陽侯那裡，所以自知理虧，倒也沒說什麼，一番賠禮道歉後也同意取消了這門婚事。

下午的時候，菲兒那邊又派人過來送了一封信給夏玉華。打開信一看，夏玉華不由得再次笑了起來，看來那丫頭這回總算是不必再煩心家裡要請兩位教習嬤嬤的事了。

不過菲兒信上也說得很明白，雖然莫陽已想辦法替她說服了莫夫人打消先前的念頭，可是菲兒卻不得不按莫陽所訂的規矩，必須自律安分的過日子；說是不受過度的束縛也行，但是一些必要的修身養性卻還是不能夠避免的。

菲兒畢竟還是比較滿意這樣的結果，唯一遺憾的是這段時間怕是不能夠經常過來看夏玉華了，得先好好的在家表現表現一番才行，等有適當的機會再過來小聚。

而到了晚上的時候，歐陽寧那邊竟然也來信了，說是傍晚時候先生便與歸晚回到了京城。知道先生回來了，夏玉華開心不已，算算時間，先生這一趟整整去了一個半月之久，也不知道他去了那邊後事情都處理得怎麼樣了。

也沒想太多，夏玉華打算早些休息，明日一早便直接去先生家，不單單只是好久沒有見到先生與歸晚了，同時還有一些重要的事情也需要跟先生交代清楚。

第二天一早，夏玉華用完早膳後，便找了個理由將鳳兒與香雪都打發出了屋子，因為一會兒要去先生家，所以這個時候她得提前進空間去取一些天豫出來，到時好交給先生，讓先生拿這味藥引治癒鄭默然的病，如此一來，她對鄭默然的承諾也算是做到了。

進去空間極其順利，夏玉華將拿到手的天豫用新手帕包了起來隨身攜帶，而後又稍微收拾一下，這才將鳳兒與香雪喚了進來。

夏玉華將香雪留在家中，一會兒代她去跟家裡人說一聲。而鳳兒則跟著她一併去歐陽先生家，那丫頭跟歸晚關係不錯，這麼久沒見，一聽說今日要去也高興不已，早早便讓人備好了轎，打點好了一切。

很快便出了門，到達歐陽先生家敲門之後，門一開第一眼看到的果然便是歸晚那張熟悉的笑臉。

歸晚見是夏玉華，立馬便興奮的打著招呼，將人給迎了進來不停的問長問短，嘘寒問暖說道個不停，跟好多年沒見著似的熱情得不得了。一旁的鳳兒看到忍不住偷笑，暗自嘖嘖了幾聲，也不知道到底是因為跟自家小姐相處得太好，感情太深了呢，還是這些日子一直沒什麼機會跟人說太多話給憋壞了？

說道了一會兒，夏玉華才知道先生這會兒正在藥園裡頭忙活，昨天回來太晚了來不及，所以今日一早起來便去打理他那滿園了的寶貝了。見狀，夏玉華便將鳳兒留了下來陪歸晚好好說說話，自己則先行去藥園裡找先生。

去到藥園一看，先生果然正在那裡忙活，還沒走近，夏玉華便發現歐陽寧這些日子似乎消瘦了不少，也不知道是勞累的關係還是因為別的什麼原因。

「先生。」沒有想太多，她走近立在一旁恭敬的喚了一聲，話音剛落便見歐陽寧轉過了身看向她。

「妳來啦，先等一會兒吧，找這裡很快就弄好了。」歐陽寧邊說邊站直了身子，看到夏玉華的瞬間，臉上的神情也變得異常的柔和。

這一次回來，他還真有許多事情要說，因此也不便在這藥園裡邊做事邊聊，交代完之後，見夏玉華微笑著點了點頭，便加快了手腳把手頭上的這一點活兒先弄妥了。

夏玉華本來是想幫忙的，不過聽先生一開口就這般說，便知道是不必了。歐陽寧很快便完成了，就著一旁水缸裡的水清洗了一下手之後，這才帶著夏玉華往書房而去。

「玉華，昨日還沒進京，在城郊外的茶鋪裡便聽到不少人議論妳父親之事。」到了書房，坐下之後，歐陽寧徑直說道：「沒想到這短短一個多月的時間裡竟然發生了這麼多的事，這段時間妳還好吧？」

「多謝先生關心，玉華一切都好，而且父親的事也已經塵埃落定，先生不必再替玉華擔心了。」夏玉華見歐陽寧一開口關心的便是自己家的事，一時間心中很是感動。「父親雖然交出了兵權，但如今家中一切安好，也算是一件幸事。」

聽了夏玉華的回答，歐陽寧不由得點了點頭，傳言還真是不能盡信，從玉華的言行之中便足以看得出，夏家這一次並沒有如那些人所說的那般一蹶不振，如此一來他倒也放心了不少。

玉華這姑娘向來比一般人要聰慧而通達，不過這一回夏家的事畢竟不算小，所以當時他聽到後還真是有些替她擔心，怕她會有些想不通的地方，現在看來，卻是自己多心了。

「妳能這般想便好，權力名望什麼的都不過是過往雲煙，哪裡比得過一家人能夠在一起開開心心。再說妳父親也不是等閒之輩，有朝一日亦會再有施展抱負的時候。」

夏玉華見狀也跟著點了點頭，而後說道：「先生所言極是，玉華會好好記在心上的。

「對了先生，我看您這些日子似乎消瘦了不少，這一趟出遠門一切可還順利？」夏玉華沒有再多談自己家裡的事，反倒是關心起歐陽寧來，上一次收到的信中隱隱已經讓她覺得有些不太對勁的地方了，這一次再看到先生消瘦了這麼多，自然是沒法不擔心的。

歐陽寧見夏玉華問起自己的事來，神情越發的柔和無比，整個人的心緒也緩解了不少。不過他並沒有馬上回答，而是沈默了片刻，之後這才看向夏玉華說道：「我倒沒什麼事，只不過我師父他老人家不太好，所以心中很是擔憂記掛。」

「您的師父？他老人家怎麼啦？」夏玉華一聽，這才明白這些日子先生突然離京是為了去見他的師父。看來一定是先生的師父出了什麼事情，否則的話先生當時也不會走得那般匆忙。

第五十四章

說起歐陽寧的師父歐陽雲，那可是當今世上響噹噹的人物，全天下上自帝王將相，下至平民百姓，幾乎沒有人不知道歐陽雲的大名。

三十年前，歐陽雲不但拯救過已經沒有氣息的一位親王，逆轉著從死神手中將人給救活了下來，而且還以一己之力控制住了當年蔓延多地、幾乎無法遏阻的瘟疫，救活了不知多少人的性命。一時間聲名大噪，享譽天下，其仁心仁術，至今都沒有人能夠超越。

而歐陽雲一生不曾娶妻，也沒有子女，但他收養了多名孤兒，不但將這些孤兒撫養長大，並且親自傳授醫術，繼承他的衣缽，讓他畢生醫術不至於後繼無人。歐陽寧則是歐陽雲近六十歲時所收養的一個孤兒，亦是最後一個關門弟子。

如今歐陽雲已經有七十五的年紀，一直以來身子都十分硬朗，可最近半年健康卻開始走下坡，特別是一個多月前突然中風半身癱瘓，幾位師兄都無能為力，只得緊急傳來書信把歐陽寧叫回去替師父診治。

都說能醫不自醫，放到歐陽雲身上當真是最好的證明，可即使如此，他的各個弟子如今都已是這天底下醫術最頂尖的，卻仍沒有辦法能夠讓老人家康復如初。

「師父他老人家自己都想得那般通透，我們倒是沒有必要太過憂心，一切盡人事聽天命，盡力了就行。」見夏玉華也是一副跟著憂心不已的樣子，歐陽寧倒是很快恢復過來，從自己的情緒中走出來，同時也不想讓夏玉華跟著陷入這樣的憂慮中。

先生心裡在想什麼，夏玉華自然清楚，知道先生不想讓她跟著憂心，很快便調整好了情緒，想了想後問道：「先生，如果有什麼特別珍奇的靈藥之類的，有沒有可能完全治癒您師父，讓他老人家重新康復站起來呢？」

聽到夏玉華的詢問，歐陽寧也沒多想，只當這姑娘還是在幫著想辦法，因此便簡單的答道：「沒有用，我試過許多的辦法，師父他老人家現在的情況跟藥物沒有太大的關係了，現在他這種性質的癱瘓主要跟人的腦部有關，即使有再好再珍稀的藥物也是無濟於事。

「玉華，妳記住，這世上不是所有的病都能夠治癒，身為醫者，我們所要做的是本著良心儘量的努力治病救人，如此便足矣。」歐陽寧最後安慰了一句，在他眼中，夏玉華即使再懂事、再有悟性，可終究也只是一個十幾歲的女子，所以有的時候還是得稍加提醒一下，讓她能夠過得更加的快樂自在。

說到這裡，兩人這才算是真正結束了這個話題，歐陽寧轉而詢問起了鄭默然的病況，聽夏玉華說一切安好便放心了不少。昨晚才剛剛回到家，也還沒來得及去一趟五皇子府，如今聽玉華這麼說倒也不急著去，還是先將這邊另外一些事情處理好再說。

這一趟回師門，使得京城這邊堆積了不少的事，本來他還想再多待一段時間，可師父卻不讓，說是他那邊有人照顧，讓他回京城忙這邊一攤子的事，不要留在那裡耽誤。

「玉華，明天起妳不必再定時過來我這裡了。」歐陽寧檢查了一下這一個多月夏玉華的自學情況以後，最終說出了這麼一句。

「為什麼？」夏玉華一聽，頓時有些著急了，不知道自己是不是哪裡沒做好，所以讓先生不高興了。

見狀，歐陽寧連忙笑著說道：「妳別誤會，不是別的什麼原因，只不過書本上的這些知識我已是不需要再專門教妳什麼了，當然日後若是遇到什麼疑難問題也還是可以找我的。妳現在最重要的是必須進行實際的診治，積累經驗，要知道行醫可不是光靠紙上談兵，關鍵還是實際診治。」

聽到這些，夏玉華這才不由得鬆了口氣，只不過這個社會對女醫者多少還是有些排斥，先前若不是有先生帶領著，憑先生面子的話，估摸她也很難能夠得到一些實際診治的機會。一想到這些，她便不由得有些擔心起來，自己府裡頭的家僕、婢女等人早就成了她的實習對象，可是一般都只是些風寒熱症之類的小毛病，要想積累更多各種各樣的經驗，還真是不容易。

歐陽寧倒是馬上便明白了夏玉華的心思，在她出聲前便再次說道：「找病患進行實際診治的事妳不必煩心，最開始我會給妳安排一些，等妳積累到足夠的經驗之後，便可以自己選擇行醫的方式了。」

「謝謝先生。」聽到這話，夏玉華頓時開心不已，如此一來，最初階段先生已經替她鋪排了道路，而等她真正擁有了足夠的實力之後，讓人接受她這個女醫者的身分便要容易得多。

「不用謝，好了，沒什麼事了，妳今日早些回去吧，一會兒我還得出門一趟。」歐陽寧見事情也都交代得差不多了，便讓夏玉華早些回去，他這邊待處理的事太多，確是不便多留。

夏玉華點了點頭，也不再打擾，起身正欲告辭，忽然想起還有一件最重要的事情差點忘記了。她連忙站了起來，將隨身攜帶的天豫拿了出來。

「先生，還有一件事得麻煩您。」夏玉華將用手帕包好的天豫遞到了歐陽寧面前。「這個給您，煩請先生用這味藥引替五皇子清除體內餘毒，讓他能夠徹底康復。」

話音還沒完全落下，歐陽寧便不敢相信的看向夏玉華，滿臉都是疑惑。他沒有馬上伸手去接那個東西，而是問道：「玉華，妳知道妳現在說的是什麼嗎？」

「我知道！」夏玉華肯定地點了點頭，繼續說道：「先生，我手中的東西便是您一直都想要找的珍貴藥引——天豫。」

「妳是說，妳找到了天豫？」歐陽寧不是不願意相信夏玉華，只不過這消息實在是太讓他無法相信自己的耳朵。天豫這東西，別說是他，就連他的師父都只是聽說過而並沒有真正的看到過，究竟長什麼樣子、是圓是扁都不清楚，可眼前這個年紀輕輕的女子竟然如此平靜而肯定的告訴自己，她找到了天豫。

見歐陽寧一副無法置信的樟樣，夏玉華並不意外，畢竟這東西對所有的人來說都是傳說中的寶物，而此刻她卻說找到了，並且拿出來了，怎麼可能不讓人驚訝。

「先生您先看看吧，這東西真的是天豫，給五皇子當藥引的話，用上這一塊的一小半便足夠了。請您相信我，我說的都是真的，絕無虛言。」夏玉華將手帕包著的天豫再次移近了一些，示意歐陽寧先看看再說。

見狀，歐陽寧這才回過神來，也不再多問，連忙接過來，一臉嚴肅地打開手帕。

「先生，有件事我不敢欺瞞，上次我父親之所以能夠平安脫險，全都仰仗五皇子暗中出手幫忙，不過具體的一些細節我不便透露。而當日我亦答應了五皇子，等您回來後便會送上天豫這味藥引，助他治癒身體，以報大恩。」

夏玉華覺得還是得將事情的大概跟先生交代一下，否則的話難以說明一切。

而歐陽寧聽到這些話，倒是誤會了這意思，目光從那天豫上移了開來，微微皺著眉頭道：「妳的意思是說妳為了讓他幫忙救妳父親，才提出這個條件作為交換？那麼這個東西根本就不是天豫？」

「不，您誤會了，我是以此為條件與五皇子達成了交易不假，但是您手中現在拿著的這塊東西的確是天豫。」夏玉華解釋道：「這種事情我不敢說假話，畢竟是不是真的天豫，只需看藥效能不能夠將五皇子治癒便可，就算騙得了一時，又怎麼可能永遠騙得了呢？所以玉華不敢有半句假話，只是還得麻煩先生將這藥引加入到先前您研究出來的藥方子裡頭，替五皇子根治。」

這一回，歐陽寧半天都不再說話，他定定的看著一臉認真的夏玉華，也不知道在想些什麼。見狀，夏玉華倒也不再急著多為自己爭辯什麼，她知道這事本就太過不可思議，所以得給一點時間讓先生消化才行。

好一會兒，歐陽寧這才恢復了些常態，他不再看夏玉華，轉而再次看向手中的那塊天豫，嗅了嗅、捏了捏，又剝了一丁點放到嘴裡嚐了嚐，細細的研究了起來。雖然他從沒有真正見過這東西，可是卻還是從師父等前輩人的述說中大概有一點點的瞭解。

再者，以他對玉華的瞭解，這丫頭是不可能編這些謊言來騙人，而以前師父也說過，天豫這種稀罕之物，有緣之人方可得到，當真是可遇而不可求。玉華能有這般造化倒也不出奇，畢竟無論從哪個方面來看，她都不似一般世俗之輩。

研究了半天之後，歐陽寧這才停了下來，再次看了一眼手中的東西後，朝夏玉華問道：「玉華，妳說的話我自然不會懷疑，只不過妳能夠告訴我，這天豫究竟如何得來的嗎？」

見歐陽寧果真詢問起這天豫的出處，夏玉華遲疑片刻後說道：「先生，請您原諒，這件事玉華不能夠如實相告，還請先生能夠理解。」

煉仙石的秘密關係太大，除了自己以外，她不會再告訴第二個人，無關信任與否，而是出自於對那個神秘高僧的尊敬。而她也不願意說謊來騙先生，所以，她只能如實告訴歐陽寧自己不能說，希望能夠得到先生的諒解。

聽了這話，歐陽寧也沒有再強行追問，他點了點頭道：「好吧，這事妳不說一定是有妳的理由，我日後也不會再多問。既然這是真的天豫，那麼明日我便去五皇子府，替他解毒。他的病況拖得太久了，越快解毒越好，明日妳也一併跟著去吧，順便可以教妳一些用藥方面的實際經驗。」

「謝謝先生！」聽到這些，夏玉華終於鬆了口氣，徹底的安心下來，先生也好，鄭默然也好，這一下確實都沒什麼問題了。

歐陽寧也微微笑了笑，而後用十分誠懇的語氣詢問道：「玉華，待明日給五皇子解毒之後，剩下的天豫我想拿一小塊可以嗎？」

有了這東西，他估摸著可以重新替師父診治了，說不定還真能夠讓師父再次站起來。而先前夏玉華說得不錯，這種藥引一點點便夠了，因此手中這一塊足夠用好幾次。

聽到這話，夏玉華一下便猜到了先生想要一小塊天豫做什麼，她高興地點著頭道：「剩下的天豫先生全留著吧，說不定您師父的病也可以用得上。如果到時不夠的話，我再想辦法找些來給您。」

「謝謝！」這一回，輪到歐陽寧說謝謝了，如果他真能夠讓師父重新站起來的話，那麼玉華便是最大的功臣。

對於歐陽寧無條件的信任與理解，夏玉華心中很是感激，而當先生朝她說謝謝的時候，她更是覺得受之有愧。相較於先生幫她的一切來說，從煉仙石裡取來天豫連作一個順水人情都有些勉強。畢竟得到天豫對現在的她來說並不費勁，相反的她還得指望著先生這麼多年費盡心力鑽研出來的解毒方子，才能夠完成對鄭默然的交易承諾。

離開的時候，夏玉華想了想，最後還是額外提出請求，讓先生不要對任何人說起天豫一事；即使是用這東西給他的師父治病，也不要對旁人提到天豫的存在，免得到時有人追查起來源或者其他什麼來，終究對她是件麻煩之事。

歐陽寧本就不是多事之人，也知道這事若是傳開了會對夏玉華造成什麼樣的影響，所以即使夏玉華沒有特意囑咐亦知道應該如何處理。他會一直替玉華保守著這個秘密，這樣一來才能夠讓她少受一些不必要的困擾。

第二天，歐陽寧與夏玉華按照約定的時間到了五皇子府，對於他們的到來，鄭默然顯然很歡迎，同時更是充滿了期待。按照夏玉華上次所說，待先生回來便應該是他徹底結束長年病痛折磨的時候。

「先生，這一回真的能夠讓我擺脫這麼多年的病痛嗎？」鄭默然頭一次顯得有些急迫，歐陽寧還沒坐穩便直接詢問了起來。人往往都是這樣，越是到了眼前便越是有些難以置信，所以會想再一次的得到肯定的回答以讓自己變得踏實一些。

歐陽寧自然也能夠理解，因此微笑著點了點頭道：「五皇子放心吧，玉華已經將天豫給了我，一會兒等我給您徹底檢查一次後，便可以開始替您祛除殘毒了。」

聽到這麼肯定的回答，鄭默然很是激動，他連連點頭，而後又想到了什麼似的問道：

「敢問先生，祛除餘毒大概需要多久時間，還有需要多少次的治療？」

「不用太久，今日一次便可以弄妥。一會兒檢查完畢後，我會先去將藥配齊煎好，等您喝下藥，再施針輔助餘毒排出體外。不出意外的話，最多兩個時辰便可。」見鄭默然還是有些不太放心似的，歐陽寧便稍微解釋了一下解毒的過程。

「這麼快？沒想到治了這麼多年，如今兩個時辰便可以全部解決，我沒有聽錯吧？」鄭默然有些激動不已，簡直都不敢相信自己的耳朵所聽到的一切。

歐陽寧見狀，只得再次解釋道：「以前沒有天豫，所以我再怎麼樣治也只是暫時抑制您體內的殘毒，而現在不同，天豫雖說只是一味藥引，卻是祛除餘毒的關鍵，所以現在是萬事俱備，東風也有了，一切便不是什麼問題。」

「好、好、好！」鄭默然一連說了三個好字，臉上的神情喜悅無比。他邊說邊看向一旁的夏玉華，不由得一陣慶幸，看來這丫頭還真是他的福星。

很快的，歐陽寧便開始給鄭默然進行一次全面的檢查，邊檢查邊順便向夏玉華傳授指導著一些需要注意的地方。

在最後確定了鄭默然的身體狀況之後，歐陽寧將之前來時給夏玉華看過的那個方子的個別藥物及分量作了細微的調整，並且將調整的原因都詳細的解說給夏玉華聽。如此一來，等於是將這些年所有的心血全都毫無隱藏的傳授給了夏玉華。

鄭默然在一旁看著沒有師徒之名卻勝似師徒之實的兩人，一時間竟然有種說不出來的感覺。歐陽先生今年也已經有二十七、八了吧，不過卻一直沒有娶妻，原本他還以為先生是對女人沒興趣，現在看來應該是他想錯了。

歐陽先生看著夏玉華時溫柔而包容，這樣的眼神的確像是一個師父看待高徒時的那種味道，不過卻也不盡如此；至少他便看到過幾次，在夏玉華沒有注意的時候，歐陽寧目光之中所不小心流露出來的寵溺與溫存。

鄭默然在心裡不由得笑了笑，看來那個傻丫頭到現在都沒有察覺過吧，不過這樣也好，想必以先生的性格與身分是絕對不會輕易捅破這層窗戶紙，而對他來說倒是少了一個強勁的對手。

他的眼光向來精準，連先生都對這丫頭有意思，看來這丫頭當真是錯不了的。想到這裡，鄭默然不由得再次看向夏玉華，見那丫頭不經意的碰到自己目光後竟絲毫沒有猶豫的移了開來，一時間還真是暗自嘆息了兩聲。

看來日後在這丫頭身上他還得多費些心才行，否則的話真不是這麼容易能夠入得了這丫頭的眼。

檢查完畢之後，歐陽寧帶著夏玉華去後院的藥房將待會兒要煎的藥給抓了出來，並且讓歸晚跟著一併去守著將藥煎好。

藥煎好送過來之後，歐陽寧又讓夏玉華準備好針灸用的東西，做好一切準備，方才朝鄭默然說道：「五皇子，現在可以開始了，一會兒喝下藥後您可能會出現一些不適，但是不要緊，那說明藥物在開始發揮效用，而且一旦開始出現疼痛您得馬上告訴我，因為那個時候便是針灸排毒的最佳時機。」

「我明白了，有勞先生。」鄭默然點了點頭，示意可以開始了。

歐陽寧見狀，便將藥遞了過去，同時再次說道：「針灸的時候會更疼，所以我會提前封住您幾處穴道，還請五皇子見諒。」

「無妨，一切任憑先生作主。」鄭默然對歐陽寧自是放心，沒有先生，他這條命早就沒了，所以也沒多說，直接接過碗將藥一口氣喝了下去。

整個診治過程其實還是有一定的風險，只不過歐陽寧並沒有說得太過詳細，一來鄭默然的病遲早還是得治，否則總會有出事的一天，二來怕說得太多不但會影響到鄭默然的心態，甚至會讓鄭默然誤以為風險與夏玉華提供的藥引有關。

第五十五章

歐陽寧心中十分清楚，這種形式的治療不論是誰主治都存在一定風險，畢竟餘毒在排出的過程中本就十分危險，稍有不慎很容易引起毒素倒流，使得原先已經被控制在局部範圍的毒素再次蔓延到全身。

再加上他也是頭一次做這樣的嘗試，天豫的分量掌控也不一定絕對得當，所以還真是不敢保證萬無一失。不過歐陽寧向來都是膽大心細之人，正因為他沒有一般醫者那麼多的顧忌與畏手畏腳，所以才能夠做得比別人都要出色。

所幸的是，這一次解毒十分成功，鄭默然在喝下藥之後沒多久便開始出現藥物反應，歐陽寧緊接著用銀針替其扎針排毒，直到最後三針下去，銀針不再有任何變色之後，這才停止，片刻後將銀針一一收回放好。

「好了，一切順利。不過暫時不宜多動，也不要說話，得先靜坐一會兒調整才行。」接過一旁婢女遞過的毛巾，歐陽寧替早已滿頭大汗的鄭默然擦了擦，而後又取了兩顆特製的清毒丸餵給鄭默然吃下。

趁著這會兒工夫，歐陽寧又吩咐一旁的婢女先行下去給五皇子準備好熱水，過一會兒好沐浴，洗淨這一身的污濁。

約莫過了兩盞茶的工夫，歐陽寧伸手替鄭默然再次把脈之後，這才解除了鄭默然的束縛，告訴他可以活動及說話了，只不過這幾日還不宜做劇烈運動，以靜養為主，便於身體能夠更快的完全恢復過來。

「先生的意思是，我已經完全好了？」鄭默然長長的吁了口氣後，有些不太置信的朝歐陽寧看去，那樣的神情如同一個孩子希望能夠再次得到大人肯定又完全正確的回答一般。

「是的，五皇子體內毒素已清，日後的身子跟普通人一樣健康，不用再受疼痛折磨了！」歐陽寧笑著再次給了他肯定的答案，不但是鄭默然，他此刻的心情也是極其暢快，這麼多年的努力總算是沒有白費。

「太好了，默然多謝先生！」鄭默然徑直站了起來，十分恭敬的朝歐陽寧行了一禮，他向來是個恩怨分明之人，對於歐陽寧，救命之恩亦是永遠都會銘記於心的。

見狀，歐陽寧倒也沒有太過謙讓，只是伸手攔了一下，扶了一把鄭默然道：「五皇子不必如此，雖然您體內餘毒已清，不過這麼多年您的身子終究還是受到了很大程度的損害，所以得慢慢調養才好，不可太過操勞。」

「先生之言，我當謹記。」鄭默然說罷，轉而看向一旁一直都沒怎麼出聲的夏玉華道：「玉華果然有神通，竟然真的找來了天豫。說實話，那日我雖心中有所期盼，卻並不敢完全相信，沒想到今日當真實現了妳的承諾。」

聽到這話，夏玉華神態正常，平靜回道：「五皇子於家父有救命之恩，玉華不敢欺騙。

如今五皇子已經清除餘毒，玉華也能放心了。」

「我有一事不明，不知妳這天豫到底從何得之？」鄭默然顯然也對此十分感興趣，能夠得此寶物之人，肯定不是泛泛之輩，看來，這夏家還真是能人輩出。

見鄭默然也問到這問題，夏玉華朝一旁的歐陽寧看了看，而後回道：「此事玉華十分抱歉，之前先生也曾問過這個問題，但是卻也不能如實相告。懇請五皇子見諒，並且希望您能夠替玉華保守這個秘密。」

夏玉華的話讓鄭默然微微沈默了片刻，其實沒有得到答覆方屬正常，畢竟這種東西實在太過特殊，換成是他也不可能隨便告訴別人，最少這丫頭寧可選擇拒絕回答，也沒有隨便找些假話來搪塞過去。

「好吧，既然是這樣那我也不便勉強，雖說這天豫是妳我之間的一次交易，不過平心而論，我還是得好好的感謝妳。」鄭默然微微活動了一下胳膊，笑著說道：「別說其他，這會兒我都覺得自己整個人脫胎換骨了似的，感覺好極了。」

「對了，關於我的病已完全痊癒一事，還請先生暫時保密，不要對外宣揚。」說著，他亦朝夏玉華看去，雖沒有特別再交代，但意思卻不言而喻。

鄭默然的意思歐陽寧自然明白，總之他只管治病救人，其他的並不想參與，因此也不會去多這事。「五皇子放心，您的意思我明白。」

夏玉華倒是自覺，不必鄭默然多說，緊跟著說道：「玉華也明白，請五皇子不必擔心。」

說話的工夫，外頭婢女進來稟報，說是沐浴的熱水已經準備好了，見狀，歐陽寧便出聲道：「五皇子，我已經將調養的方子交給了府中大夫，您先行沐浴休息吧，過段日子我再來給您複診。」

說罷，歐陽寧又朝一旁的夏玉華看去。「走吧玉華，咱們就不再打擾五皇子休息了。」

「那好吧，今日的確多有不便，等過些日子，我再好好宴請兩位，以示感謝。」鄭默然點了點頭，而後讓婢女代他將歐陽寧與夏玉華送出門。

今日開始，便是他的新生，而現在他的確還有一些更重要的事情要去辦。

從五皇子府出來後，夏玉華與歐陽寧簡單的道別便先行回家去了，解決好了鄭默然的事，她也就去了一件心頭大事，可以好好靜下心來做她的事情了。

接下來的幾個月，夏府也好，還是夏玉華自己也好，都算得上是順風順水，有時夏玉華心中暗自感慨，若是能夠一直這麼平順安逸的過下去，倒真是一件最幸福的事情。

可是，她心中也明白，平靜不過是表面，在外人看不到的那底層，不知道暗藏著多少的危機。但是日子總歸是要過的，現在先好好享受著這一份平靜，而往後的那些危機等到時候再說吧。

鄭默然的身體已經完全恢復了正常，就在前幾天歐陽寧連調養的方子都沒有再開了，只不過礙於不能讓外界看出什麼破綻來，還是堅持著每個月去一趟做做樣子。

而夏冬慶在這段期間還真找了個機會，私底下與鄭默然單獨見過一面，至於他們之間到底談了些什麼，有沒有達成什麼協定之類的，這一點夏玉華並不清楚也沒有多問。反倒是父親回來後問了一個讓她頗為尷尬的問題，越發的讓她對鄭默然的行事風格有些無語。

夏冬慶沒有問其他，而是直接問夏玉華是不是喜歡上了五皇子，結果她自是連聲否認。也不知道鄭默然到底跟父親說了些什麼，害得她解釋了半天，這才打消了父親的疑惑。

在夏冬慶看來，自己女兒沒有喜歡上五皇子的話他也比較放心一些，不是說鄭默然這人不好，只是依他的身分以及日後的前景實在是不可估量，玉華若是嫁給這樣的人日子過得會太累，還不如找個普通人家，嫁個一心一意待她好的人踏踏實實過日子強。

好在自己女兒似乎也跟他想得差不多，所以夏冬慶這才沒有再過多的擔心。不過眼看著玉兒馬上要十七歲了，即使先前對外已經說了得二十之後才能談婚論嫁，可終究他就這麼一個寶貝女兒，終身大事還是不能夠馬虎，也是得多替這孩子留意一下有沒有什麼合適的人家了。

夏冬慶這方面的心事，夏玉華還真沒有留意到，這幾個月以來，她幾乎一門心思都放到了行醫一事上。在歐陽寧的安排下，陸續接手了好些病情各異的患者，不但積累了不少臨床實際的診治經驗，而且也得到了不少正面的肯定。那些病患對於夏玉華的醫術由先前的懷疑，到中間的將信將疑，再到最後的完全信服與肯定，實實在在的讓夏玉華也覺得開心不已。

都說世上沒有不透風的牆，再加上如今已經開始實實在在的行醫診治，所以夏家千金習醫並且有神醫歐陽先生提點一事自然也被傳了開來。

各種說法全都有，這其中有信的、有不信的、有關注習醫本身的、也有關注夏玉華與歐陽寧之間到底是什麼關係的，總之原本極其正常的一件事，這麼傳來傳去後似乎漸漸的走了樣，完全成了眾人議論夏玉華與歐陽寧兩者之間的私人關係了。

反正在這些人眼中，夏玉華就算真正習醫，那也不過是鬧著玩玩而已，一個半路出師的大家閨秀，跟個神醫學習還不知道到底是為了什麼。所以幾乎絕大部分的人都不看好夏玉華的醫術，卻越發的覺得這位大小姐只是閒得無聊，或者說再次跟以前追求端親王府的世子一般，十有八九是喜歡上了神醫，所以這才想方設法的找理由接近罷了。

面對各種非議，鳳兒與香雪都氣得不行，真恨不得將那些亂傳謠言者的舌頭給割來好好洩憤一番，而夏玉華卻依舊如故，並不在意這些流言蜚語，於她而言，她只要過好自己的日子便可，外頭的那些人愛說什麼便說什麼去，反正這也不是頭一回了。

而與所有人都不相同，夏冬慶對於外頭的各種傳言不但絲毫沒有不快，而且還十分以自己女兒為榮，直言歷來不平凡的人物都是最具有爭議的，鼓勵女兒不要受外頭那些風言風語的影響，專心做好自己便可。

夏玉華也乘機開始給父親調養身體，摸索著要根治父親這幾十年來征戰所遺留下來的各種新舊傷。原本夏冬慶是極不情願的，別看他頂天立地的連上戰場都不怕，可是對於喝藥、扎針什麼的還真是讓他有種比上戰場還難受的感覺。

可偏偏這一回玉華死活都要拉著他，說是一來給她練練手以豐富一下診斷的經驗，二來也想利用所學根治他的那身頑疾，省得總是不能安心。如此一來，他這個做父親的倒是沒有辦法再拒絕女兒的請求以及一片孝心，只得老老實實的配合著。

還真別說，幾個月下來，自己的那些舊毛病真被玉華給治好了七七八八，如此一來倒也不必女兒再時常說道理，他自己就開始主動的配合起來，畢竟能夠甩掉那一身的毛病可不是件容易的事，女兒能夠做到，證明醫術果真不簡單，而他日後也不必再經常被病痛所折磨了。

而只有夏玉華心中清楚，這一回，她之所以能夠如此快速而有效的治療父親，有很大一部分的功勞都源於空間內的那些珍稀藥材，否則的話就算自己的治療方法完全正確也不一定有這麼快的效果。當然夏冬慶並不知道這些，因此更是支持自己的女兒習醫，日後做個治病救人的女大夫也是極不錯的，不知得積多少的福報。

而李其仁、莫陽等人知道夏玉華正式行醫之後似乎也並沒有太大的意外，也許是先前已經從菲兒那裡得知了些，也許是這麼長時間對於夏玉華的性格多少也有些瞭解，所以不致太過震驚。只不過歐陽寧這樣大名氣的神醫能夠指點夏玉華，這一點倒是讓他們都意外不已，畢竟他們並不瞭解夏玉華習醫的天賦。

而夏冬慶的頑疾得以治療，並且效果極為不錯的消息傳出之後，更多的傳言也隨之而來，半信半疑之中，幾乎大部分人都是傾向於相信這絕對是大將軍王護女心切而故意放出的假消息。不過也有一些人卻是深信不疑，比如說歐陽寧，比如說那些曾經接受過夏玉華診治的人。

日子仍舊繼續平靜而過，西北那邊的風雲卻暗地裡越發的緊張，而朝中表面風平浪靜，實則亦是硝煙瀰漫。與父親一樣，夏玉華也不知道下一刻會發生什麼，重生的優勢似乎已經不再那麼強烈，但心態卻越發的成熟而堅定，讓她平靜的迎接著每一天的到來。

自從正式開始診治病人，夏玉華便在自己住的院子裡騰出了一個屋子專門用來做藥房，並且特意從外頭找了兩個會些藥理的婢女幫忙作助手。許是見她太過勞累，也或許是對外頭請來的兩個新婢女不太放心，香雪這丫頭倒是多了個心思，主動學著當起了藥僮。

「小姐，清寧公主派人來了，說是想請妳過去一趟。」這一天，鳳兒看上去顯得有些小小的興奮，興沖沖的來向自家小姐稟告。

夏玉華明白鳳兒為何一進門便那般興奮的模樣，敢情這丫頭是替自己高興。可是好端端的清寧公主為何突然會找她這個名不見經傳的小輩看病呢？先不說她的醫術在外界有多少的爭議，單論以清寧公主的身分，也不至於放著那麼多的太醫與名醫不找，偏生特意來請她才對呀！

難不成是李其仁的意思嗎？想到這種可能性，夏玉華不由得笑了笑，看來李其仁這個朋友還真是沒得說的，若是讓外人知道連清寧公主都請她去看病的話，想必眾人對她的看法將會大大的改觀吧。如此說來，李其仁倒是用心良苦了。

「香雪，妳趕緊收拾一下東西，一會兒咱們去趟公主府。」既然這樣，她倒是不能枉費李其仁的這一番好意，沒有再多問什麼，轉而交代香雪準備好藥箱便出發。

外頭轎子已經備好，是公主府一併隨行而來的，派來的人亦十分恭敬有禮，一來主子有交代過，二來夏玉華也不是一般的大夫，身分終究還是有些不一樣，自然也沒有誰敢放肆。

夏玉華還從來沒有去過公主府，引路的婢女一直帶著夏玉華穿過花園，直接將她帶往了後院。走了一會兒，在一處附近種滿了桃花樹的院子前停了下來，說是讓她先在外頭等一會兒，待先行去通報。

片刻之後，婢女出來了，恭敬的在前面繼續引路，請夏玉華直接進去。而直到此刻，夏玉華始終沒有看到李其仁的半個身影，也不知道是有事出去了，還是這會兒不太方便出來見面打招呼。

沒有想太多，她已經跟著進了院子，香雪突然在身後偷偷碰了碰她，示意她朝院子旁邊看去。

夏玉華順著香雪的日光看了一下，發現院子裡竟然站了不少的僕從，有不少看上去應該都是公主屋子裡近身服侍的，也不知道這會兒工夫怎麼都跑到院子裡來了。

微微朝香雪搖了搖頭後，人已經走到了正屋門口，婢女朝裡頭稟告了一聲，而後屋子裡出來了一名四十多歲的嬤嬤，看到夏玉華後，先是稍微行了一下禮，而後客氣的示意夏玉華，公主已經在裡頭等候。

說話之際，那嬤嬤朝跟在夏玉華後頭的香雪看了一眼，卻並沒有再說其他。

夏玉華自然明白這其中的意思，於是便主動出聲吩咐香雪在外頭候著不必跟著入內，嬤嬤見狀，連忙笑著幫忙接過了香雪手中的藥箱，引著夏玉華直接進了屋子。

見到清寧公主的瞬間，夏玉華顯然有些錯愕，雖然前世依稀還帶著幾分年幼時對這個公主的一點印象，但是卻沒想到如今近距離看到時會這等讓人驚訝。

清寧公主成親較晚，據說生下李其仁時都已經二十一、二歲了，而李其仁現在二十二，所以公主的年紀最少也差不多四十三歲了，可讓夏玉華驚訝不已的是，眼前的清寧公主看上去最多就是個三十左右的貴婦，歲月在她的臉上似乎走得格外的緩慢，而那雙與李其仁十分相似的明亮雙眸，更是讓她整個人看上去如少女般楚楚動人。

雖然震驚於眼前所看到的一切，不過夏玉華卻還是很快回過了神，恭敬有禮的朝坐在那裡優雅喝著茶的清寧公主行禮問安，沒有表現出半絲失禮之態。

看到夏玉華從短暫的錯愕到很快不動聲色的平靜如初，清寧公主心中暗自讚賞不已，不說別的，光論這孩子有顆如此平穩的心便已經不同一般了，畢竟不過是個十六、七歲的女孩子，如此定力倒還真不常見。要知道但凡第一次見到她的人無不表現得驚訝異常，很少有這丫頭這般淡定從容的。

「妳就是夏將軍的千金玉華？」清寧公主上下左右將站在面前的夏玉華給打量了好幾遍，邊看邊說道：「我常聽我家其仁提到妳，今日一見倒還真是覺得那小子說得不假，果真是個不錯的姑娘。」

夏玉華沒想到清寧公主一開口便將她這般誇讚了一番，也不知道平日裡李其仁都在她娘跟前說了些什麼，弄得公主竟這般誇讚。

「公主過獎了，玉華受之有愧。」她自是客氣的回應著，神情之間並沒有太多不好意思。想來肯定是那次李其仁為了求著公主幫她父親，所以沒少在公主面前說她的好話吧。

見夏玉華不亢不卑又大方不已，氣質絲毫不會遜色，清寧公主更是滿意的點了點頭，微笑著賜座並讓一旁的嬤嬤上茶。

夏玉華就坐在了清寧公主下側之位，離公主十分近，在公主閒聊般的詢問時注意察看了一下她的氣色，卻發現除了顯得有些氣血較虛之外，其他並沒有什麼不太對勁的地方。而且來了這麼久，公主隻字未提哪裡不舒服，反倒是問這問那，一副長輩見晚輩，甚至有種婆婆挑媳婦的樣子，夏玉華心底頓時有些不太自在了起來。

難怪沒有看到李其仁，看這樣了估摸著李其仁根本就不知道今日她會來，想來應該是清寧公主自行安排，找了個藉口把她叫過來的吧。

「玉華今年十七了吧？」清寧公主倒是絲毫沒有生分的感覺，一副關心不已的樣子詢問著夏玉華的一些基本狀況，那模樣哪裡像是剛剛見面的，倒像是許多不見的熟人，讓人越發的覺得有些不太對勁。

「回公主話，玉華今年正是十七。」也沒過於著急，夏玉華先順著話回著，邊說邊瞧。

「我聽說妳是跟歐陽先生學醫的，學了多久了？歐陽先生不是向來不收徒弟的嗎？」

「回公主話，先生並沒有收我為徒弟，但是卻如同師父一般教授了玉華許多的東西。跟先生學之前，玉華都是自己瞎琢磨為主，而後到現在受先生指點已經快兩年了。」

「哦，原來是這樣，那妳當初怎麼會想起學醫這種事來呢？」

「回公主話……」

這一回，夏玉華的話還沒說完，清寧公主便直接打斷，笑著說道：「妳這孩子別太過規矩了，現在也沒什麼旁人，咱們說話隨意一下，左一個回公主話，右一個回公主話的，當真太過生疏了。我聽其仁說，你們倆可是關係十分不錯的朋友，如今妳也別總拿我當什麼公主看待，無非也就是長輩而已，尊敬卻不必太過生疏。」

「是！」聽到這話，夏玉華自然也不再堅持，微微笑了笑，乖巧的應了下來。

清寧公主見狀，臉上的笑意更濃了，邊喝著茶邊瞧著夏玉華繼續問道：「玉華如今心中可有愛慕之人？」

第五十六章

這話一出，夏玉華就算是再淡定亦不由得顯露出幾分尷尬，也不知道這清寧公主怎麼如此直白，竟然會問出這等問題來，好在剛剛沒有喝茶什麼的，否則喝到嘴裡的茶水都會忍不住噴出來，那就相當失態了。

「公主取笑了，玉華二十之後方可談婚論嫁，所以現在並不曾多想其他。」這種問題無論肯定還是否定的回答，都會讓人覺得特別的彆扭，所以夏玉華反應還算快，直接把眾人幾乎都知道的二十年限搬了出來，將問題給擋了回去。

可清寧公主似乎並沒有覺得有什麼不妥之處，也沒在意夏玉華神色之中的尷尬，繼續如同不曾明白似的說道：「那事我也曾聽聞，雖說離二十還有三年，不過呀這日子過得可比咱們想像的要快得多。三年光陰，眨眼之間便到了，妳若真到了那個時候再去考慮這些，那就太遲了。現在只是不可談婚論嫁，又沒說不能先留意一下，更沒說不准有喜歡的人或者被人喜歡，不是嗎？」

「公主所言極是。」夏玉華越聽越不自在，輕咳了一聲，而後趕緊轉移話題道：「對了公主，您身子哪裡不太舒服呢？要不，咱們還是先看診吧，您的身子可是耽誤不得。」

清寧公主自然聽出了夏玉華話中的意思，心道果然還是個小女孩，說到這些會不好意思也是正常，因此倒也沒有再繼續先前的話題，想著讓這丫頭先緩緩再說也不遲。

「哦，那好吧，咱們先看診，而後再聊，也不知道怎麼回事，一看到妳呀，就跟老早便認識了似的，合眼緣得緊。」清寧公主邊說邊朝一旁的嬤嬤略微點頭示意了一下，準備讓夏玉華先行替她看診。

嬤嬤見狀，連忙上前扶起清寧公主移駕到一旁內室，好讓夏玉華替主子請脈。而夏玉華也馬上跟著走了進去，十分俐索的準備妥當。

「不知公主哪些地方不太舒服？」夏玉華準備搭脈之前先行問診，望聞問切合理運用方才能夠更加的精準。

「具體哪裡不舒服也說不上，就是覺得身子乏力、胸悶、人總是沒什麼精神，偶爾還會有目眩的感覺。」清寧公主邊說邊主動將左手伸了出來，以便讓夏玉華搭脈。說來對於夏玉華的醫術，她還有些半信半疑的，當然更多的是好奇，所以今日倒是可以滿足一下她的好奇心，看看這丫頭到底真正如何。

聽到這些後，夏玉華略微點了點頭，而後也沒有再多問其他，徑直搭脈，片刻之後，又讓清寧公主換了一隻手，如此認真的把了兩次之後，這才收回了手。

「怎麼樣夏小姐？我家公主身子到底有什麼不妥之處？」一旁的嬤嬤見夏玉華已經把完了脈，便出聲詢問了起來。

說老實話，嬤嬤對眼前這個夏家小姐印象還算不錯，但是這小小年紀醫術能夠有多厲害卻是不敢多抱希望。所幸公主也就是為了小侯爺而找個理由見見這姑娘而已，看病什麼的也就是作作樣子，真要看診還是得找太醫，或者找經驗豐富的才行。

而清寧公主的想法則與嬤嬤一致，看病什麼的無非就是個幌子，看人那才是真。可是，很顯然這一次她們還真是錯了，因為接下來夏玉華所表現出來的專業醫術，的確讓她們無法不信服。

「公主身體並無大礙，只不過因為長年氣血兩虛，因此才會出現乏力、氣悶目眩，沒什麼精神等症狀。」夏玉華此刻儼然一副醫者的神情，客觀而冷靜的回覆道：「適才我細細的把了脈，發現公主氣血兩虛的情況已經不是一年、兩年，應該是長年落下的病根子。雖然平日也在不斷的調理，不過效果卻不算太好。如今公主正值盛年，還不覺得有太大的影響，但若是長此以往，等到了中年、老年，便不僅僅只是乏力、目眩，還會引起許多其他的病症，所以還是得及早調理好根治才行。」

聽到這些，清寧公主與嬤嬤兩人不由得互相看了一眼，顯然都驚訝不已，夏玉華所說的話一點也沒有錯，不但病因全對，而且還能看出是長年落下的病根還真不假。當年生其仁時，大出血差點母子俱亡，所以那病根子就是在那個時候落了下來。

「夏小姐，那公主這病根您是否能夠根治呢？」嬤嬤馬上想到了這一層來，當下心中也有了不小的期盼，這麼多年以來，太醫、名醫幾乎看了個遍，藥也沒怎麼停過，但都沒多大的效果。眼瞧著公主年紀一天天增加，如夏玉華而言，這樣下去，老了可真不是什麼小問題。

「完全根治自然是有可能的，不過有些事我得提前跟妳們說明白。」夏玉華還真是對清寧公主這個病症有把握，只是過程要比其他症狀稍微麻煩一些罷了。

聽說可以根治，嬤嬤頓時喜笑顏開，將先前自己對夏玉華醫術的懷疑通通給拋到了一旁，連忙用心地說道：「夏小姐您請說，老奴替咱家公主細細聽著，只要能辦到的絕對不會讓您為難。」

夏玉華見狀，微微點了點頭，而後看向清寧公主，見其亦是一副頗為期待的樣子，便繼續說道：「第一，您這病根子與其他人的一樣，這種症狀想要完全根治肯定不是一天、兩天的事，公主得作好長時間配合治療的準備。第二，公主長年服藥，所以身體已經對藥物有了很大的抵抗能力，因此日後若是由我來治療的話，將會以藥膳為主，輔以針灸，最大限度的減少一些不必要的藥物對身體的影響，畢竟是藥三分毒。第三，除了我的這些治療以外，公主每日自己還必須堅持做一些適度的鍛鍊，以此增加身體的抵抗力，不但對根治您的老病根有利，同時對身子也是極好的。」

「妳所說的這些都極其有理，我聽著覺得很是不錯。嬤嬤覺得呢？」清寧公主聽到這些，更是對夏玉華刮目相看起來，這一次若是這丫頭真能夠替她根治這老毛病，那她還真是歪打正著了。

嬤嬤見公主這般說，連忙笑著應道：「公主，老奴覺得極好，以前陳太醫便說過公主吃藥吃得太多了，所以成天調理也不見有太多的好轉。如今夏小姐改用藥膳，再加針灸，並且還有一些什麼適度的鍛鍊，這些一聽便很有道理！」

清寧公主滿意地點了點頭，而後再次看向夏玉華道：「妳若真能夠根治我這老毛病，讓我怎麼做都行。原先我聽人說妳把妳父親身上的許多舊傷病根子給治得七七八八了，我還不怎麼信來著，如今看來卻是假不了啦。」

夏玉華見清寧公主也是個直爽之人，便也沒太多顧忌。「既然公主信任玉華，玉華定當全力而為。一會兒我會替您先將藥膳的方子開出來，然後再做一次針灸。平日注意大補之物儘量不要食用，至於一些補血利氣的水果食物什麼的多食用一些，具體的我也會列出一個單子來。」

說到這裡，她起身移坐到一旁嬤嬤已經備好的紙墨處，拿起毛筆，寫了起來，邊寫還邊提醒道：「除此之外，公主可以請專人替您制定一下每日鍛鍊的一些具體項目，時間長短應該是在您身體舒適的範圍內，亦不可太過勞累。」

到了這個時候，清寧公主與嬤嬤兩人已經對夏玉華完全改變了先前的想法，甚至都有些忘記了今日叫這姑娘過來的目的，而是真正的當成求醫了。

兩人在一旁邊聽著夏玉華的囑咐，邊不時的點著頭，偶爾也問上一、兩個關切的問題，得到夏玉華非常專業且有助益的答覆之後，更是表現出了對眼前這個女大夫不同於先前的重視態度。

夏玉華開完方子後，又詳細的交代了一下另外一張列出來的清單上應該注意的事項，清寧公主與那嬤嬤雖然不是大夫，可都說久病成良醫，再加上平日裡見到的也都是拔尖的醫者，凡看到的、聽到的關於這些方面的東西也都不在少數，所以夏玉華是亂說還是說得極其在理多少也是心中有數。

一時間，夏玉華的形象完全的扭轉了過來，女大夫的角色已然入了清寧公主與嬤嬤的心，特別是那方子最後拿去給府中的府醫過目之後，府醫大為讚嘆，如此一來更是讓清寧公主徹底的佩服起來。

真不知道一個如此年紀的女孩子怎麼就有這麼大的能耐，原先她還總猜想歐陽先生指點這小丫頭是不是另有別的什麼原因，如今看來，憑這樣的天資與能耐，別說是歐陽先生這樣的醫者，就算是她看著都沒有任何拒絕提點的理由。

一切交代得差不多之後，夏玉華最後再度簡單說道：「公主，隔些日子我會再過來替您複診、針灸一次，到時再根據您恢復情況重新調整新的藥膳方子，現在您若是準備好了的話，我們可以開始針灸了。」

經過允許之後，最後的針灸正式開始。夏玉華的手法完全受於歐陽寧，因此極其細膩而精準，一針扎下去，清寧公主幾乎都沒有什麼感覺，若不是自己親眼看到那些針扎到身體的不同位置，還真懷疑夏玉華有沒有下針。

針灸完畢之後，不必夏玉華作任何說明，清寧公主已經完完全全的對夏玉華信服有加，因為自己的身體感受最為明顯，整個人都覺得輕鬆了不少，有種許久不曾有過的暢快感。

見白家主子讚譽有加，整個人看上去精神比先前更是好了不少，嬤嬤亦興奮不已，兩主僕這會兒可算是將原本要做的事給完全拋到了腦後，高興的談著話，沈浸在找到了良醫的喜悅之中。

直到最後夏玉華收拾好東西，客氣的請辭之際，清寧公主這才想起自己家的那個兒子，想起最初找夏玉華前來所為何事。

「玉華，真是辛苦妳了，日後我這身子可是得麻煩妳。」清寧公主連忙留人道：「妳先別急著走，留下來一起吃頓便飯，一會兒其仁也差不多回來了。」

她原本瞧著這姑娘就挺滿意的，這會兒見識到如此厲害的醫術，想著日後若是有一個這樣的兒媳，那可是錦上添花了。自己那兒子的性子她清楚，估摸著她這個當娘的不幫忙點破一下的話，那傻兒子不知道拖到什麼時候都開不了這個口。

這麼好的姑娘，惦記在心的人肯定不少，如今不先把感情給培養起來，再過個三年，誰知道到時會被哪家好運的孩子給娶走呢？好不容易有個兒子中意、她自己也越看越喜歡的人選，哪能便宜別家呀？

清寧公主不比其他皇親那般對夏家有所忌諱，想當年她連自己的婚事都能夠讓父皇給換了，嫁個自己中意的夫婿，如今自己兒子自然也得找個合心意的才行。至於那外頭各種各樣的傳言，她向來是不去理會的。

「多謝公主的美意，不過玉華還是不打擾了，家中還有些其他的事情得趕回去處理，沒辦法在外待得太久。還是過些日子玉華再來替公主複診請安吧。」夏玉華見清寧公主如此熱情的挽留，心中也清楚此地不可久留，因此便找了藉口表明要走。

一番客氣之後，清寧公主倒沒有再強行相留，她也是聰明人，知道欲速則不達的道理，看這小丫頭一時半刻怕還是有些放不開，她若過度熱情，反倒是先把人家給嚇到了。

「既然妳還有事，那我也不好再留妳。」清寧公主微笑著站了起來，走到一旁已經起身站立的夏玉華身旁，伸手拉著她的小手說道：「玉華呀，日後有時間多過來玩玩，也不一定非得等到複診才來的，我家其仁平日裡雖不太會表達，不過在家裡、在我面前沒少念叨過妳。你們現在都還年輕，有時間的時候多相處一下，到時妳肯定會發現那孩子也是有不少優點，值得去慢慢發現的。」

這話暗示的意味實在太過明顯，夏玉華又不好說其他，只得含糊地說道：「小侯爺是公主的兒子，青出於藍勝於藍，自然是極出色的。」

頭一回，她竟有了面對一個人渾身上下都不自在的感覺，可人家偏偏是公主，自己又不能強行說走就走，再說又是一臉的親善，哪裡可能落人臉面。

清寧公主自然也感覺到了夏玉華的尷尬，便也不再勉強，收回了手，笑著繼續說道：「依我看呀，你們都是極出色的！說好了，日後沒事的時候多來我府中走走，妳這孩子跟我投緣，我可是越看越喜歡得緊。」

「多謝公主誇讚，公主親善溫柔，玉華也十分敬仰公主，下次玉華再來給公主請安，玉華先行告辭了！」夏玉華邊說邊再次行了一禮，準備離開。

見狀，清寧公主也沒有再多留，示意嬤嬤替她將人給送了出去。

出門之後，夏玉華這才重重的鬆了一口氣，回頭看了一眼公主府的大門，不由得微微搖了搖頭。

準備上轎之際，卻聽一旁傳來一道熟悉的聲音：「玉華，妳怎麼在這裡？」不必回頭，夏玉華便已經知道來者何人，停住腳步回頭一看，果然是李其仁。

「我還以為看花眼了呢，原來真是妳呀！」李其仁很興奮的說著，邊說邊將手上的韁繩扔給了一旁上前牽馬的僕人，轉而直接走到了夏玉華身旁。

夏玉華見狀，暫且讓轎夫退到了一旁等候，而後朝李其仁問道：「其仁，你今日怎麼這麼早回來了？宮中差事已經忙完了嗎？」

「那些事哪裡有忙得完的時候，不過我今日一早就入了宮，這會兒已經有人替換了。」李其仁好久都沒有見到夏玉華了，見這會兒人都到了自己家門口，自然沒有不請進去坐坐的道理。「妳是來找我的嗎？怎麼也不提前說一聲，走，先進去再說吧。」

見李其仁誤會了，夏玉華連忙解釋道：「其仁，我今日不是找你的，是來給公主看診，這會兒已經妥當了，正準備回去，卻沒想到竟然在門口碰到你。」

「看診？我母親嗎？她怎麼了？怎麼會讓妳來給她看診呢？」李其仁一聽，頓時有些不太明白，早上出門前，娘親明明好好的，沒見著有什麼不舒服的地方呀，更何況即便有什麼不舒服怎麼不傳府醫或者太醫，偏偏去找玉華來幫忙看診呢？

李其仁如此莫名其妙的神情頓時更是讓夏玉華確定剛才的一切都只是清寧公主自己的主意，因此這心裡頭倒是不由得自在了不少。

「你別著急，公主沒什麼大礙，就是長年的老毛病，氣血虛虧引起的一些不適。我已經給她開了些藥膳方子，另外也作了針灸輔助治療，等過些日子再來複診便可。」夏玉華簡單的交代了一下，不想讓李其仁太過擔心。

「原來是這樣，真是麻煩妳了。」李其仁一下子便反應了過來，怕是娘親看診是假，看人才是真吧。娘親的性子他怎麼會不清楚，也不知道先前有沒有胡亂說些不應該說的，別把人給嚇著了才好。「玉華，我娘……我娘剛才沒說什麼讓妳為難的話吧？若是有什麼不妥的，妳別在意，她這人沒別的，就是成天喜歡瞎嚷嚷。」

「沒事，公主為人和善，怎麼可能為難我呢？再說她這老毛病我倒還真有把握替她根除，她看上去挺開心的，自然不可能為難我。」夏玉華微微一笑，將談話的內容不動聲色地往看診這方面轉移，省得李其仁想多了。

「是嗎？我娘的老毛病妳有辦法根治？那可真是太好了！」聽到這裡，李其仁頓時高興不已。「玉華，上次我還跟莫陽說起妳同歐陽先生學醫一事，倒是沒想到現在竟然已經如此厲害了。走走走，再跟我進去坐會兒吧。」

夏玉華聽李其仁再次邀自己進去坐，頓時腦海中馬上浮現出先前清寧公主的那番熱情來，一時間還真是有些不敢再領教，連忙笑著搖頭道：「不了，下次吧，我還急著回去處理別的一些事情。其仁，我先走了，下次再見吧。」

說罷，夏玉華沒有再停留，鳳兒見狀，連忙朝退在一旁的轎夫招手，服侍著小姐上轎準備回去。

剛到家，一進大門，鳳兒便拿出一袋銀子朝夏玉華說道：「小姐，這是剛才公主府的嬤嬤給的，說是這一次的診金。」

聽了這話，夏玉華不由得朝那鼓鼓的袋子看去，一時間才意識到原來自己的這門手藝不但能治病救人，而且還能夠掙到銀子。

「收著吧，咱們出診，她們付診金也是應該的。」她笑了笑，並沒在意數量多少，說到底這也算是一種認同，而醫者也是凡夫俗子，總得吃飯花銀子。她是身處富貴之家不覺得，換成別的人這種感覺自然會更加深刻。

晚膳前，菲兒又派人送了封信過來，讓她明日去聞香茶樓見個面。看信上寫的似乎挺著急的，一時間夏玉華也不知道到底出了什麼事，只得交代送信之人說明日會準時前去。

第五十七章

第二天，夏玉華按時赴約，見到莫菲的瞬間不由得嚇了一大跳，想來昨日那信上所言還真沒有誇張半分，一看這丫頭的神情，便知道是發生了什麼緊急之事。

見到夏玉華來了，莫菲這才如同有了些精神支持似的，趕緊將人給拉到了自己旁邊的椅子上坐了下來，而後側目朝身旁的婢女揮了揮手道：「妳們都出去吧，我要跟夏姊姊好好說說話。」

一旁服侍的婢女聽到後，連忙行禮退了出去，見狀，夏玉華知道這丫頭肯定是有什麼重要的事要單獨跟她商量，因此亦主動的讓跟來服侍的鳳兒先行出去候著。

「好了，這會兒也沒人了，跟我說說，到底出了什麼大事？」夏玉華還是頭一次看到一向活力無限的菲兒這副無精打采的樣子，因此也不耽擱，趕緊問起了正事。

莫菲聽夏玉華這麼一說，頓時嘴巴都快嘟到天上去了，一臉委屈得不行，張口便如同倒豆子似的說道：「夏姊姊，妳說我該怎麼辦呀，前些天我無意中偷聽到爹爹與娘親說話，原來他們正商量著給我找婆家，要把我給嫁出去。我就說奇怪來著，三哥的婚事明明已經不著急了，怎麼這會兒上門的媒婆反倒是一個比一個勤了，原來壓根兒是不再替三哥忙活了，而是急著把我這吃閒飯的給嫁出去！妳說我爹娘怎麼就那麼容不得我，我這才多大年紀，就急著給我找人家，還瞞著不告訴我，這是怎麼一回事？難不成他們說嫁誰我就得嫁誰，他們說什麼時候嫁我就得什麼時候嫁嗎？我是人，有自己的想法，他們怎麼也不問我願意不願意，這又算什麼！」

這一長串抱怨下來，夏玉華倒是立馬明白了這丫頭在煩什麼，杜湘靈的話語還言猶在耳，卻沒想到今日便聽到菲兒將要訂親的消息。初次見面時，菲兒不過十四，還沒及笄，轉眼如今已經快十六了，這樣的年紀也的確已經到了談婚論嫁的時候，莫家長輩替女兒操心婚事倒也沒有錯。

「菲兒，妳如今都快十六了，本就到了應該談婚論嫁的年紀，妳爹娘也是為妳好，總不至於跟我一樣，到了二十歲，成老姑娘時再來準備這些事吧？」夏玉華倒是不由得鬆了口氣，看來今日可得好好安撫安撫這個小丫頭才行。

「夏姊姊，妳說什麼呢？誰說二十歲就成了老姑娘？我看遲些才是好事，我還想自由自在的多玩幾年再說，真嫁了人，像我大嫂、二嫂她們一樣，連門都難得有機會踏出，想想多沒意思。如果可以的話，我寧可一輩子不嫁人算了。」菲兒滿臉的沮喪，對於她這樣的性格來說，嫁人還真是一大折磨，等於是找個籠子把自己關起來，還指不定得多受人管束。

「傻丫頭，嫁人哪有妳說的這般悲慘？只要菲兒能夠找個真心待妳好的人，日後嫁人了，肯定會比現在過得還要幸福。」夏玉華笑著說道：「這天底下和和美美的夫妻也不在少數，關鍵就是得找對人。菲兒若是有了喜歡的人，怕是想嫁都等不及，哪裡可能像現在這般苦惱。所以，依我看，與其現在讓妳爹娘在那裡偷偷替妳張羅，還不如妳自己多留個心眼，好好物色一下，畢竟嫁過去後，可是得跟人家過一輩子的。」

「夏姊姊說得不假，可問題是我去哪裡找那個喜歡的人呀？再說啦，爹娘之所以背著我，還不是怕我搗亂，所以他們是根本不可能讓我自己拿主意的。哼！爺爺就是偏心，這麼多孫子、孫女的婚事，偏生就只給三哥自己拿主意的機會。」

莫菲一臉的妒忌和羨慕，頓了頓後，突然看向夏玉華問道：「夏姊姊，妳現在有喜歡的人嗎？」

「我?!」夏玉華一聽，微微笑了笑道：「我還早著呢，妳又不是不知道我得等過了二十才能談婚論嫁。」

「哎喲，我又沒問妳嫁人的事，只是問妳現在有沒有喜歡的人。」菲兒一臉好奇的問道：「我知道幾年前妳很喜歡那個世子來著，那現在呢？妳還喜歡他嗎？」

聽到這話，雅間外正準備敲門進來的莫陽頓時停了下來，靜靜的站在那裡等著屋子裡的人接下來的回答，原本只是打算過來看看，卻沒想到正好碰到菲兒問了一個這樣的問題。

「不喜歡了。」裡面傳來的聲音似乎並沒有什麼猶豫，這一下倒是讓莫陽心裡頭掠過一絲莫名的愉悅。

「為什麼？」菲兒緊接著再次發問了。

這一回，回答的聲音似乎稍微停頓了片刻，而後才出聲道：「不知道，不喜歡了就是不喜歡了，我也說不上具體的原因。現在想想，或許那個時候我真正喜歡的並不是具體的某個人，只不過是那份得不到的不甘罷了吧。」

初識鄭世安時，夏玉華不過十三歲，向來便是要什麼有什麼的驕縱年華，卻偏生碰到一個不願理會她的鄭世安，那樣的年歲，對於喜歡還只是極其懵懂，而骨子裡的叛逆卻勝於一切。那幾年的時光，喜歡的是人還是因為那份不甘，也許正如夏玉華一樣，時過境遷之後才能夠真正的分得清楚。

莫陽在門外愣了半天，好一會兒這才回過神來，聽到裡頭的兩人已經談論到了其他方面，這才敲了敲門後走了進去。

「三哥，你怎麼來了？」見是莫陽來了，菲兒顯然有些意外，直衝著莫陽說道：「你今日不是約了人談生意嗎？」

「已經談完了，娘派人帶信來說妳又溜出門了，我猜妳可能在這裡，便過來碰碰運氣。」莫陽邊說邊朝一旁的夏玉華點了點頭，招呼了一下，而後不請自坐，在菲兒對面的椅子上坐了下來。

「那你運氣可真好，果然就碰到我了。」菲兒說罷，無奈的朝著夏玉華道：「夏姊姊妳也聽到了，如今我家裡人防我就跟防賊似的，以後我這日子可是越發的沒法過了。」

夏玉華見狀，不由得笑了笑，打著圓場道：「妳別這麼悲觀，妳家裡人若真跟防賊似的，今日妳就出不了府了，哪裡還能坐在這裡跟我聊天。」

菲兒一聽，倒也不再說話，只是臉上的神情還是有些不太服氣。莫陽本來話就不多，看到自家妹子連同他一併給怪罪到了，更是不知道說什麼好，坐在那裡顯得有些無奈。

見突然冷場了，這兩兄妹均一副不願先開口的樣子，夏玉華左右看了看，只好再次出聲道：「菲兒，妳跟妳三哥嘔什麼氣，他不過是擔心妳罷了，是為妳好……」

話還沒說完，菲兒便直接出聲反駁：「夏姊姊，妳就別替三哥說好話了，他成天只聽爹娘的，可沒管過我這妹子的死活。他若真為我好，就不會跟爹娘一起瞞著給我說媒找婆家的事，我看他巴不得我趕緊嫁出去的好，省得一天到晚煩著他。」

聽到這話，夏玉華這才知道菲兒為了什麼事生莫陽的氣，敢情這小妮子是在怪自己這三哥關鍵的時候沒有站在她這邊，所以這埋怨才這麼大。

而莫陽亦是不由得愣了一下，顯然沒料到菲兒已經知道了這事，怪不得這會兒把夏玉華給找來了，原來是訴苦來著。

這一下，夏玉華倒是不好再說什麼，只得朝莫陽悄悄使了個眼色，示意他自己趕緊跟菲兒解釋一下，在她看來，莫陽這麼疼菲兒這個妹妹，自然不可能真如菲兒剛才所說的那般。

看到夏玉華的暗示，莫陽一下子便明白是什麼意思。想了想後，索性也沒有再隱瞞，朝著菲兒說道：「菲兒，這事家裡人是瞞著妳不假，可是爹娘那般疼愛妳，怎麼可能會隨隨便便找個人家就把妳給嫁出去呢？妳應該相信我們，如今不過是先四處多留意一些人選，最後定下來的，肯定是得讓妳滿意點頭的才行。」

莫菲顯然也意外不已，她快速轉過頭來，一臉懷疑的朝莫陽問道：「三哥說的都是真的？最後嫁誰我真的能夠作主？」

「完全由妳作主自是不可能，不過爹娘都說了，務必會給妳挑一門合心意的婚事，這樣妳總應該放心了吧？」莫陽難得笑了笑，說實話自己這妹子若是嫁得不幸福的話，他也是不會答應的。

這一下，菲兒自是喜笑顏開，一口一個好三哥的喚著，翻臉比翻書還快，莫陽是滿臉的拿這個妹子沒轍，而夏玉華看到這情形卻是不由得笑了起來。

「等一下，這事還是有些不太妥當！」菲兒突然想到了什麼似的，而後一臉擔憂地朝莫陽與夏玉華說道：「我怎麼知道哪家才是合心意的呢？除了家世以外，其他的品性、相貌之類的，那些媒婆的話哪裡信得過，萬一要是挑錯了，那往後可怎麼辦？」

憋了一會兒，莫陽見菲兒與夏玉華都直接盯著他瞧，知道這是在等他出聲，因此也不好再沈默，想了想後道：「這事倒也不難，到時我自然會派人將那些人的底子暗中查個清楚便可。」

菲兒似乎等的就是莫陽這一句，其實她知道三哥最疼她，就算不交代也會提前替她查個一清二楚，可問題是光看這些就決定自己的一生，她終究還是有些不太甘心。

「三哥，你一向最疼我了，我知道你肯定不會讓我嫁一個品性不端之人，可是光這些對我來說還是不夠。」菲兒似乎是已經有了什麼主意，漂亮的大眼睛撲閃撲閃的盯著莫陽瞧，一臉的壞主意。

莫陽見狀，當下便明白自己又得遭殃了，每次菲兒這樣便總沒什麼好事，不過習慣成自然，他倒也沒什麼異樣，平靜地問道：「那妳想如何？」

總歸是菲兒一生的幸福，所以莫陽也沒理由不滿足妹子的要求，況且以莫家的實力，只要是真心想要為自己家的女兒尋個好歸宿也是完全辦得到的。

一聽三哥這般說，莫菲頓時更是開心不已，不過她並沒有急著回應，而是轉眼看向了一旁的夏玉華，笑呵呵地問道：「夏姊姊，如果是妳的話，妳會怎麼辦？」

「我？」夏玉華倒是沒想到片刻的工夫，菲兒便將矛頭指向了她，一時間也不知道這丫頭到底想做什麼。

「對呀，菲兒最信任夏姊姊了，向來以夏姊姊為榜樣，夏姊姊可得如實說，不能夠隨便說一個糊弄菲兒哦！」莫菲提前給夏玉華將了一軍，說罷還得意洋洋的看了一眼身旁的莫陽。

這一下，夏玉華心中倒是有些數了，原來這丫頭是故意的，估摸著是怕一會兒提出來的要求莫陽不答應，所以這才提前想讓她給鋪墊一下。

想到畢竟關係到菲兒一輩子的幸福，夏玉華倒也沒什麼好顧忌的，想了想後，認真說道：「如果是我的話，我會提前找個機會，暗中親眼去見見那些人選，如此一來應該是最直接也是最實際的辦法了。」

「高！實在是高！還是夏姊姊聰明，這法子的確不錯！」菲兒聽罷，大聲的拍手誇讚起來。「百聞不如一見，關鍵還是得看到人才行，否則再怎麼好，要是跟我合不來，互不順眼的話，那還不是白搭了嗎？」

「菲兒，妳不會想一個一個的先去看人吧？」莫陽這回總算是有些頭疼了，早知道這丫頭沒安什麼好主意，還故意拉著玉華下水，打著幌子給自己說話，真是不服她都不行。

「那有什麼不可的？夏姊姊都說了，這才是最直接也是最實際的辦法。」菲兒拍著莫陽的肩膀說道：「三哥，這點小事對你來說還不是小菜一碟嗎？為了小妹的終身幸福，難不成這點忙你都不肯幫？大不了到時我喬裝打扮一番，不讓人認出來不就行了？」

莫陽沒理會菲兒的話，也沒在意那隻拍在自己肩膀上的小手，反倒是端起面前的茶喝了起來，也不知道到底在想些什麼。

見三哥竟不回話，菲兒有些急了，連忙朝夏玉華看去，可憐巴巴地說道：「夏姊姊妳看，我三哥分明是覺得妳剛才說的方法不行。也難怪，在他眼中，咱們女孩子家的有這樣的想法簡直就是不可理喻、傷風敗俗、不成體統……」

「菲兒，妳胡說什麼，我沒那個意思！」莫陽雖明知菲兒是故意在激他，可是這小妮子卻偏偏把玉華給拉了出來跟自己綁在了一塊兒，害他不得不趕緊出聲打斷，省得生出什麼誤會來。

「沒那個意思？那麼三哥就是同意剛才夏姊姊跟我說的法子了？」菲兒倒是會抓時機，

趕緊逼著莫陽表態。反正在她的觀念裡，非黑即白，沒有什麼其他商量的餘地。「正好夏姊姊也在，她可是個不折不扣的證人，二哥說話可得算話，若是反悔的話，日後夏姊姊可是會認為你是個言而無信的人！」

莫菲似乎看準了莫陽的軟肋，她發現只要提到夏姊姊，三哥便變得特別好說話，所以呀，她這才會故意拉出夏姊姊來變相要脅。

而夏玉華見莫菲總是拿自己說事，一時間心中倒是有些不太自在，只好朝莫菲說道：「菲兒，妳說得太嚴重了，莫大哥不是那樣的人。」

原本她說這話也沒別的意思，只是覺得想替莫陽緩和一下，只不過這話一出口，夏玉華頓時覺得似乎有些不妥，反倒有種幫著菲兒一起要脅的感覺了。她連忙朝莫陽看去，卻見莫陽也正好看向了她，神情之間有些少見的狼狽，一時間不由得歉疚不已。

菲兒卻是越發的得意起來，無比感激的朝夏玉華看去，很滿意剛才夏姊姊的這一番配合，這一來更是讓夏玉華有種跳進黃河也洗不清的感覺了。

似乎感受到了夏玉華的尷尬，莫陽倒是很快恢復了正常，為了防止菲兒繼續弄出些花樣來，索性乾脆出聲道：「算了，這事也不瞞妳了，這些日子爹爹與娘親已經替妳挑出了三、四戶品貌相當的人家，前兩天我也一一暗中派人查探過了，基本上與媒人所言相差無幾。妳若實在想逐個瞧瞧也不是不可以，只不過這事別讓爹娘知道了，過幾天我自會給妳安排，讓妳能夠親眼見到人，妳自個兒好好評比一下也不是壞事，總歸最後要嫁的人是妳。」

這話一出，菲兒頓時激動得當場便起身跳了起來，只差沒去抱著莫陽撒嬌了。見自己的事情總算是柳暗花明，有個好的方向了，莫菲又與夏玉華說道了一會兒，這才趕緊先行回家當乖乖女去了，省得回頭又讓爹娘數說她太多。

「對了夏姊姊，我三哥這幾天晚上總休息不好，既然有妳這個現成的大夫在，那一會兒妳就順便給他瞧瞧吧，有勞夏姊姊了，我得先走了！」三哥的心思她老早便看明白了，若是日後夏姊姊能夠當她嫂嫂的話，那她還是相當樂意的，所以菲兒臨走倒是不忘幫三哥一把，好讓夏姊姊與三哥能夠有單獨相處的機會。

夏玉華原本是想跟著一起離開的，聽菲兒這麼一說，倒是不好意思不答應，畢竟平日裡莫陽也沒少幫自己的忙。

而莫陽的身體其實自己最清楚，不過卻鬼使神差的沒有揭穿菲兒的話，又見菲兒硬是不讓他送，便只好派人跟著將其護送回府。

菲兒一走，雅間裡頓時只剩下莫陽與夏玉華兩人單獨相處，怕夏玉華覺得不自在，莫陽打算將外頭候著的人叫進來，避免不必要的誤會。

見狀，夏玉華笑了笑，說是不必了，正好她也有些話要單獨跟莫陽說，再者清者自清，倒是沒必要太在乎這些所謂的形式。

「莫大哥，剛才的事其實有些誤會，我雖然也想幫菲兒，但卻並沒有刻意與她聯手來逼你就範的意思，你……」夏玉華也不知道自己為什麼要單獨跟莫陽解釋這個，只是覺得不說清楚的話，心中總是有些不太自在。

「我明白。」莫陽見夏玉華主動提到這個，連忙打斷了她的話，露出一抹難得的笑容道：「我真的明白，菲兒向來鬼點子多，最擅長這一套了。妳別多想，我沒覺得有什麼的，真的！」

莫陽的搶白讓夏玉華不由得放下心來，看到那抹難得的笑容，心情也跟著輕鬆不少。

「那我幫你把把脈吧。」夏玉華見狀，也沒有再提剛才的事，準備替莫陽先把脈，看看他有什麼地方不太妥當。

聽到這話，莫陽猶豫了一會兒，最後還是搖了搖頭，如實說道：「其實我根本沒什麼不舒服的，菲兒剛才是亂說的。」

他邊說邊盯著夏玉華的眼睛，細細的觀察著那雙眼睛裡的每一個情緒變化，他不知道玉華聽到這話會不會生氣，但卻還是決定向她坦白。其實一開始他真的也不是成心想騙她，只不過打心裡面是真心想與眼前那雙眼睛的主人多相處一會兒，所以才會順著菲兒那丫頭的話沒有吭聲。

「沒有不舒服？」聽到這話，夏玉華頓時微皺著眉頭朝莫陽反問道：「那剛才你怎麼不說？」

第五十八章

見夏玉華似乎是生氣了，莫陽頓時有些急了，他頭一次被人給問得啞口無言不說，心裡頭還慌亂得很，似乎很怕眼前的女子惱怒於他的不誠實而一氣之下起身走人，到時說再多的話也沒有用。

他不知要如何解釋，現在肯定不能夠再有半點欺瞞，可是要說實話的話，他又不知道如何張口，一時間臉都憋紅了，站在那裡跟個犯了錯的孩子一般不知所措。

看到莫陽此刻的模樣，夏玉華倒是意外不已，原先她也只是覺得有些奇怪，隨口問問而已，並沒有任何責怪的意思，卻沒想到自己一句話把向來性子清冷的莫陽給弄得這般失態了。

正欲出聲解釋一下，卻見莫陽總算是出聲了：「對不起，玉華，剛才是我不對，我不應該騙妳的。」

莫陽徑直向夏玉華道歉著，既然不知道如何解釋，似乎便唯有道歉了。沒錯，他的確不應該騙她，只要她能夠原諒他這一次，他在心裡保證，日後不論是什麼原因，他都不會再騙她，哪怕只是善意的謊言。

莫陽的道歉更是讓夏玉華有些過意不去，其實本來也不是多大的事，菲兒向來愛作弄人，這一點他們都清楚，她又怎麼可能真因此而在意這些，如今搞得這般彆扭，的確是她處理得有些失當了。

「莫大哥，別說什麼對不起的，這事怎麼能怪你。」夏玉華連忙解釋道：「菲兒向來喜歡作弄人，你的性子我也知道，換成是我也沒必要當場去揭穿她。都是我不好，我本也只是隨口說說，並沒有其他意思，更沒有怪罪之意，沒想到卻是讓你誤會了。」

聽了這話，莫陽心中不由得鬆了口氣，只要玉華沒有生氣，沒有怪他，那便已經足夠了。

夏玉華離開之際，他也沒有再多說什麼，想說的話說不出口，也沒有理由再繼續讓人家在這裡久留。本想送她下樓，不過卻被她客氣的婉拒了，透過窗戶往下看，目送著玉華上了轎，一直到轎子再也看不到之後，他這才不由得搖了搖頭，也不知道下一次的見面會是多久以後。

夏玉華依舊每日忙碌不已，嚴格意義上來說，現在的她已經是一名真正的醫者，按照歐陽寧的意思，再過一段時間，如果她願意的話，完全具備了開醫館的資格。

「玉華，過幾天我準備再回師門一趟，這些日子，我詳細的研究了許久，有了妳上次給我的天豫，估摸著師父的病還是有些希望的。所以等我走後，京城這邊的事妳還是得幫我稍微留意一下。醫館那邊有人打理倒是不必操心，就是還有幾個病患妳得幫我持續照看一下。」歐陽寧這次特意將夏玉華叫了過來，再次相託，當然這其實也是一些十分難得的看診機會，畢竟他所收治的病人都不是普通之症。

聽歐陽寧詳細的交代需要照看的幾個病患的情況時，夏玉華的目光中流露出一種期盼而自信的光芒，那樣的光芒讓歐陽寧有種說不出來的熟悉感，一時間竟看得有些呆住了。

歐陽寧的目光自然很快便讓夏玉華察覺到了，她突然意識到，先生此刻像是在看她，但又不像是在看她，那目光的焦點更像是透過她而在看著別的什麼人似的。

一時間，她心中倒是有些好奇起來，不知道為何先生會用這樣的目光來看她。兩年來，她從沒有聽先生提到過別的什麼人，可是卻覺得先生肯定是個有故事的人。就如同剛才那樣的目光一般，以前也曾有過，看似是在望著她，而實則更像是透過她在看著別的什麼人一般。

「先生，您怎麼啦？」她微微出聲提醒了一句，雖並沒有想太過於去探究他人的隱私，但這樣被人盯著瞧總歸不是件舒服的事。

聽到夏玉華的詢問，歐陽寧這才回過神來，略帶抱歉的笑了笑，卻也沒有特意為先前的失神解釋什麼。

而對於先生剛才的出神，夏玉華也沒有再多問其他，許多事往往都是一個道理，不是你應該知道的問也是枉然，若是應該你知道的，不必多問，遲早亦會知道。她隱約覺得，先生心中應該有著一段特殊的回憶，而她應該是在某些時候不小心觸動了先生某些回憶的瞬間。

這一次離京，先生具體要回去多久並沒有說得太明白，道理很簡單，得視先生的師父恢復情況而定，所以這一次，先生遠沒有上次走得那般匆忙，而是逐個將這裡的一切都安排妥當後，這才帶著歸晚從容離開。

就在夏玉華忙著將先生託付的那些病患挨個兒繼續診治的同時，莫菲那邊也是沒有片刻停歇。

短短十幾天的工夫，在莫陽的安排下，她將那幾個人選一一都接觸了一番，如此一來心中自然便有了數，其中還真有一個挺合她的心意，讓這小妮子雀躍不已。

看著菲兒的來信，夏玉華不由得笑了起來，特別是看到信中提到的鄭家公子給菲兒耍得團團轉時，當時便明白那丫頭這回怕是碰到了真正喜歡的人了。

下午她還得跑一趟公主府，因此只得稍微延後點時間再跟菲兒見面，讓那丫頭先一個人樂和幾天吧，眼下她的事情還真是有些多，聽那丫頭興奮的講述這些天的各種趣事也只能再等等了。

下午臨出門，這才發現李其仁竟然在門口等著，說是奉母親的命，特意來請她去公主府看診的。

李其仁的到來雖並不算太過意外，但並沒有人向夏玉華通報，因而讓人家站在大門外頭這般等著，也不知道等了多久。不過她也沒有怪罪下人，想來肯定是李其仁自己不讓人通報，所以也沒必要責問太多。

見她出來了，李其仁便走了過來，笑呵呵的同她打著招呼，也不知道是碰到了什麼好事，看上去顯得很是高興。

「你怎麼來了，今日不用當差嗎？」夏玉華知道這十有八九又是清寧公主的主意，不過也沒說破，當作什麼都不知道似的。

李其仁卻是沒那麼多彎腸子，直接說道：「本來是要的，不過我娘說妳今日要過去給她看診，所以讓我告了假過來接妳，說這樣才能夠表示對妳的重視。不過說真的，玉華，我娘自從採用了妳開的藥膳方子後，這身子還真是有所好轉，說來，我也是得好好謝謝妳才行。」

其實，娘親讓他來接玉華，他心裡是十分樂意的，不過當著面也不好這般直接說，因此只得藉娘親為由了。李其仁在來的路上不停的糾結著，也許他的確是得找機會跟玉華說道說道，否則萬一讓別人搶了先的話，那可不是什麼好事。

「說什麼謝不謝的，太見外了吧，咱們可是最好的朋友。」夏玉華接過話笑著說道：「再說公主也沒虧待我，那診金可不比請任何名醫給得少，這怎麼說也是對我醫術的一種肯定。你說我能不好好給公主診治嗎？」

聽夏玉華將自己與他之間的關係定義為最好的朋友，李其仁心中不免有些失落，也許母親說得對，有些話若是不當面點破的話，只怕這傻丫頭一輩子都不會往別的方面多想。想到這裡，他猶豫了片刻，這才說道：「玉華，上一次妳去給我母親診治時，我知道我娘跟妳說了一些其他的話，雖然她這人向來想到什麼便說什麼，沒有太多的顧忌，不過……」

還沒說完，夏玉華便笑著打斷道：「其仁，你不用多解釋了，我知道那天公主說的那些話跟你沒有任何的關係，所以你不必放在心上。我娘去世得早，不過我也能夠理解一個做母親的心情，她們都是希望子女能夠早些成家立業，都是為了咱們好，這心情是可以理解的。只不過公主把咱們之間的關係想得太複雜了一些，放心吧，我不會多想，你也別在意，咱們就是好朋友，多相處幾回，我相信公主就不會有所誤會了。」

聽到夏玉華的話，李其仁頓時不知道自己還可以說點什麼，原本他是想告訴玉華自己其實也跟母親所說的一般是喜歡著她的，可是這丫頭這般一說，他倒是不好意思再多說其他了。

算了，想想還是暫時別去挑明了吧，李其仁在心裡頭微微嘆了口氣，玉華現在年紀不過十七，離二十歲還早著呢，再加上自己也並不著急，有的是耐心等待，再過兩年大一些了，或者這丫頭開始考慮這方面時再說也不遲，反正現在只要她沒有別的喜歡的人就好，倒也不必太操之過急。

「走吧，我娘一早便在那兒念著妳了。」他沒有再多說其他，笑了笑也不想讓玉華此刻有太多的壓力。終歸有一天他還是會告訴這個傻丫頭自己的心，只不過現在看來並不是最合適的時候。

等夏玉華上轎坐好之後，李其仁這才翻身上馬，先行出發，而當簾子放下的一瞬間，夏玉華卻是不由得微微吁了口氣。其實，剛才她知道李其仁想要跟她說什麼，正是因為知道所以才會故意搶先那般說。

這一次去到公主府，也許是李其仁提前囑咐了些什麼，所以清寧公主沒有再像上次一般暗示明示的說那些不太靠譜的話來讓她覺得尷尬不已。純粹只談論病情，偶爾聊聊普通的家常，如此一來倒是自在多了。

清寧公主恢復的情況還算不錯，上次開出的藥膳方子看起來功效不小，這一回她亦只是稍微調整了部分，並沒有作太大的改動，而且下一次複診時間也相應的延後了一些日子。總歸是老毛病，因此也急不來的，即便針灸也不宜過多，還是靠調養以及自身鍛鍊為主。

清寧公主非常滿意，又說道了一會兒後倒也沒再刻意留人吃飯什麼的，只是吩咐李其仁親自送夏玉華回去，多少還是想給這兩個孩子製造一些機會。

李其仁當然明白娘親的意思，也沒多說，只是笑笑的應了下來，送玉華回家他自然是樂意的，也不需娘親多嘮叨什麼，一把接過玉華的藥箱替她拿著，帶著人先行離開。

到了大門口後，夏玉華從李其仁手中接過了藥箱而後遞給鳳兒放好，知道李其仁還有其他的事，因此也沒必要再特意讓人家送回到家了。

「其仁，你去忙你的吧，我自己回去就行了，沒必要再特意跑一趟送我了。」夏玉華朝著一旁跟來的侍從看了看說道：「你瞧，我這裡有的是人，你大可放心的。」

「沒關係，我送妳回去吧，妳看我娘都發話了，我若是不照辦，一會兒回去她肯定又得念叨了。」李其仁也沒想太多，反正這會兒也沒什麼事，多送一程他也挺樂意。

可夏玉華似乎並不想太麻煩李其仁，再者特意再跑一趟也的確沒有這個必要，因此搖了搖頭道：「真沒必要了，你也難得有時間在家，還是回去多陪陪公主吧。哪個當娘的不想自己的孩子多陪著聊聊天什麼的呢。去吧，過些天菲兒一準有好事，會找咱們玩，咱們到時再聊吧。」

見玉華這般說，李其仁也不好再勉強，因此便囑咐好生將夏玉華送回府，至於菲兒有什麼好事，他也沒有多問，畢竟不是玉華的事，自然也就沒有那麼上心。

一路往回走，夏玉華坐在轎中，閉著眼睛養神，轉眼先生已經離京十多天了，也不知道這會兒有沒有開始給他的師父治療。臨走時怕天豫不夠，她特地又從空間內取了一點出來給先生，只希望能夠幫上一點點的忙，讓先生的師父能夠早些康復，重新站立起來。

至於先生託付給她需要持續診治的那些病患，如今也都基本上全看過一遍了，有幾個日後可以不必再去，而大部分的卻還得繼續治療。一般來說，先生親自出診的都不是什麼小毛病，所以，對於夏玉華來說在實際經驗累積上也是很有幫助的。

正想著這些，轎子忽然停了下來，外頭傳來一道十分陌生的詢問聲：「請問，轎中坐的可是夏家大小姐？」

而很快的，便聽到鳳兒上前詢問的聲音：「你們是何人，為何攔我家小姐的轎？」

來人答曰：「我等是五皇子府的人，奉五皇子的命令，請夏小姐受累跑一趟，我家主子身子有些不太舒服，如今歐陽先生也不在京城，所以只得麻煩夏小姐了。」

「你等著，我先去跟我家小姐稟告一聲。」鳳兒見狀，便讓來人在一旁暫時等著，而後走到了轎子旁，挑開一點簾子小聲的朝夏玉華說明現在的情況。

聽到這些，夏玉華倒是沒有多猶豫，徑直朝鳳兒點了點頭，示意直接讓轎夫改變方向，去五皇子府。鄭默然的身體情況她心中十分清楚，想來這回一定與以前一樣，看診是假，有其他什麼要事才是真，因此也沒多想，直接便往五皇子府而去。

第五十九章

再次來到五皇子府時，這裡頭的一切都沒有什麼變化，唯一讓人覺得改變的是府中僕人的態度。夏玉華很明顯的感受到了那些人對於自己的敬畏，那種並非來自表面，而是發自內心的敬畏。

一時間，心裡頭有些莫名其妙，不知道這些人是怎麼回事，一路從門口往書房方向走去，所經之處碰到的僕人幾乎都是這樣，除了給她帶路的那名婢女以外，其他一些人甚至於都不敢抬眼正視她。

微微皺了皺眉，回想了一遍也記不得自己什麼時候在五皇子府裡頭做過太過分的事，讓這些人如此的怕她，可那些人眼中明顯是畏更多於敬來著，若不是自己有什麼讓他們害怕的地方，怎麼可能會有這樣的反應呢？

尋思著這個答案估摸一會兒還是得從鄭默然那裡得知，也不知道這人到底搞了些什麼名堂，弄得這般古古怪怪的。畢竟偌大的皇子府也就只有他這麼一個主子，若不是自己的原因，想必肯定就只能是鄭默然的關係了。

到了書房門口時，婢女沒有再前行，而是示意夏玉華自己進去便可，說是五皇子這會兒已經在書房了，而後快速的退了下去。那神情如同怕稍微走遲一些便會被夏玉華給吃掉似的，滿臉的怪異。

夏玉華心中更是鬱悶不已，但也沒有再叫住婢女詢問什麼，朝四下打量了一下，突然發現這書房附近冷冷清清的，片刻的工夫除了自己以外，竟然連個人影也看不到。就連以前在前邊的守衛也都撤了，不知道鄭默然到底搞什麼鬼，難不成他就一點都不擔心這五皇子府裡頭會來了什麼不速之客而需要防備一二嗎？

更讓她不喜的是，每次進來的時候，跟她一併前來的鳳兒都會在進大門後沒一會兒便被攔在外頭候著；不讓一併進書房也就罷了，偏生連在書房外等也不行，真不知道是這五皇子府規矩大呢，還是鄭默然這個人脾氣太怪。

片刻之後，她也沒有再多想其他，左右沒事也不會來這裡，有些東西倒也沒有必要太過於在意了。伸手敲了敲門，裡頭之人倒是乾脆，一聲「進來」之後便沒了下文。

夏玉華見狀，也沒再耽擱，推開門便走了進去。今日鄭默然似乎很是悠閒，躺在一旁的搖椅上喝著茶，什麼事也沒幹，從她一進來起，目光便一直鎖定在她身上，嘴角還含著些許笑意，如同看到了什麼有意思的東西一般。

這樣的目光讓夏玉華有些不太喜歡，但基於鄭默然上回出手相助，再加上心中也明白這人本質並不是太過惡劣，因此也沒有表現出什麼特別的情緒來。

「五皇子安好，玉華奉命前來，不知您有何吩咐？」她稍微行了一禮，因明知鄭默然身體並沒有什麼不舒服的，所以才會直接問他找自己有什麼事情。

見夏玉華直入主題，鄭默然卻顯得並不著急，慢悠悠的朝門口方向看去，笑言道：「進來時妳應當隨手關門。」

對於這完全不著調的回答，夏玉華也沒多說，直接按吩咐轉身先將書房門關了起來，而後再次回到鄭默然面前道：「門關好了。」

鄭默然點了點頭，突然發現再次單獨見面時，這姑娘對自己的態度似乎比以前要耐煩了許多，還真是個知恩圖報的好姑娘，上次他那順水人情倒是做得划算。心中不由得笑了笑，如此看來，日後但凡有這樣的機會的確還是得好好把握才行，次數多了，說不定這姑娘一不留神便主動喜歡上他了。

「妳先前在門外想什麼呢？我還以為妳不敢進來了。」他邊說邊朝一旁的椅子比了一下，示意夏玉華自己找個地方坐下便行。書房裡頭也就他們兩人，這姑娘唯獨不好的地方就是喜歡把氣氛弄得太過嚴肅而正經。

「五皇子說笑了，這裡是您的書房，又不是什麼虎窩狼舍，玉華怎麼會不敢進來呢？」夏玉華邊說邊按吩咐坐了下來，多少已摸準了鄭默然的風格，因此也不必太過於跟他較真兒，索性順著他的話頭去說，如此一來便沒什麼不自在的了。

果然，聽到這話，鄭默然笑笑地盯著夏玉華看了一眼道：「那倒也是，許久不見，玉華是越來越會說話了。」

「五皇子又說笑了，玉華說的是實話，沒什麼會不會的說法。」夏玉華見這招呼也打得夠久了，便接過話再次問道：「不知今日五皇子叫我過來有何吩咐？還請五皇子直言，玉華洗耳恭聽。」

「妳真是個急性子，也罷，既如此我便直說了。」鄭默然笑笑的搖著頭，似乎從這姑娘進來之後，他臉上的笑容便沒有收攏過一會兒。「妳可知數月前，我與妳父親曾單獨見過一面？」

「知道。」夏玉華如實回答，卻並不知道鄭默然為何會突然提到這個。

「那妳可知那次我與他都說了些什麼？」鄭默然見狀，繼續發問。

「不知道。」這一點夏玉華還真是不清楚，父親不主動告知，她也不會過多去問，畢竟這些自然有父親操心，沒有必要事事都得讓她清楚。

「我與妳父親說了很多，不過有兩點最為關鍵，其一，我答應他日後有什麼關係到他或者夏家的緊急消息都會提前告知，以互通有無。」鄭默然邊說邊從搖椅上站了起來，慢慢靠近夏玉華繼續說道：「其二，我還告訴他我很喜歡他的女兒，說不定日後他還有可能成為我的老丈人。」

「咳……咳咳……」夏玉華可真是被鄭默然最後這一句給弄得差點沒嗆死，難怪上次父親回去後一本正經的問自己是否喜歡鄭默然，卻是沒想到這人竟會如此直接，當著她也好、還是當著她父親的面也罷，說出這些話來竟然臉不紅、氣不喘的，跟吃飯喝水一般平常。

她知道鄭默然是個不拘小節之人，卻沒想到竟到了這般程度，莫說他們之間根本就沒什麼，就算真有什麼也不能這般隨意吧。這玩笑也開得太大了，害得上次她解釋了半天才打消父親的疑慮，也不知道這人是不是天生喜歡逗弄人，或者是喜歡看人出糗的樣子。

「五皇子，請您日後還是別再開這樣的玩笑了。」她亦站了起來，一臉正色地說道：「玉華資質平庸，豈可同五皇子相提並論，承蒙五皇子看得起已是萬幸，至於其他卻是從不會癡心妄想。」

「玩笑？不，我可沒開玩笑，妳若資質平庸，那這天下便沒幾個聰明人了。」鄭默然卻是一臉輕鬆的說著，絲毫沒有覺得這樣的話題放在兩人之間有什麼不妥之處。「至於什麼癡心妄想這詞也完全不是這麼一回事，畢竟是我同妳父親說喜歡妳，不是嗎？」

夏玉華不由得皺了皺眉，鄭默然此刻離她極近，而且滿臉曖昧的笑，那神情如同他倆之間真有什麼男女之情似的，看得她都有些懷疑起來了。

退了一步，稍微拉開了些兩人之間的距離，夏玉華也懶得再那般婉轉，徑直說道：「承蒙五皇子錯愛，不過玉華並無此心，還請五皇子日後莫再說這些，今日若五皇子沒什麼正事的話，請恕玉華還有事在身，不便久留。」

說罷，她徑直行了一禮，準備離開，而鄭默然卻顯然沒有打算就這樣放她走，上前兩步擋在她的面前說道：「急什麼，即使落花無情，可流水終歸有意，好歹妳也得顧顧我這流水的感受，別這麼一下子便把話給說死了吧。」

鄭默然神情依舊自若，甚至於看到夏玉華的反應後還帶上了一層說不出來的笑意，這個姑娘果然脾氣大，好歹他也算是個皇子，還真是一點也不留情面。

看著鄭默然一臉嬉笑的攔住了自己的去路，夏玉華這才意識到這些日子無病無痛的五皇子看來是調養得不錯，這麼好的精神頭兒就是用來逗她玩的。

「看來五皇子這些日子是閒得發慌了，如果你有需要的話，我倒是很樂意替你多扎幾針。」她面無表情的看著眼前顯得很不正經的鄭默然，說實話，真的很討厭這種神情的他，讓她甚至於還有一種想要揍人的感覺。

眼前的夏玉華如同一隻隨時都有可能跳起來抓人的小野貓，對，小野貓！鄭默然很快便找到了一個自認為最恰當形容此刻夏玉華的詞，說實話，他倒真是覺得這姑娘生氣的時候看上去更是有意思，比起一副規矩客氣對待他的模樣可要有意思得多。

不過，適可而止這幾個字他也很明白，以夏玉華的脾氣，再這麼逗下去，估摸這姑娘真會翻臉不認人了。因此鄭默然也沒有再得寸進尺，一副投降的模樣，揚了揚雙手道：「好了好了，不逗妳玩了，看妳還真生氣了，妳說得也對，平日我的確閒得太慌了，不過扎針的話倒是沒必要。

「坐下再說吧，這會兒真有正事要講了。」他的語氣帶著一點認輸的味道，也收起了臉上的玩世不恭，看上去真像是要正式開始正題了。

不過夏玉華這回可不想再被鄭默然給牽著鼻子走了，站在原地沒有再回座位的意思，而是直視面前的人說道：「不必再坐了，我不累，謝謝五皇子的好意，有什麼事就這麼說吧，玉華不想再過多打擾。」

見狀，鄭默然也不在意，自行徉回走，重新坐回搖椅之上道：「妳不累，站著也無妨。」

夏玉華暗自嘆了口氣，卻在鄭默然說話之際，還是轉過身去，站在那裡看著他再次催促道：「請五皇子吩咐。」

她向來覺得自己是個極有耐心之人，可是偏偏卻在鄭默然面前完全的被打敗了，她還從沒有見過誰能夠有這般不急不慢的性子，興許此刻屋子裡著火了，這人也會說，不急不急，火還沒有燒到屁股上！

正當她看著那躺在搖椅上遲遲不出聲，後來直接閉上了眼睛一副閉目養神、當她不存在一般的鄭默然時，這心裡的火更是燒得旺了起來，一次又一次的耍著她玩，這五皇子還有沒有一點底線與原則？

難道真當她是玩偶，特意叫來給他打發無聊時光的嗎？夏玉華幾乎忍不住有種想要破口大罵的衝動，不過幸好在她還沒有來得及成為潑婦之前，鄭默然總算是出聲了。

「玉華，回去轉告妳父親，皇上這些日子似乎在密謀著什麼，應該跟對付妳父親有關，讓妳父親最近格外小心些，沒事最好少出門，少惹事為妙。」鄭默然依舊閉著眼睛，不過語氣卻是正經了不少。他這人唯一的好處便是，不論先前什麼樣，一旦開始說正事，便不會再那般說話，神情亦會認真許多。

「我父親都已經交出兵權了，皇上還想如何？」夏玉華這會兒可沒心情再計較鄭默然先前的態度，轉而有些不滿地說道：「更何況我父親如今已經是一忍再忍了，如此這般都不肯放過他，難不成非得趕盡殺絕不成？」

「妳不必同我說這些，其實道理妳肯定明白，又何必置氣，傷自己身子呢？」鄭默然平靜地說道：「我父皇向來多疑，對於妳父親這樣的人，怕是唯有永除後患才能讓他安心。畢竟他也知道妳父親的實力，即便沒有所謂的兵權在手，可是威望依舊，只需登高振臂一呼，不知有多少兵馬願意聽他調遣。我父皇能放得下心嗎？」

「為人君者，當有容人之量，若我父親真有你所說的那種野心，早就不必坐在家中受這種閒氣了。」夏玉華還是有些替父親氣不過，父親就是太過忠君愛國，所以才會被排擠成這般，以他這樣的身分與能力，如鄭默然所說，隨便換一人怕都早就造反了，還有誰會等著皇上這般千方百計的加以迫害？

「人心隔肚皮。」

這一回，鄭默然倒是沒有再多說什麼，只一句話便點出了問題的癥結所在。就連最細小的事都是如此，人與人之間永遠不可能達到絕對的和平共存，更何況現在所關係到的還是這千里江山。

一時間，夏玉華倒也沒有再抱怨什麼了，其實仔細想想，鄭默然的話的確在理。畢竟人心隔肚皮，更何況是皇上這種天性多疑之人，又怎麼可能完全對父親放得下心來，換成是她的話，怕也不一定能夠好到哪裡去。

「五皇子可知皇上具體想做些什麼？」她緩和下自己的語氣，不再抱怨其他，而是詢問鄭默然具體的詳情，這個時候解決問題遠比不滿與抱怨要有用得多。

見夏玉華似乎頗為明白自己說的那句話，心態也調整了過來，鄭默然很是滿意的笑了笑，不過對於她的再次提問卻顯得有些無能為力了。

他抱歉地搖了搖頭道：「這個我還真不知道，知道的話先前便直接告訴妳了。妳得知道，自上次妳父親被我暗中出手解決困境之後，父皇雖然並沒有懷疑到我身上來，可是對於這事還是起了疑心，因此現在做什麼都極其隱密，宮裡頭能夠得到的消息越來越少了。」

特別是關於對付夏冬慶的法子這種事，更是嚴密得緊，能夠得到這點風聲已屬不易，再想探知更多可真就難了。

好在夏玉華也算了解，聽到他的回答後並沒有表現出什麼不滿的情緒來，只是微微皺了皺眉，看上去有些憂心重重的，顯然是在替她的父親還有夏家擔心。

見狀，鄭默然只得想了想，再次好心地說道：「具體的我真是不清楚，不過據說近些日子，我父皇曾連續召見過欽天監的正副史，以他的性子這倒不常見，但這與妳父親之事有沒有什麼必然的連繫我也不太清楚。我能夠想到的也就只有這些了，其他的真的無可奉告了，不過妳父親向來都能逢凶化吉，這一次估摸也是一樣，妳倒也不必太過擔心了。」

見鄭默然提到了欽天監，夏玉華頓時腦中閃過一絲靈光，這欽天監能夠與父親及夏家扯上關聯的不就只有自己二十歲後才能談婚論嫁的那一樁事嗎？難道皇上已經知道父親是騙他的，或者說已經拿到了父親說謊的證據？如果真是這樣的話可能性還真不小，畢竟誰能保證欽天監的正副史那兩人不會出賣父親呢？

真是這樣的話，這一次的麻煩可就大了，欺君之罪可是要殺頭，甚至可以抄家滅門的，皇上那麼想除去父親，如今父親兵權也沒了，有這麼好的機會哪裡會輕易放過呢？

一想到這裡，她不由得轉身便走，想趕緊將這消息告知父親，也好早些籌謀對策。不過，她顯然是將一旁的鄭默然給忘記了，連告辭都沒說一聲，便往外衝，直將人給看得一愣一愣的。

「等等，妳這急慌慌的要去哪兒呀？」鄭默然直接從搖椅上坐了起來，不知道這會兒夏玉華到底想到了些什麼。「妳是不是猜到了皇上有可能對妳父親做什麼？」

鄭默然原本並不知道二十才論婚嫁之事的真假，因此也沒有太往這方面去想，可看著夏玉華神情有些不大對勁，再加上欽天監能夠與夏冬慶以及夏家扯上關係的也只有這件事了，所以也是下意識的便想到了這裡來。

聽到鄭默然的聲音，夏玉華也沒止步，稍微扭了扭頭邊走邊道：「這事來不及跟您細說了，我得趕緊趕回家中去。謝謝您了，若這次能夠平安度過麻煩，玉華定當重新上門道謝。」

話音剛落，夏玉華便已經踏出了書房門，鄭默然下意識的追了上去，不過到了門口時還是放棄了，只是靜靜的站在那裡看著那道消失的身影，不再言語。

這姑娘倒也不容易，瞧這夏家的事一齣又一齣的，似乎哪回都不能讓這姑娘省心，鄭默然微微搖了搖頭，心中倒竟不自覺的生出了幾分憐惜。自己雖然也是年少便經歷過許多的風雨，但是好歹是大男人，擔起這一切也是再正常不過的事。可玉華畢竟不過是那麼一個年紀輕輕的女孩子，終究還是太過操心了些呀。

第六十章

回家後，夏玉華小跑著來到了父親書房門口。還好父親人在家，否則這火燒眉毛的，她還真不知道要去哪裡找人。

進到書房，夏玉華二話不說使將書房裡頭候著的人給打發了出去，並且親自關上了書房門。見狀，夏冬慶不由得放下了手中的事情，一臉奇怪地問道：「玉華，妳這是怎麼啦？」自從打這孩子轉性以後，平日他可從沒見過這孩子如此模樣，不知道的還以為走水（注）了呢。

「爹爹，出事了！」夏玉華沒有耽擱，直接將先前鄭默然所說的事，以及自己的判斷說了出來，她相信這次皇上所要找的麻煩一定與那事有關，如此緊急，自然也沒時間多加考慮了。

而聽完夏玉華所說的話，夏冬慶卻顯得從容多了，畢竟薑還是老的辣，這話還真是說對了，夏玉華雖然已經算是極為沈穩鎮定之人，但緊急的關頭不免還是過於焦慮急躁了一些。

「玉華，妳先別著急，萬事總有辦法解決，這個時候越是急反倒越是容易壞事。」他拍了拍女兒的肩膀，拉著她先行坐了下來，又遞了一杯自己還沒有喝過的茶給她。「先喝點茶

注：失火或漏水之意，此處指失火。

吧，看妳這一路跑的，應該是渴了。」

「爹爹是覺得女兒的判斷錯了嗎？」夏玉華見父親如此從容，絲毫沒有擔心的樣子，不由得說道：「可是欽天監……除了這事以外，別的再也沒有什麼能夠與咱們家扯上半絲的關聯了。爹爹，欺君之罪可不是小事，皇上若真拿此事開刀，那也是再正常不過的了。」

「妳先喝口茶，一會兒為父自然會跟妳解釋清楚的。」夏冬慶示意女兒放輕鬆一些，萬事都需得冷靜才行。

見狀，夏玉華倒是明白了父親的意思，因此也沒有再急著追問，點了點頭後先行喝起茶來。

等她神色平復了一些後，夏冬慶才在一旁解釋了起來：「玉華，為父並不是覺得妳判斷完全錯了，相反，妳認為皇上這次要出招肯定與欽天監一事有關是極有道理的。但欺君之罪實在不必太過擔憂，為父當時做這事的時候，自然就已經做好了萬全的準備，欽天監那兩位正副史是不可能敢在皇上面前胡說什麼的，至少他們不敢說為父先前所言之事是為欺君，因為那樣的話，即便皇上免了他們的共謀罪，他們也會明白，為父這邊是絕對不可能善罷甘休的。哪怕為父身陷牢獄，抑或者即刻被皇上所誅殺，卻依舊有著足夠的實力讓他們付出擔不起的代價。」

父親的話讓夏玉華不由得安心了一些，如此說來，欺君大罪應該是不可能定得下來的，畢竟這種事得有實實在在的證據，而這事只要那兩名欽天監的官員不指認的話便會不了了之。可問題是，皇上近期頻繁召見他們又是為了什麼呢？難不成與父親之事沒有什麼必然的關聯，而只是她自己多想了嗎？

「爹爹，那依您之見，這事到底會如何？」她繼續將目光投向父親道：「五皇子也說了，近期皇上肯定會對您有所行動，咱們可不能夠坐著等，得想辦法才行。」

「玉兒妳別急，萬事總有解決的辦法，皇上要對付為父也不是一天、兩天的事了，既然連五皇子也查不到具體的情形，那咱們便唯有靜觀其變了。」夏冬慶安撫著女兒，頭一次發現女兒竟如此的心神不寧。「妳放心吧，即便是再大的事，皇上也不可能一下子整死為父，他有他的招數，我有我的解法，兵權是沒了，可是他總不可能真當為父已是個一無所有的光桿兒將軍吧。

「皇上疑心雖重，但做事卻極其求穩，沒有百分之百的把握能一下子將我置之死地的話便不會輕易的出手。上一次亦不過是陸相在那裡搞鬼，皇上順勢而行罷了，反正行得通便罷，不行的話責任也可以推到陸相身上。不會給他惹上什麼多大的麻煩。」

夏冬慶如實的分析道：「所以，依我看這一次就算他真有什麼法子想動手，也不可能一下子來得太狠，畢竟上次那麼自認為有把握還不是沒成？皇上不會太過輕率的，而但凡有一絲喘息之機，為父亦不可能輕易讓他處置。」

他的目光流露出來一絲狠絕，他當了幾十年的軍人，向來盡職守分，忠君愛國，即便皇上再如何刁難，也從沒生出過半分的謀反心。可這也不表示他就沒有一絲底線，真將他逼得走投無路時，他大不了背上一世的罵名，豁出去了又如何？

兩人正說著，外頭突然傳來一陣急促的敲門聲，夏冬慶朝玉華作了個暫停的手勢，而後便示意外頭之人進來。

「什麼事，怎麼急慌慌的？」見是管家，他不由得皺了皺眉，向來沈穩的管家今日怎麼也這般沈不住氣，一臉慌亂不說，進來張嘴便想說話似的。

而看到這情形，夏玉華心中更是覺得有些不太妙了，眼皮子頓時也不由得跳了起來，好像已經預知有什麼事要發生了似的。

管家見狀，哪裡還來得及替自己辯解半句，張嘴便稟告道：「老爺、小姐，皇上派人前來宣讀聖旨，這會兒已經在廳裡候著了。」

「聖旨？」夏冬慶反問了一句，而後說道：「下旨而已，你慌什麼慌，難不成傳旨之人已經說了是什麼不好的事嗎？」

「那倒不是，奴才哪裡可能提前知曉，再說那些人也不可能跟奴才說什麼呀。」管家連忙否認。

「那你急什麼？這家中又不是頭一回接聖旨了，好歹你也是老人，怎麼能如此沒分寸，豈不是自找不快嗎？」夏冬慶訓斥了一聲道：「萬事莫慌，別丟了咱夏家的臉面。」

「老爺教訓得是，奴才記住了！」管家見狀，連忙穩了穩神，隨後再次說道：「老爺，傳旨之人說了，這聖旨是傳給大小姐的，請大小姐焚香沐浴之後再去接旨，奴才瞧著那幾名公公神色倒是頗為喜氣的，可是這心裡頭卻總覺得怪怪的，一時心急了些，還請老爺恕罪。」

「什麼，給我的聖旨？」夏玉華這下不由得從椅子上直接站了起來，神色之間明顯驚訝無比。她能夠有什麼事值得皇上親下聖旨呢？這事果然有些奇怪，難怪管家也察覺到有些不對勁了。

「是的，正是給大小姐您的。」管家重複了一遍道：「大小姐，您看是不是現在便回屋焚香沐浴？」

這個時候，夏玉華哪還有心思做這些，接個聖旨而已，還得焚香沐浴，看來這可不是普通的聖旨，這皇帝到底是想做什麼呢？

「不必了，我在這裡待一會兒再直接去接旨就行了。」她微微搖了搖頭，心中已經是七上八下的，左眼皮跳得越發的厲害，但卻一點底也沒有。

見狀，夏冬慶自然明白女兒此時心中的擔憂，他想了想，朝管家吩咐道：「你先出去吧，告訴宣旨之人，小姐這會兒正在焚香沐浴，讓他們暫時等待，一會兒我會帶著全家老小一併去聆聽聖意的。」

「是！」管家連忙應了下來，朝兩位主子行禮之後快速退出了書房。

「玉兒，先別這般擔心，說不定並沒有什麼，只是一些普通的旨意。」夏冬慶安慰著女兒，但這會兒自己的心中卻隱隱覺得有些不安起來了。先前怎麼也沒想到這聖旨竟然會是直接下給玉華的。

「爹爹，若是那旨意女兒不願接的話，怎麼辦？」夏玉華突然看向父親，一臉的茫然，雖然現在並不知道聖旨上說了些什麼，可她總覺得不會是什麼好事，這才會有此一問。

而聽到這話，夏冬慶則不由得沈默了起來。女兒的話他當然明白，以皇上現在與夏家的關係，想來也不可能會是什麼多好的旨意，但若是不接這旨的話，便是抗旨不從，罪名可就大了，先別說會不會因此而影響到夏家其他人，單論玉華，怕也是有性命之憂。

「玉兒，咱們先別瞎想了，一會兒等宣讀聖旨之後再說吧。」片刻之後，他只得暫時勸慰道：「萬事咱們還是得先忍著，畢竟當面抗旨罪行可不輕，如果不到萬不得已的話，咱們還是先接了旨再另想他法吧。」

「可是爹爹，如果聽了聖旨之後，女兒的確不願，也不能接那道旨呢？」夏玉華再次追問了起來，她也不知道自己到底想得到父親一個什麼樣的答案，畢竟抗旨的話，皇上肯定會龍顏大怒，更是會藉機生事，如此一來，不但自己有可能丟了性命，而且更有可能會牽連到父親，甚至整個夏家。

但她心中卻始終有這麼一絲堅持，重生一世，她並不想再將自己的命運交付到別人手上，而聖旨這種東西又完完全全的是一樣主宰命運的東西，所以到時如果真的是違背她心意的事，她實在不知道自己當場會做出什麼樣的反應來。

面對女兒的追問，這一次夏冬慶真不知道應該如何回答，他的女兒他心中有數，特別是現在的玉華，心思與主見都不是一般人所能及的。

時間一分一秒的過去，夏冬慶依舊沒有出聲，只是背對著女兒似乎在那裡深思熟慮，而夏玉華亦沒有再緊追著發問，站在那裡靜靜的等著。

就在她覺得父親不可能再給她什麼想要的答案之際，卻見夏冬慶突然轉過了身，一臉鄭重地朝自己說道：「玉兒，一會兒宣讀聖旨之後，不論妳想做什麼，爹爹都支持妳的。妳儘管放心吧，即便妳想抗旨，爹爹也會全力保妳周全！」

「謝謝爹爹！」她無法控制眼中的淚，雖然努力克制後卻還是流了下來，她不知道自己還能夠對父親說點什麼，唯有道出一聲謝謝。

一刻鐘後，夏冬慶帶著夏玉華還有阮氏等府中之人，一併前往前廳接旨聽宣。

眾人跪下之後，宣旨的太監這才打開聖旨高聲宣讀：「奉天承運，皇帝詔曰，今有大將軍王之女夏氏玉華，品貌端莊、性格純良，乃淑女之典範，現將夏氏賜與端親王之子為世子妃，欽此！」

尖細的聲音終於停了下來，緊接著太監們恭賀之聲不絕於耳，只不過對於此刻仍然跪在地上的夏玉華還有夏家其他人來說，卻簡直就是一道晴天霹靂！

夏玉華萬萬沒有想到竟然會是賜婚的聖旨，而且還是將自己賜婚給鄭世安為世子妃的聖旨，一時間她完完全全的愣住了，絲毫沒有理會那宣旨太監，更沒有任何準備去接旨的意思，而是定定地跪在那裡，神情冷漠。

「夏小姐，您趕緊接旨呀，這可是天大的喜事，別耽擱得太久了！」宣旨太監一時沒弄明白到底怎麼一回事，明明是件大喜事，怎麼夏家之人個個看上去都顯得不怎麼高興，特別是這大喜之人更是一副冷冷淡淡、極不高興的樣子。

按理說，像夏家這種人家也不至於會因為太過歡喜而反應失常吧，畢竟大將軍王的女兒配親王世子也是再正常不過的事了。太監也懶得想太多，反正他的任務只是宣旨，只要人接了旨，他的差事便算了結了，因此這才趕緊催促著沒有半點反應的夏玉華接旨。

可夏玉華卻依舊不理不睬的，跟沒聽見似的，一副壓根兒沒將聖旨放在心上的樣子。太監見狀，不由得有些動怒了，這明擺著不是無視聖意嗎？夏家小姐也太過目中無人了吧！

正想出聲訓斥，卻見一旁已經起身的大將軍王夏冬慶徑直上前幾步，朝著他問道：「這到底是怎麼一回事？皇上明明知道我女兒二十歲之前不宜談婚論嫁，怎麼這會兒卻直接下了賜婚聖旨？端親王知道嗎？他會答應？就算端親王不信這些，不擔心我女兒累及到他親王府，可我還顧著我女兒的性命安危呢！」

夏冬慶的語氣一點也不好，幾乎是在質問，而太監聽了後，當下卻是陪笑起來，怪不得這一家子都一副家裡要舉喪了的樣子，原來是擔心著這個事，如此說來倒也正常了。

見狀，太監連忙解釋道：「大將軍王盡可放心，皇上說了，夏小姐如今這命相與運勢都已經轉了，不會再有任何問題。」

「什麼意思？你說具體些，無緣無故的怎麼就轉了呢，我怎麼知道是真是假，萬一弄錯了的話，豈不是會害我女兒一生？」這會兒工夫，夏冬慶再次追問，態度依舊不怎麼好，雖說這太監是來宣讀皇上聖旨的，可畢竟不過是一個奴才，別說是個太監，就是當著皇上，這種時候他也沒必要太過客氣。

「是這樣的，奴才剛才忘記跟您解釋了。」太監連忙再次說道：「皇上體諒大將軍您勞苦功高，也十分掛記您家中之事，因此前些日子數次召欽天監的幾名官吏，讓他們多加上心夏小姐的事情，儘快找到破解方法。俗話說得好，這皇天不負有心人，再加上有皇上親自關注，因此好消息倒是很快來了。經過欽天監的官吏連續一些時日的觀察，竟然發現夏小姐主星位旁邊的煞星已經離去，估計著是與前些日子的欽天監觀察到的天象改變有些關係。所以呀，大將軍您就放心的準備著嫁女兒吧，連端親王都絲毫不擔心了，這事肯定錯不了的。」

聽到這些，夏冬慶這才明白皇上打的是什麼主意，如此看來皇上是把欽天監的正副使給逼得沒辦法了，這才想出這個誰都不會得罪的法子來。難怪只是賜婚，而並非定他的欺君之罪了，看來這次他還是有些大意了，讓皇上鑽了這麼一個漏洞，以此來牽制自己。

如果真的只是牽制的話倒也無所謂了，反正現在兵權也主動上交了，自己也確實沒有什麼反意，可偏生這賜婚的對象有些問題。看來皇上也是故意的，雖說端親王家的確是皇上最信得過的，不過他就不信皇上沒有聽說過玉華與鄭世安之間的這些事。

這樣的情況下，故意給這兩個孩子賜婚，這不是專門想生出些事端來嗎？

想到這裡，夏冬慶不由得朝還跪在原地的夏玉華看了過去，看這孩子的神情，似乎真是很難接受這門親事，而他也沒有說什麼，站在一旁靜靜的等著，等著這孩子自行決定一切。好在只是賜婚聖旨，如果她抗旨的話，再怎麼樣也不會牽扯得太大，但皇上肯定會藉機生事，大不了他捨棄一切，無論如何也得保女兒一個周全。

「大將軍，您看，小姐這跪著也半天了，奴才看著都心疼呢，您趕緊讓小姐接了旨起來再說吧。」宣旨太監自然早就看出了這其中的不妥，雖然不明白具體原因，但明眼人都看得出夏家大小姐這是不願意嫁給世子，不願意當這世子妃。但聖旨難違，再如何也都是白費，跪這麼久也拖不到哪裡去，到最後還不是得從嗎？不如早些接下了事，省得受這種沒必要的苦頭。

夏冬慶什麼都沒說，只是朝宣旨太監揮了揮手，示意這會兒工夫都別說話，雖說是聖旨，可這裡畢竟是大將軍王府，這點決定權他還是有的。

太監見狀，雖然心中對於夏家人接待聖旨的態度很是不滿，卻也不好當面說什麼，只得搖了搖頭，無奈的站在原地先行等著，看這一家人要磨到什麼時候去。等著吧，一會兒回了宮，他肯定會把這裡的一切如實的稟報給皇上，看看這大將軍王還能夠囂張到什麼時候。

時間就這麼不停的流逝，夏玉華也不知道自己跪了多久，一直到覺得雙腳麻得沒有什麼知覺的時候，這才不由得朝一旁的父親看去。

看到父親那暗自肯定與鼓勵的眼神，夏玉華快速的別開了眼，她實在是不忍再看父親。她自然明白父親的意思，讓她按自己的想法放手去做，不必擔心。這樣的父親、這樣的容忍、這樣的魄力，也許天底下再也找不出第二個來了吧？

自私一回吧，讓她再自私一回吧，她重重的吸了一口氣，不再去想任何的後果，這一世的重生若只是為了上一世變相重複的話，那她寧可沒有這一世的重生！

決定之後，夏玉華沒有再繼續跪下去，而是徑直朝一旁的鳳兒與香雪說道：「妳們兩個，過來扶我一把！」

跪得太久，腿早就已經麻木了，她不想還沒站起來便再次摔跌下去，那樣的兆頭似乎並不太好。

鳳兒與香雪見狀，連忙上前準備扶自家小姐。一旁等候的宣旨太監卻是急了，連忙說道：「夏小姐，您得跪著接聖旨，接完了才能起來。」

可話說出來，夏玉華如同沒有聽到一般，依舊讓鳳兒與香雪不急不慢的將她給扶了起來。

「小姐，您跪太久了，要不先坐著休息一會兒吧。」鳳兒邊扶邊擔心的說著，這會兒工夫，她若還看不出小姐想做什麼的話，便真是對不起這麼多年跟在小姐身邊的時間了。

雖然明知這樣一來，小姐一定無法全身而退，可是鳳兒卻不去管那麼多，不論小姐做什麼，反正她都會聽從、會照辦。

夏玉華微微搖了搖頭，香雪雖沒說話，但卻索性直接彎下腰，替小姐在跪著的部位揉了起來。

看到這情況，太監可是氣得不行，也懶得再跟夏玉華說什麼，直接朝著夏冬慶說道：「大將軍，這算怎麼一回事？這旨你們夏家到底是接還是不接？」

「別問我父親，那不關他的事，聖旨是下給我的，接不接是我的事，與任何人無關！」夏玉華不等父親出聲，直接接過了那太監的話，異常鎮定的說著，臉上也看不出什麼波瀾來。

「好，既然夏小姐這麼說了，那奴才再問您一聲，這聖旨您是接還是不接！」太監板著臉，陰陽怪氣的說著，他就不信這麼個大小姐還真敢不接這聖旨！

太監的神情已經帶上了不加掩飾的不耐，好歹他是代表著皇上的，哪能夠丟了皇上的臉面，所以他的硬氣也不是沒有道理的。

經過香雪的捏揉，夏玉華這會兒腿已經沒事了，她揮了揮手示意香雪先行退到一旁，而後朝著那滿面怒氣的太監平靜說道：「這旨，我不接！」

一時間，除了夏冬慶以外，所有的人都驚呆了，眾人萬萬沒有想到，夏玉華竟然能夠如此冷靜而鎮定的說出這幾個字來。

而宮裡頭來的那些宮人們，特別是那宣旨的太監，簡直不敢相信自己的耳朵，驚得下巴都快掉下來了，沒想到夏家小姐竟然敢當著這麼多人的面，如此平靜的抗旨。

「妳說什麼？」他不得不反問了一聲，這種事可不是開玩笑。

夏玉華卻依舊那般從容而鎮定，再次啟唇說道：「皇上賜的婚，臣女不滿意，臣女不願嫁給世子，所以這旨，臣女不接！」

這一回她說得更加的清楚明白，也沒有半絲賭氣的情緒，如同就事論事一般說道了出來。

響亮而清楚的回答足以讓所有人明白剛才聽到的話並非錯覺。那太監頓時臉都綠了，好半天這才衝著夏玉華質問道：「夏玉華，妳可知抗旨不從是什麼罪？」

「臣女知曉，但臣女絕非對皇上不敬，只是心中的確不願嫁給世子罷了。」夏玉華也沒多說，反正跟這太監也說不明，直接回絕了便行。

「妳、妳、妳……妳簡直太不可理喻了！」宣旨太監氣得說話都有些不太流暢了，轉而看向夏冬慶道：「大將軍，您的女兒竟然敢當眾抗旨，您還不管管？小姐年紀小不懂事，您可是……」

「我說過這事不關任何人，你不必再跟我父親說這些。」夏玉華打斷了太監的話，神色冷清地說道：「我的事我自己作主，任何人也管不了！」

見狀，夏冬慶也只得無奈的嘆了口氣，搖著頭卻並沒有出聲，太監一看這情形，頓時也懶得多說了，直接說道：「如此的話，奴才只好照規矩辦事了！」

說罷，他朝著身後跟隨而來的侍衛揚了揚手，有兩名侍衛很快便走了上來，直接朝夏玉華走去。

「等等，你們想做什麼！」夏冬慶自是出面阻止，看那樣子，估摸是要對玉華動手。

「大將軍放心，這裡是您的地方，奴才自然不敢隨意亂為。但奴才奉命宣旨，您家小姐卻拒不接旨，所以奴才只能將夏小姐帶回宮去，交由皇上處置！」這太監倒也俐索，夏家不是普通人家，因此對夏玉華肯定不能像一般抗旨之人來處理，而是帶回宮去，讓皇上來決定才是正確的。

夏冬慶見他們要將玉華帶走，一時有些急了，連忙說道：「要不這樣，本將軍跟你們進宮面聖，親自解釋玉華的事，這樣行嗎？」

「夏將軍要進宮面聖，那是您的事，不過現在奴才得做奴才應該做的事！」那太監也不含糊，說罷便直接朝人吩咐道：「來呀，請夏小姐進宮！」

見狀，夏冬慶自然還是不願讓這些人就這般帶走寶貝女兒，不過，還沒來得及再次出聲，便聽夏玉華說道：「父親，女兒不孝，給父親與夏家丟臉惹麻煩了。不過女兒一人做事一人當，請父親不必再為難他們了，讓他們帶我走吧。見到皇上後，我自會解釋清楚一切，但憑皇上處置，絕不會因此而累及家門。」

「妳這孩子，現在都什麼時候了，還說這些，妳是我女兒，我怎麼可能坐視不理？」夏冬慶自知也沒有理由攔著不讓人被帶走，他已經打定了主意，一會兒便馬上入宮面見皇上，不惜一切代價也得保住女兒。

包括夏冬慶在內，夏家的人都沒有再阻止宮中侍衛將夏玉華帶走，抗旨本就已經是大罪，這會兒若再企圖阻止這些人將夏玉華帶回宮中聽憑皇上發落的話，那麼造反一罪都可以直接給夏家安上了。

阮氏雖然擔心不已，可這會兒卻極其冷靜，先行將府中下人遣散，讓他們各司其職，應該做什麼便做什麼去，而後便迫著快速回房準備更衣進宮面聖的夏冬慶而去。

第六十一章

夏玉華前腳剛進宮，便碰到了匆匆忙忙正要出宮的李其仁。

看到夏玉華此刻出現在宮中，李其仁意外不已，先前他聽說皇上派人去夏家宣讀賜婚聖旨，要將夏玉華許配給鄭世安為世子妃時，他頭腦一熱，當場便不受控制的掉頭往外跑，想要去夏府找夏玉華。他萬萬沒想到皇上竟然會將她許配給鄭世安，這一切太令他無法接受了。

看那宣旨的太監黑著一張臉，而夏玉華則滿臉的清冷，他連忙朝夏玉華問道：「玉華，我正想去找妳，妳怎麼進宮來了？」

夏玉華見狀，只是朝著李其仁微微笑了笑，卻並沒有出聲回答，這會兒工夫她也不知道能夠說些什麼，怕多說話會將自己惹下的麻煩禍及到其他人身上。

倒是那宣旨的太監，見到李其仁後，這臉色一下子好轉了許多，當真是宮裡頭混的，見風使舵的功夫那是一流的。只見他笑臉相迎地躬著身子朝李其仁說道：「小侯爺，您這是要去哪兒呀，跑得這般著急？」

「我的事你少打聽，我問你，這是怎麼回事？」見夏玉華不出聲，李其仁索性直接詢問那太監。

都說伸手不打笑面人，這宣旨的太監今日可算是自討沒趣了，略帶尷尬的收起了笑臉，卻也不敢不回答，趕緊說道：「回小侯爺話，奴才這不是奉旨出宮去給夏家小姐宣旨嗎？可夏小姐拒不接旨，沒辦法，奴才只得將人給帶回宮，交由皇上發落了。」

李其仁頓時明白了過來，同時也的確震驚不已，沒想到玉華竟然當眾抗旨，一時間，心裡千頭萬緒。玉華抗旨，這就表示她不願意嫁給鄭世安，這一點他自然是樂意見到的，可抗旨卻不是小罪，此刻更多的想法自是替她擔心。

原本皇上就對夏將軍有所疑心，這一回藉著玉華抗旨拒婚一事，只怕風波定然不會小了。

「那你們現在要帶她去哪裡？」他連忙追問著，腦子裡則快速的想著如何才能夠幫到玉華。

「先交由內務府看管，待奴才稟明皇上之後由皇上處置。」太監邊說邊朝前邊看了看道：「小侯爺，您看時候也不早了，奴才就失陪了，否則回去覆命遲了，怕是得受罰的。」說罷，他再次朝李其仁躬了躬身，而後便讓人將夏玉華先行帶走了。李其仁見狀，倒也沒有再多加阻攔，這裡是皇宮，不是什麼可以隨意而為的地方，儘管他心中焦急萬分，可這會兒卻知道並不是衝動的時候。

夏玉華先被關押在內務府，隨後好久的時間都無人過問，除了最先送她進來的宮人以外，再也沒有見到半個人的身影。關押的屋子乾淨整齊，屋裡家具一應俱全，累了還有床可以躺著休息，除了沒有自由，其他的倒也還算好。

她知道這裡不過是她的暫時安置之處，待見過皇上之後，想必很快便會挪到別的地方了，到時是天牢也好，還是其他牢房也罷，她都無所謂，既然作出了這個決定，自然也就作好了吃苦頭的準備。

不過，估摸著皇上是不可能太快召見她這個罪人，最起碼先得拿她好好作作文章再說吧。事已至此，多想無益，只得走一步算一步。

不知道躺了多久，迷迷糊糊中似乎聽到開門的聲音，她睜開眼，慢慢坐了起來，只見兩名宮女走了進來，手上各拎了一個食盒，看樣子應該是來給她送晚飯的。

宮女們如同沒有看到夏玉華一般，顧自的將食盒裡頭的飯菜拿了出來，放到一旁的桌子上，而後什麼也沒說的便徑直出去了。門很快被再次關上，屋子裡再次恢復了死寂一般的寧靜。

這樣的狀況夏玉華早就有了心理準備，從進來後她無意識的問了一句話卻沒有半個人理會後，她便知道在這裡沒有誰敢跟自己多嘴說一句話。所以剛剛這兩名宮女進來送吃食時，她也懶得再多問什麼，省得徒勞無功。

同孤獨為伴，前一世她早就學會了，與之相比，這一點又算什麼。皇上如今並不召見她，只是將她單獨關押看管著，卻不聞不問，其目的是什麼，她比誰都清楚。正因為如此，她才不想多浪費力氣。

與夏玉華的淡定從容相比，皇宮外面此刻卻已經掀起了不小的波瀾，夏玉華抗旨拒婚，不願嫁給世子鄭世安的事以最快的速度傳遍了整個京城，上自皇親國戚、達官顯貴，下至平民百姓、三教九流，無一不在議論著這件事。

夏冬慶當日便進宮欲面見聖上，替自己的女兒求情，可皇上卻沒有馬上召見，只說讓夏冬慶先行回去等著傳召。而且皇上也沒有馬上召見抗旨拒婚的當事人夏玉華，也不知道到底是什麼意思，只是命人將她看管起來，之後便沒有再提及過。

一時間，事情變得越發的撲朔迷離起來，所有的人都震驚於夏玉華膽大的同時，也開始激烈的討論著夏玉華以及夏家在這次風波中將會受到什麼樣的打擊；更有甚者，京城裡各個賭坊已經以此事開賭下注，而從賠率上來看，夏玉華以及整個夏家這回都不被看好。

在大多數人眼中，夏家的事就算是捅破了天也不過是他們茶餘飯後的話題，是他們打發無聊時光的一種最好題材罷了，只有極少數的人真正關心著夏玉華的安危，關心著夏家的存亡。

為了夏玉華的事，有那麼一些人算是費盡了心思，無論有用沒用，卻都是盡心盡力的做著自己最大的努力。

今日已經是夏玉華被帶進宮的第三天，夏冬慶每天都會進宮請求面聖，但次次都被駁了回來，什麼也不說，只是讓宮人傳話，示意他安心等候便是。

皇上的心思並不難猜，夏冬慶也知道這完全是故意的，可是被關在宮裡頭、前景未卜的畢竟是自己的女兒，哪怕明知如此，他也只得這般耐著性子每日進宮請求，而後回來繼續等候著。

而出乎他意料的是，這一次玉華出事後倒是有不少人上書替她求情，甚至連清寧公主都出面了。只不過清寧公主那邊倒還好理解，左右是少不了李其仁的緣故，但朝中好些原本與他並無什麼交情的官員又怎麼會無故上書替玉華求情呢？

那些上書的官員有不少官位較高，甚至於還有幾名在皇上面前說話分量十足的鐵面諫官，這一點實在是有些奇怪。而且很顯然，那些人並非是衝著他的面子，而只是單純的想要替夏玉華攏平此事。因為他跟那些人都不怎麼熟悉，更別提交情了。

一開始，他以為是五皇子暗中所為，可是詢問過後卻發現並非如此。五皇子雖然有一定的勢力，卻也沒有辦法籠絡到這麼多不同立場的官員出面，而且最主要的是，五皇子此人完完全全的看透事情的本質。

他不得不說，所有皇子之中，鄭默然的確是最出色也最有帝王潛質的人，在他辭別之際，鄭默然坦言，這一回的事，能夠救夏玉華的只有他這個父親，旁邊的人再如何做也不過是一個推動力罷了。

正因為看得如此明白，所以鄭默然這才並不急著做什麼，而是靜觀其變。

不過，對於那個暗中出手、一口氣便說動了這麼多官員替夏玉華上書求情的幕後高人，鄭默然亦是無比的感興趣。有著這樣大手筆的人可不簡單，日後若不與他為敵還無妨，若一旦為敵，還真是個極難對付的傢伙。

同時，他也很好奇，這人到底與夏玉華有什麼關係，為何會冒著這麼大的風險籌劃這一切？在他印象中，夏玉華認識的人似乎並不多，歐陽寧自然沒這能耐，同時現在遠在他方，根本就不知道發生了什麼事。

而李其仁的話，最多能夠搬出清寧公主，至於說召集這麼多人上書還真是沒那可能。鄭世安的話，更加不可能了，聽說知道夏玉華抗旨拒婚後，氣得鼻子都快歪了，男子漢的自尊大概早就碎成了一地。

另外，夏玉華還有幾個交好的，一個是平陽侯府的千金，一個是莫家的小姐，但不論是杜家還是莫家，都不具有這樣的可能。

所以，猜來猜去，這一回，鄭默然還真是沒有半絲的頭緒了。

宮外的風起雲湧絲毫沒有影響到連續幾天被關押在內務府的夏玉華，這兩年來，她難得這般清閒，什麼也不必想、什麼也不必做，按時吃飯、按時睡覺，偶爾打打成孝特意為她改編的那套拳法，或者看看房間裡頭能夠找到的書本，一個字一個字細細的翻閱。什麼也不想幹時就坐著發發呆，打發這樣的日子，是她最拿手的了。

直到第四天，除了固定進來送飯的宮女以外，上次去夏府宣旨的太監也過來了一趟。說是奉皇上之命，前來問她是否要改變主意了？

夏玉華淡淡地笑了笑，只答了一句「臣女有負皇恩」，而後便不再理睬那傳話的太監。見夏玉華如此不知悔改，那太監重重地哼了一聲，而後轉身離去。

回到御書房，太監將夏玉華的回答一字不差的稟報給了皇上，末了還不由自主地數落了一下夏玉華的不知好歹，心中卻生怕皇上聽到後會龍顏大怒。

要知道抗旨回宮那天，皇上雖然沒有當眾發火，可那神色卻是極其難看，隨手將手中的茶杯啪的一下便重重放到了桌面上，好半天都沒有說話。而這一次，皇上耐著性子好心好意給了這夏玉華考慮的時間，卻沒想到竟然還是這般不知好歹，如此冥頑不靈。

太監說罷，小心翼翼地看著面前的聖主，不過這一回卻是意外不已，皇上竟然看不出有什麼不高興的樣子，只是想了想後，朝他問道：「她這幾天有沒有什麼異樣之處？」

「回皇上，奴才問過了，沒有任何的異常，出奇的平靜。」太監連忙答道：「奴才交代過不許任何人跟她說話，除了進去送吃的、換東西以外，一般情況下也沒有任何人能進去。可外頭看守的人卻說這女子跟進去時一般安靜，甚至於連自言自語都沒有，精神狀態也十分正常。整個人顯得很適應一般，實在是太讓奴才覺得不可思議了。」

太監的話讓皇上也不由得好奇了起來，連著關押了這麼多天，連個說話的人都沒有，這女子不但沒有半絲煩躁的情緒，竟然還能如此淡定從容，實在是讓他意外不已。

他記得當年宮中舉辦百花宴的時候見過那女子一面，當時便覺得不似一般之人，如今更得刮目相看了。不愧是夏冬慶的女兒，臨危不亂、意志堅定。原先也沒想到這樁婚事會有這般大的收穫，現在看來倒真是個意外之喜。

夏玉華越是不同意，那這事便越有意思了，夏冬慶愛女心切，這一回肯定不會坐視不理，讓自己的女兒背上這抗旨的罪名。這幾天夏冬慶天天跑來，可他故意拖著不見，就是想讓這對父女先好好熬一熬，讓他們知道這事的嚴重性，讓夏冬慶自個兒忍不住跳出來主動取捨！

只不過，這一次還有些事讓他同樣意外不已。他沒想到夏玉華被帶進宮不過短短的幾天時間，卻驚動了這麼多的人出面為這個女子求情。上自清寧公主，下至朝廷數十名官員，甚至於連太后都有保這女子的意思。

有一點很明顯，這麼多人一起出面保夏玉華，顯然不是夏冬慶所為，而應該都只是單純的想要替夏玉華本人求情罷了。清寧公主那邊還好理解，估摸十有八九是李其仁所為，可那十幾名平日裡向來都不是相同立場的官員呢？還有太后，又是什麼原因？

到底是什麼人有如此過人的能耐，能夠在短時間內讓這麼多人為其說話？這一點他自然是百思不得其解，而更讓他想不通的是，夏玉華到底有什麼過人之處，竟然能夠讓這些人為了她如此大費周章？

「朕讓你查的事情都查清楚了沒有？」片刻之後，他也沒有多想，而是再次朝那站在下方小心翼翼的太監問起話來。

「回皇上，奴才查了。夏玉華自從兩年前突然轉性後便沒有再主動招惹過鄭世子了。而且這兩年來，她一直跟著神醫歐陽寧學習醫術，雖無師徒之名，但卻盡得歐陽寧一身真傳，如今醫術很是了得。」

太監細細道來：「此女不但治好了夏將軍好些舊傷頑疾，而且現在還在替清寧公主治療氣血虛虧的病根子，據公主府的下人所說，效果很是了得。不但如此，就連五皇子的病，她也有能力代替歐陽寧進行治療。這兩次歐陽寧有要事出京，無法及時趕回給五皇子診治，便都是由她代診。」

「哦，想不到竟然還是一個醫學奇才，短短時間便能夠有如此大的成就，怪不得歐陽寧變著法子也還是收了這個沒名分的徒弟。」皇上點了點頭，倒是客觀的肯定了一句，不過這些卻不是他最想知道的。「還有呢？」

見狀，太監繼續回稟道：「此外，奴才查過了，夏玉華朋友不多，除了前幾年糾纏世子以外，這兩年，也就是跟小侯爺、杜家小姐，還有莫家小姐走得比較近，但也不常往來，至於其他的還真是沒了。」

「沒了？」皇上有些不太相信的反問了一聲，如果真是這樣的話，那他還真是想不明白到底是什麼人在背後幫夏玉華。公主府、平陽侯府、還有莫家都應該不可能，如此看來，這夏小姐身上還真是迷霧重重了。

「真沒有了，皇上，奴才怎麼敢騙您呢？」太監一聽，連忙討好地笑著，趕緊表態。

「算了，此事日後再說吧。」皇上想了想，而後吩咐道：「也差不多是時候了，去傳夏冬慶進宮覲見吧！」

第六十二章

等了這麼些日子，簡直度日如年的夏冬慶終於等到了皇上的召見。當下，他二話不說便跟著宣旨太監火速入宮，而他心中亦明白得很，今日這一次面聖將面臨什麼樣的選擇。可是為了女兒，無論怎麼樣都是義無反顧。

延雲殿外，此刻格外的安靜，外頭候著的宮人均都一臉的小心謹慎。自大將軍王夏冬慶進去之後，除了皇上身旁的總管太監以外，其他宮人都被趕了出來，而且小半個時辰內，裡頭依舊沒有人出來過。

每個人豎著耳朵聽了又聽，卻並沒有察覺什麼異常，裡頭似乎風平浪靜的，沒有想像中的波濤洶湧。約莫過了半個時辰，終於門開了，五十多歲的總管太監從裡頭走了出來。

他很快附在門口候著的小太監耳畔嘀咕了幾句，只見小太監點點頭，一副明白了的樣子，而後快速跑著離開了。

片刻之後，小太監返回來，手中多了一樣東西，不過卻用錦布包裹著，看不出到底是什麼。總管太監接過之後，也沒查看，直接便將東西拿進了延雲殿，隨後大門再次緊閉，也不知道裡頭到底在搞些什麼鬼。

當然，沒有誰敢多嘴問一句，除非是不要自個兒的腦袋了。而就在這個時候，宮殿外頭轉彎處，有個小太監在角落裡朝延雲殿門口方向看了半天，最終又快速的隱沒，似是在暗中查看打探著什麼。小太監對這裡的地形非常熟悉，因此壓根兒沒有誰注意到他的存在，直到他消失不見，一隊巡視的侍衛這才打那裡經過。

然而這樣的小人物並沒有誰會去在意，宮裡宮外所有的人這會兒注意的焦點似乎都已經放到了夏玉華、夏冬慶以及整個夏家身上了。外頭的賭注越來越大，人們在意的並不是夏家父女的命運，而是他們自己下注的那些金額不等的賭金。這世上的人都如此，只要不是自己的事，對於絕大多數的人來說便都不過是一場遊戲而已。

又過了三刻鐘，夏冬慶終於從延雲殿裡走了出來。那一刻，他整個人似乎一下子變得蒼老了不少，但是卻依舊目光堅定，步履從容。一個連上戰場都不怕的人，又怎麼可能被輕易打垮？

「夏將軍，奴才送您出宮吧？」總管太監笑笑著準備過去扶一把夏冬慶，雖然這看上去人還好好的，不過這心裡估摸可是好不了啦。

夏冬慶一個揮手，並沒有領這總管太監的情，如今他還沒老到要人扶的地步，更不用這笑面虎來裝什麼好人。「不必了！」

見狀，總管太監也不在意，點著頭安慰道：「夏將軍，有句話奴才說出來可能不太好聽，不過卻也是為您好。您呀，就是太寵著夏小姐了，這代價可真是太大了些！古往今來，誰家子女的婚事不都是大人說了算？更何況能得聖上指婚，那可是天大的恩德，多少人搶破頭也想不來呀。今日您在皇上面前將所有的罪都往自己的身上攬，奴才知道您那是護女心切，可您總這麼由著她來，就算皇上這次真能格外開恩，卻最多也只能保得了她一時。以她這種性子，日後指不定還得闖出什麼更大的禍事來，您還能保她一世嗎？」

聽到這話，夏冬慶神情倒是緩和了一點，知道這總管太監並無惡意，因此嘆了口氣道：「唉，我欠這女兒的實在太多，如今她碰上了這等事，我這個做父親的不幫她，還有誰能夠真正幫到她呢？公公，您看出宮前，能不能通融一下，安排我跟小女見上一面？」

「這恐怕不行吧。」總管太監一臉為難的朝裡頭方向看了看，而後作了個手勢，稍微走遠了一些才說道：「剛才皇上的話您也聽到了，您就安心回去等著吧。依奴才看，皇上這會兒雖然沒答應您，可是卻也沒有否決，估摸著皇上是想再考慮考慮您的建議。至於夏小姐在宮裡也沒吃苦頭，每天都有人好生照料著，您大可以放心。宮裡頭一旦有任何消息，奴才都會馬上通知您，行嗎？」

見狀，夏冬慶也不好再多說什麼，原本他也知道這會兒想見到人並不容易，不過是抱著試一試的心態，既然人家把話都說到這個分上了，那他還有什麼好說的呢？

看著夏冬慶離開的身影，總管太監卻是不由得搖了搖頭。

約莫又過了半個時辰，御書房內皇上總算是放下了手中的筆，起身微微活動了一下，而後朝著總管太監吩咐道：「朕有些乏了，先休息一會兒，你去安排一下，半個時辰後，帶夏玉華過來見朕。」

這會兒，也差不多應該見見那個與眾不同的夏家姑娘了。這麼一齣好戲能夠上演，沒有這姑娘，還真是不可能會有這樣的好效果。他滿意地笑了笑，這麼多天過去了，那姑娘卻依舊平靜自在，著實不簡單呀！

總管太監一聽，連忙領命。他很快便帶著人往內務府而去，如今那夏小姐還被關押在那裡，面聖之前，自然還是得先去打點交代一下，別讓這小姐到時再做出什麼驚天動地的事情來，惹皇上生氣了。

到了那裡一瞧，夏小姐果然如宮人稟報的一般平靜從容，絲毫沒有被關押的樣子，也沒有被這樣的處境弄得失了半分理智，倒像是在自家閨房一般悠然自若。

心中暗自稱讚了一番，果然是有過人之處，瞧這定力與意志便不似常人，難怪有那種魄力敢抗旨了。

「夏小姐，奴才是皇上身旁的總管太監，奉皇上口諭，半個時辰後帶您去面聖。」他倒不似上次那宣旨的太監一般勢利，微笑著躬了躬身，和氣地說道：「請夏小姐先行沐浴更衣，好生準備一番。」

「有勞公公。」夏玉華微微點了點頭，示意了一下，所謂人敬她一尺，她敬人一丈，客客氣氣的跟她說，她自然亦是一樣回答。

見狀，總管太監便讓隨行跟來的宮女將準備好的熱水、衣物等送了進來，準備妥當後又詢問夏玉華，見其不需要人幫忙沐浴，便帶著人都先行退了出去，在外頭等候。

時間倒還充裕，夏玉華舒舒服服的洗了個澡，這些天她一直被關在這裡，完全不知道外頭發生了些什麼事，可是心中卻明白，父親一定是為了自己不知道付出了多大的努力。一會兒面聖後，不論結局如何，反正她都不會讓自己的事牽連到父親身上，所有的罪行，她都願意自己一人承擔。

清洗完畢之後，換上總管太監送來的乾淨衣裳，又有宮人進來替她按照覲見的禮儀重新梳好頭髮，等一切準備妥當之後，總管太監這才再次走了進來。

見夏玉華一臉素容，並沒有一絲妝扮，他不由得說道：「夏小姐，時間還有一些，您看是不是稍微讓宮女給您上點妝，畢竟是面聖。」

「謝謝公公好意，不過這樣就行了。」夏玉華看了一眼鏡中的自己，而後抬眼朝總管太監說道：「臣女是帶罪之身，這樣素素淨淨的便行了。」

聽到夏玉華的話，總管太監倒也覺得在理，這小姐的身分總歸特殊了些，因此剛才他都差點忘記這一樁事了。再者這會兒夏玉華一身清爽，素雅明麗，卻也覺得這種乾淨的氣質極其少見，反倒是讓人覺得眼前一亮。

「既然小姐已經準備好了，那便請隨奴才過去吧。」他笑了笑，下意識裡卻還真沒有將眼前的這個女子當成帶罪之身的人來看。也不知道怎麼回事，不由自主的便起了恭敬之心，這點連他自己都覺得詫異不已。

沒有想太多，夏玉華已經應聲站了起來，徑直往門外而去，總管太監見狀連忙上前帶路，一行人浩浩蕩蕩的，在皇上吩咐的時辰點正好趕到了延雲殿門口。

「夏小姐，您先在外頭等一會兒，奴才先進去通報一聲。」稍微跟夏玉華交代了一下後，總管太監便先行進去。這會兒工夫，也不知道皇上醒了沒有。

夏玉華大約在外頭等了兩刻鐘，方才見那總管太監走了出來，說可以進去了。

進去之後，夏玉華再一次見到了當朝皇帝，上一次見到是兩年前的百花宴，而不過兩年的工夫，這位皇帝卻是比從前顯得老了不少，兩鬢之間白了一大片，看來操勞是肯定不少的。唯獨沒有什麼改變的是那圓胖的身材，一看就是平日裡極少運動。

這一切都只是那麼一眼便全收眼底，夏玉華沒有再多打量半眼，在自己應該待的位置上站好之後，行了參拜大禮。儘管在心底深處，她一直都對這位手握生殺大權卻心胸太過狹窄的皇帝沒有什麼好感，但君臣之禮卻是不得不行。

她平日極少行這樣的大禮，卻絲毫不會影響到她動作的規範，從頭到尾，她都不會讓任何人再挑出半絲的錯處，端莊而從容，如今這樣的氣質在她身上越發的濃郁。

看到此刻的夏玉華，皇上很快便找到了兩年前那僅有一面的記憶，不說別的，光這氣勢便與之前相較有過之而無不及。當時他便驚訝於夏冬慶竟然能調教出一個這樣的女兒來，而現在，更是不得不感嘆此女當真有拒絕這樁婚事的條件。

他並沒有馬上讓夏玉華平身，看著眼前那個跪著卻依舊不卑不亢、優雅如昔的女子，心中倒也忍不住嘆了聲可惜。

「夏玉華，妳可知罪？」微微皺了皺眉，他終於出聲了，聲音中帶著刻意顯露出來的威嚴，雖然他明白在這女子面前這樣的威嚴根本就不會嚇到她，可是第一反應卻還是這般做了。

聽到這聲質問，夏玉華只是稍微抬眼看了一下，而後平視前方，鎮定答道：「請皇上息怒，臣女之所以抗旨拒婚，只是因為不願嫁給世子而已，並無對皇上不敬之意。且臣女所為純粹出於自己的意願，與其他任何人沒有關係，不論皇上如何懲處，臣女願意一力承擔。」

「一力承擔？果真還是太過年輕了一些。」皇上不由得乾笑了兩聲，語重心長地說道：「妳可知抗旨不從是什麼樣的罪名？就憑妳，妳能承擔得起嗎？」

「承擔不起也得擔，一人做事一人當，臣女知道皇上聖明，不會因此而無故牽連到其他無辜之人，至於臣女，哪怕以死謝罪，也無怨無悔，但求皇上寬恕。」夏玉華直接說出了自己最壞的打算，左右無非是一死，到這個分兒上卻也沒什麼好怕的了。

皇上倒是很快明白了這女子的想法，不在意地說道：「妳倒是會說話，是怕朕因此而降罪於妳的父親吧？此事雖看似與妳父親無關，但無論如何他也脫不了管教不嚴之罪；更何況，妳現在自身難保，哪裡還有資格替妳父親洗脫罪責？」

夏玉華微微笑了，似是早就料到皇上會有這一說，因此也沒多想，徑直答道：「皇上是聖君，臣女對您有信心。臣女相信，不論皇上這次作出何等裁決，必定是最公正的，不但臣女心服口服，而且萬千臣民也會臣服無比。」

「平身吧，起來回話。」好一會兒，他這才揚了揚手，讓夏玉華平身，這樣的女子，到了此刻倒也沒有什麼必要再刻意的為難。

「謝皇上！」夏玉華謝恩之後，站了起來，相比兩年前，她的個子長高了不少，立在那裡，高䠷柔美，亭亭玉立，既有少女的風姿，又不乏端莊沈穩的成熟氣質。

皇帝也沒再多問其他，直接將心中的疑惑問了出來：「朕聽聞，兩年前妳還對端親王家的世子愛慕非常，發誓非他不嫁，為何後來突然一改初衷？以至於到如今，朕親自下旨為你們賜婚卻不願接受，寧可抗旨也不願嫁他？」

「臣女不知該如何回答皇上的話，臣女只知道這並非是衝動，而是心中的的確確不想嫁給一個自己不喜歡的人，以前或許是喜歡，但現在卻真的不喜歡了。更何況，臣女記得曾經跟人說過這麼一句話，臣女此生不求富貴，不求尊榮，只求得一心人，過一夫一妻的平凡生活。世子並非是我的一心人，也不可能與我一夫一妻相守白頭，臣女或許是自私了一點，但是無論面臨怎樣的狀況，都不會改變堅持。」

她知道自己對著一個三宮六院的皇帝說這樣的話的確是有對牛彈琴的味道，不過這卻是她現在所能夠解釋的最大極限。她並不需要得到眼前之人的理解，但是卻得表明自己的立場，一個在世人眼中儘管極其可笑，但在她心中卻無比堅定的立場。

而聽到她所說的這些後，皇帝果然驚訝不已，半晌之後這才好笑地說道：「妳不喜歡世子，這一點朕還勉強能夠理解，可是妳卻說不允許日後自己的夫君納妾，不能夠有別的女人，而只能與妳過一夫一妻的生活，這未免太可笑了吧？」

「皇上所言自然有理，但臣女並非要求這世間所有的夫妻都是如此，也沒有強迫任何人這般娶我。這種事本就得你情我願才行，勉強是不會有任何的結果。」夏玉華也不在意那帶著嘲諷的笑，繼續說：「更何況，世間也有不少這樣的例子，臣女寧可做可笑之人，也不願違背自己的心意。」

「如果妳這一輩子都找不到這麼一個自願與妳一夫一妻共度白頭的人呢？」皇帝這會兒倒是來了興趣，覺得眼前的女子當真有意思得很。

「那臣女便終身不嫁。」夏玉華很是堅定的回答著，沒有半絲的猶豫與遲疑。

「那如果有這樣的人娶了妳，可過沒多久便後悔了呢？」皇帝再次追問，盯著夏玉華一副又當如何的表情。

而這一回，夏玉華亦如同剛才一般，毫不猶豫的回答道：「那臣女便休了他。」

響亮而堅定的答覆響徹在延雲殿內，那樣的氣魄竟然讓皇上也不由得愣住了。這會兒工夫，他不得不承認，眼前這女子的的確確有這樣的魄力。

「如此說來，妳是無論如何也不會改變初衷，這旨也是抗到底了？」皇帝此刻已經眉頭緊皺，對於這問題的答案，其實心中也早就已經知曉，但還是不由得再次重申了一遍。

「請皇上恕罪，臣女沒有辦法接這旨。」夏玉華微微低了低頭，以示請罪，話說到這分兒上了，想來皇上也不會再跟她囉嗦什麼了。「臣女自知抗旨罪行嚴重，一人做事一人當，臣女心甘情願接受任何懲處，但憑皇上處置。」

「好！果然虎父無犬子，妳身上這股子倔強倒與妳父親像得很！」皇帝冷哼一聲，面無表情地說道：「朕雖有心寬恕妳一回，但無奈妳冥頑不靈，置天子聖意不屑一顧，實乃大不敬。為正朝綱，清倫理，樹德行，朕只得嚴懲不貸，以正視聽！」

第六十三章

事情發展得比夏玉華想像的還要快，她沒想到皇上這麼簡單幾句詢問，甚至於後面連父親的事提都沒有再提，便直接下達了對她的懲處，不過這樣也好，看這樣子倒是不會因此而連累到父親以及夏家，她也就放心了。

一道口諭，頃刻之間她的命運便發生了重大的變化。從這一刻起，她不再是尊貴的大小姐，而只是一名帶罪之身的犯人。抗旨沒有被處以極刑，命是保住了一條，但是卻要被流放到千里外的蠻荒之地，從此永別父親與家人，再也不能回中原半步。

這樣的懲處比起殺頭來說有過之而無不及，最少對於一個大將軍王的女兒來說，比殺頭更讓人覺得恥辱。抗旨罪名的確不小，但夏家勞苦功高，這樣的處罰的確太不顧情面。

可那又如何呢？夏玉華並不在意這些。除了心中傷感於那份與家人的別離之外，她倒是覺得去到哪裡、在哪裡生活都無所謂。只要活著，便還有希望，不是嗎？

從延雲殿出來的一瞬間，她整個人反倒輕鬆了不少，這樣的結局倒也不錯，換個地方生活而已，不是嗎？唇角流露出一抹淡淡的微笑，在總管太監的提醒下，她沒有久作停留，抬步跟了上去。

按當朝律法，流放之前她還是有機會再見一次家人的，她正想著到時應該如何安慰自己那已經上了年紀的父親，如何讓家人不要因為她而太過悲傷。雖然遠離，日後不管多久都得人各一方，但是只要他們的心在一起，那份親情便永遠連繫著他們。

「夏小姐，奴才是真心想不明白，您為何要那般固執呢？皇上可是一而再的給您機會，您卻情願流放到那種蠻荒之地去。」總管太監邊走邊說道：「奴才可聽說過，那種地方生活條件極苛，貧困不堪連吃的東西都沒什麼，不但如此，那裡民風野蠻，民智未開，過著跟野人一般的生活。您自小錦衣玉食長大，哪裡禁得起那樣的苦，去到那裡可怎麼過呀！」

「多謝公公關心，這些玉華心中自然有數，但事到如今，也只有如此了，走一步算一步吧。」夏玉華說的都是實話，那裡的困苦，她多少也聽聞過，雖然可能有些誇大，但肯定是極為艱苦的，再加上她一個帶罪之身，哪怕父親花再多銀子事先替她打點，到了那種地方，亦根本沒有辦法能夠再顧及到。

見夏玉華這般說，總管太監好意地說道：「您要是後悔了的話，奴才再去替您稟告皇上？依奴才看，只要您肯認這個錯，接了這聖旨，皇上還是有可能收回下達的旨意的，您瞧，這不是還沒下正式的聖旨嗎？」

「不必了，公公好意，玉華心領，但是真的不必了。這樣也好，苦點便苦點吧，最少不必委屈自己的心，於我而言，便是最好的了。」夏玉華婉拒了總管太監的好意，有得必有失，這道理她明白，所以在作出抗旨決定的一瞬間，便已經作好了所有的心理準備。

見狀，總管太監也不好再說什麼，他嘆了口氣，搖了搖頭不再說話，暗道果真是個倔強的女子，倒是與當年的清寧公主頗有幾分相似，所不同的是，清寧公主的身分畢竟不同，而這女子卻是更加的大膽而堅定。

一行人很快又回到了先前夏玉華被關押的屋子，這倒是讓夏玉華有些意外，原本還以為就算沒這麼快馬上啟程流放，但最少也是被先行收監才對。沒想到她這已經被定下罪行的帶罪之身還能夠住這樣的地方。

坐下之後，見總管太監帶著人準備離開，夏玉華便出聲叫住了他問道：「公公，玉華想問一下，什麼時候才能夠再見家人最後一面？」

流放一事，最遲不過三天時間便得啟程，因此她也不知道到底是哪一天，更不清楚自己何時才能夠再見家人。她還有好些話要跟父親說，有好些事要交代梅姨，也想好好再多看幾眼她可愛的弟弟。

聽到這話，總管太監也不知道該如何回答，想了想後這才說道：「夏小姐，此事奴才一時還真說不準，不過您放心，最遲也應該是這兩天吧。您還是先耐心在這裡等著，有什麼消息，奴才會趕緊來通知您的。」

「有勞公公了。」夏玉華見狀也沒多問，具體看來還是得皇上說了算，倒是沒必要再讓這些當差的為難了。

第二天下午時分，總管太監再次過來，告訴夏玉華可以出宮了。

聽到這話，夏玉華也沒多想，起身便跟著一併往外走。時候到了嗎？快些也好，這樣便能夠早點見到家人了。等見完家人，她便可以安心的去了。

宮中之地果然極大，夏玉華跟著總管太監一路走，不知道經過了多少座宮殿，上次被帶進來時還不覺得，而這一次卻覺得走得格外的久。

好一會兒，他們這才到了宮門口，遠遠的夏玉華便看到了父親與梅姨帶著成孝在宮門外頭等著自己，見到她出來了，成孝第一個飛奔了過來，大聲的叫著姊姊，而很快的夏冬慶與阮氏也迎了上來，一臉疼惜的樣子看著她，連聲問著這些日子她好不好。

夏玉華見狀，心裡被這份親情給塞得滿滿的，這一世她真的沒有白白重生，儘管馬上便要流放他方，不知道要再過多久才能夠見到這些親人，也許一輩子再也無法相見也難說。可是這一刻，她卻是真的無與倫比的滿足與幸福。

「姊姊，妳在宮裡有沒有人欺負妳？」成孝拉著夏玉華的手左看看、右看看的，似乎生怕有人對姊姊不利，一副要保護她的模樣。

「放心吧，姊姊很好，沒有人欺負姊姊。」夏玉華半蹲著身子，讓成孝放心。

一旁的阮氏見狀，連忙將夏玉華拉了起身道：「沒事就好，沒事就好，妳可不知道這些日子妳爹都急成什麼樣了。」

「爹、梅姨，對不起，是玉兒不孝，害你們擔心了。」夏玉華邊說邊朝著面前慈愛的父親與阮氏屈膝行禮，如今，她真的不知道怎樣表達心中的愧疚，而只怕日後也沒什麼機會能夠在兩老面前盡孝報答了。

見狀，夏冬慶連忙扶住自己的女兒，心疼地說道：「好了好了，說這些做什麼，咱們是一家人，哪個做父親的不操心子女的事情呢？如今沒事就好，往後只要咱們一家子能夠平平安安的一起生活這就是最慶幸的事了，其他的都別多想。」

聽到父親提到往後一家人平平安安的在一起過日子，夏玉華還沒來得及說什麼，卻見一旁的阮氏也扯出了笑容，附和著說道：「老爺說得對，看，咱們還是太過激動了一些，這裡不是說話的地方，還是先上車，回家再慢慢聊吧。」

「對，回家、回家！」夏冬慶重重的吁了口氣，臉上的神情也輕鬆了不少，牽著女兒的手便準備往一旁等候的馬車走去。

可這一下，夏玉華倒是有些摸不著頭腦了，難不成如今被流放的人還有這等好的待遇，在流放之前還能回家與家人小聚兩口？

「等一下爹爹。」她連忙停了下來，越發覺得這事有些不對勁，回頭看了一下，卻發現剛才送自己出宮的總管太監還有其他的宮人、侍衛等等竟然不知什麼時候已經回去了，而外頭的守衛也沒有絲毫阻攔她離開的意思。

怎麼看，她現在都不像是一個帶罪即將要被流放的人呀！

「怎麼啦玉兒？」夏冬慶見女兒停了下來，一臉的奇怪，自然也跟著停了下來。

「爹爹，我是帶罪之身，即將流放之人，怎麼能夠跟您回家呢？這到底是怎麼一回事？」夏玉華心中突然有種不太好的感覺，總覺得父親與梅姨他們有什麼事瞞著自己似的。

見狀，夏冬慶與阮氏對視了一眼，正欲出聲，卻被一旁的成孝搶了先。「姊姊不用擔心，妳不必再受流放之苦，我們一家人以後都可以在一起的。」

夏成孝的話頓時讓原本便覺得有問題的夏玉華更是驚訝不已。不必再受流放之苦，可以完好無損的回家？這怎麼可能？皇上怎麼可能輕易放過這麼好的機會？

不，不對，這中間一定有什麼事她還不知道，而且絕對是大事！

「爹爹，這到底是怎麼一回事？皇上怎麼可能會無緣無故的赦免我的罪行？」夏玉華反手緊抓住父親的手，一個勁兒地問道：「您趕緊告訴我，到底發生了什麼事，您到底都做了些什麼才讓皇上赦免了我？」

她此刻心情分外的激動，她似乎已經猜到了些什麼，只不過如果真是這樣的話，那麼父親一定為此付出巨大無比的代價！

見自己的女兒一臉擔心，夏冬慶只好先行安慰道：「玉兒，妳先別急，的確是發生了一點事，不過都是為父自己心甘情願的，而且咱們一家子也都能夠平平安安的，這樣便足夠了。這裡不是說話的地方，一時半刻幾句話也說不清楚。聽話，咱們先回家，等回去後，爹再把一切都告訴妳，好嗎？」

「是啊，咱們還是回去再說吧。」阮氏也親切的說著，伸手替玉華攏了攏額頭的髮絲，滿臉的慈愛。

就連一旁的成孝也樂呵呵的催著姊姊快些上車，趕緊回家，見狀，夏玉華只好先行按捺住心中的著急與擔心，隨著他們一併上車回家。

第六十四章

馬車疾駛著，離開了這個讓夏玉華生厭不已的地方，直接朝著大將軍王府而去。正確來說，從夏玉華出宮的這一刻起，那裡已經不再是大將軍王府，而朝廷也不再有大將軍王這個封號了。

夏冬慶主動請求皇上廢除了他大將軍王的封號，引咎辭官，因為女兒所犯一切罪行都是他這個父親管教之過。同時，他又把這麼多年屢建戰功所得來的一切封賞與家業都獻了出來，懇請皇上給自己的女兒一個抵罪的機會。

如此一來，夏家一夜之間便從無比尊榮的異姓王侯變成了普通平民百姓，快得讓所有人都大為震驚，快得讓所有人都感嘆萬分。而這一切，夏玉華還並不知情，但整個京城早就已經如同炸開了鍋。

馬車終於停了下來，夏玉華從馬車上走下來，一眼便看到了守在門口等候的鳳兒與香雪，除了她們兩人以外，還有幾個最為熟悉的府中老人，管家、梅姨身旁經常侍候的劉嬤、以及其他幾人。

「小姐，妳可回來了！」見到夏玉華，鳳兒第一個跑了過來，激動得無法形容，說話間，眼淚都忍不住流了下來。

倒是一旁的香雪穩重些，趕緊制止鳳兒道：「小姐回來這是天大的喜事，咱們都得高高興興的，妳別這樣。」

鳳兒一聽，也知自己這般太過失態，連忙抹去眼淚，笑著點了點頭，上前扶著小姐準備進門。

「好了好了，先進去再說吧。」阮氏知道這兩個丫鬟是真心的盼著玉華回來，因此也沒怪她們什麼，笑著吩咐一眾人等先行進去，一會兒家中還有些事情得打點，拖太久了怕是不夠時間。

見狀，夏玉華也沒多說什麼，只是朝著鳳兒與香雪那兩個丫頭笑了笑，用眼神示意她們自己一切都好。

進門之後，她隱隱感覺到了府中一股蕭條之氣迎面而來，一直走到大廳之中，除了在門口迎接他們的那五、六個人以外，直到現在似乎也再沒有看到別的下人。往日這府中的下人雖然比不上權貴門第那般多，可是卻也不至於這般少得厲害，甚至剛才進門時連門房都沒看到。

坐下之後，鳳兒與香雪趕緊給幾位主子上茶，而後夏冬慶微微揮了揮手，這些人便如同先前已經商量好了似的，一併退到了一旁候著。

這會兒已經到家了，而且有些事反正也瞞不了多久，與其待會兒發生了什麼事讓玉華完全沒有心理準備，倒不如趁著還有些時間先將一切都告訴她。

「玉兒，妳上車前不是一直問為何可以平安無事的回家，免去流放之苦嗎？」夏冬慶微笑著說道：「其實也沒什麼，很簡單，爹爹跟皇上打了個商量，用封號、官職、還有家中這些年所得的賞賜以及家業，換回咱們一家人團聚的安生日子。如此而已！」

夏冬慶說話的語氣之中並沒有什麼怨恨之情，只是那種失落與不得志的壓抑卻無可避免的流露了出來。

聽到這一切，夏玉華心裡頭難過得無法形容，她不是在意那些所謂的榮華富貴，她只是替父親感到不平，感到憤慨！父親一生為國，數次險些戰死沙場，用他三十年的青春保邊境護安寧，百姓得以安居樂業，而皇上也免去後顧之憂。

如今，皇上竟然做到如此絕情，在她看來，那最後留下的一間宅子以及兩間店鋪，簡直就是最大的嘲諷。這已經不是讓人心寒的問題，如此對待，世間可還有天理，人間豈還有正義？

她半天都沒有出聲，神色是前所未有的陰沈，她可以容忍許多的東西，但這一口氣卻無論如何也吞不下。不為自己，只為被打壓成這般的父親。

奪去了大將軍王的稱號也就罷了，收回一切賞賜甚至所有家業也無所謂，可是皇上卻不能夠把一個天生的軍人活生生的奪去他引以為傲的天職，永遠的離開了沙場，這無異是剝奪了父親的靈魂，是何等的殘忍！

見女兒這副模樣，夏冬慶頓時有些愣住了，一時間也不好再開口說什麼，而一旁的阮氏見狀，只得出聲安撫道：「玉兒，妳也別難過了，事已至此，咱們只能好好的面對。總歸一家人還能夠平平安安的在一起，多少也算是一種福氣了。」

聽到阮氏的話，夏玉華這才抬眼看向夏冬慶，她鬆開了些緊皺的眉頭，陰沈的面色變得格外的凝重，如同誓言一般朝著父親說道：「爹爹，我不難過，今日這一切，皆由玉兒引起，總有一天，玉兒會替爹爹討回原本應該屬於您的一切！」

「玉兒，妳不必如此，爹爹……」夏冬慶聽到這些，又見女兒如此認真的表情，自然擔心不已。

不過話還沒說完，卻被夏玉華打斷道：「爹爹只管放心，經此一事玉兒已經不是小孩子了，做事自有分寸。您不必想太多，只需堅信，憑您的才能，是絕不可能永遠這般被塵埃掩埋住，總會有再揚眉吐氣的一天！」

說罷，夏玉華也不再多說，雖然家中此刻並沒有什麼外人，廳裡頭站著的也都是府中最信得過的家僕，但有些事情心中有數即可，確實是不便當面說太多，至於剛才的話也不是一時衝動，而是心中實實在在的打算。不論如何，她都要幫父親重新拿回屬於他的一切，讓他能夠繼續過著有自己的夢想與追求的生活。

「梅姨，府中其他的奴僕都打發走了嗎？所有事情都安排妥當了嗎？我可以幫著做點什麼？」她恢復了平靜，不再浪費氣力去想那些無用的憤怒與抱怨，這次的事對於父親與夏家的打擊實在不小，而她從現在起，便要替父親扛起這個家。

見夏玉華不再糾結過去的那些事，而是一副堅定地要走好日後道路的樣子，夏冬慶與阮氏也不知道到底是好還是不好，不過總歸女兒能夠勇敢的面對一切，如此他們也放心了不少。

「都已經打發了，總共還留了不到十人，妳身旁的鳳兒還有香雪都不願意走，所以我把她們留了下來，另外幾人也都是這府中的老人了，讓他們走，他們也沒什麼地方可以去，再說日後家中總歸還是得留幾個人的。」

阮氏詳細地說道：「另外，府中可以帶走的東西也都收拾好了，西街那處宅子也已經派人整理出來，隨時都可以動身搬過去了。基本上所有的事情都已經打點好了，妳不必擔心。這會兒還有一點時間，妳不如回房間看看，還有些什麼小東西要帶走的，別讓鳳兒她們給遺漏了。一旦咱們離開，這裡的一切便都與咱們無關了。」

聽到阮氏的話，夏玉華默默的點了點頭。見狀，夏冬慶便讓眾人先行各自散去，再去自己屋裡好好檢查一遍，收拾好要帶的隨身物品，半個時辰後再到大廳會合，到時估摸著朝廷的人也應該來了。

夏玉華帶著鳳兒與香雪回到了自己住的院子，在外頭轉了一小圈，夏玉華微微生出些不捨。兩世為人，她在這裡住了總共十七年的時光，沒想到這一世竟然會是以這樣的原因而離開。

「小姐，進去吧。」香雪心細，見夏玉華待在院子裡頭微微有些出神，情緒略顯低落，知道是生出了幾分離去的不捨。

夏玉華很快回過神來，嗯了一聲，而後便抬步進了屋子。

朝四處看了一圈，看到桌上已擺放好要帶走的東西。鳳兒與香雪早早的便整理了出來，隨便打開一個包裹看了看，她也沒說什麼。這兩個丫頭都懂自己的習慣與心思，所以倒是不必擔心會遺漏掉什麼。

「小姐，妳書櫃裡的書、藥房裡的所有東西，上午時分老爺已經命人給妳送到新宅子那邊去了，就連藥園裡能夠移植的藥草也全部移了過去。現在這裡就剩下一些小物件了。」見夏玉華目光掃過前邊空蕩蕩的書櫃，香雪怕她擔心，便連忙出聲說明。

鳳兒見狀，也出聲道：「對，小姐妳放心吧，凡是平日妳用慣的東西，咱們都帶上了。妳再看看還有什麼，萬一漏了也好及時補上。」

「妳們已經做得很好，謝謝！」夏玉華停住了腳步，朝著眼前兩個一心一意為自己的丫頭說了聲謝謝。鳳兒也好，香雪也罷，無論跟她的時間是長還是短，卻都那麼忠心耿耿，如同愛惜自己一般愛惜著她這個小姐。

雖然說，主僕之間，這本就是她們應該做的，可是夏家落難，她們卻依舊能夠不離不棄，依舊如同以前一般真心真意的服侍她，這一聲謝謝，兩個丫頭當得起！

而聽到小姐竟然跟她們說謝謝，鳳兒與香雪一時間激動得不知如何形容，如同孩子一般有些手足無措起來。

「小姐，妳怎麼能跟奴婢說謝謝呢，這可萬萬使不得、使不得呀！」鳳兒連忙擺著手，心中卻分外的感動。

香雪亦是連聲說不可以，這些本就是她們的分內事，哪裡還能擔得起小姐的謝呢，可不是折煞了她們。

在屋子裡待了一會兒後，夏玉華也沒有真正去檢查什麼，唯一最緊要的煉仙石隨時隨地都帶在身上，而其他的於她而言都是身外之物，倒是沒有必要太過在意。再者以香雪那樣細心的性子，肯定不會有什麼閃失的。

坐在書桌前微微閉上了眼睛，她開始考慮著今後的日子應該如何打算。以往的計劃自然得進行調整，而為了父親，她亦不得不暫時放棄一些東西，去做另外一些事情。她終究還是免不了俗，也不是聖人，於她而言，萬事還是家人為先。

沒有人知道她想做什麼，但是，用不了多久，她便會讓一個個聯手不斷逼迫、陷害父親的人都得到應有的懲罰，她會讓父親再次回到他人生應該待的位置，找到屬於自己的榮光！

「小姐……」過了一會兒，香雪輕細的聲音在一旁響起，似乎是有什麼事要跟她說。

夏玉華睜開了眼，微微坐正些，不再深思，轉而問道：「怎麼啦？」時間應該還沒到吧，這會兒香雪叫她應該是有別的事才對。

「小姐，奴婢有件事想問問妳。」香雪說道：「去年妳生辰時，小侯爺送的禮物奴婢已經替妳收好了，不過那日還有一份特殊的賀禮，奴婢不知道妳是否要一併帶走。」

「特殊的賀禮？」夏玉華一時倒是沒有明白香雪指的到底是什麼。

見小姐果然不太記得了，香雪連忙提醒道：「小姐，就是小侯爺命人送來那尊虎形木雕之後，又有一人命人送來了一卷畫像，但是卻並沒有報上名姓。奴婢瞧著您也沒將那幅畫掛出來過，而是直接收了起來，所以先前收拾東西的時候也不知道到底要不要帶走。」

經香雪提醒，夏玉華這才想起那幅畫來，鄭默然的畫作竟然已經被她塞在某個角落都快要忘記了。想了想後，還是讓香雪將那幅畫一併帶上了，一來終歸是自己的畫像，萬一落到他人手中也不太妥當。二來日後肯定還是得跟鄭默然打交道，這幅畫留著說不定會有用處。

見狀，香雪很快便從西面小閣櫃裡將那個裝著畫的錦盒拿了出來，她準備呈給夏玉華，也不知道小姐要不要先過目一下。

夏玉華並沒有接過來，對於那幅畫，其實她的印象十分深刻，雖然隔了一年多，但只要一回想，眼前馬上便能夠浮現出畫上那個神情愉悅、輕鬆自在的自己。不過，她現在卻並不想重新打開，只是吩咐香雪收好，一會兒一起帶走便可。

香雪也沒再問什麼，與鳳兒一併將東西收了起來，又稍微檢查了一遍其他物品以後，幾人這才出門往前廳而去。時間也差不多了，遲早得離開，倒是沒必要太過流連。

去到前廳時，其他人都已經到得差不多了。而朝廷派來的人也剛剛到達，那些人還算客氣，並沒有做出什麼難看的行為來，而且帶頭之人頗為有禮，除了讓人與府中管家把一些事宜交接好之外，並沒有再讓人查看任何府中之人攜帶出去的東西物品，並且親自恭敬的將夏冬慶等人送到了大門外。

之後夏玉華才知道，原來這次來交接的那人曾受過父親的恩惠，所以才如此客氣恭敬，沒有讓屬下膽敢對失勢的夏家乘機有什麼不敬之舉來。

夏玉華與家人一併坐上了馬車，而其他僕人則只能步行，如今的夏家不再是以前的夏家，沒有多餘的馬車再供奴僕使用。而在他們一家人出來之後，附近漸漸聚集了不少的百姓，甚至還有人依舊大將軍、大將軍的喚著夏冬慶，神色之中仍是十分敬重。

「走吧！」夏冬慶微微一聲嘆息，沒有再看外面，吩咐了一聲車夫後便放下了簾子。馬車很快行駛起來，帶著這一家子往他們新的住處而去。

如今他們那個唯一的安身之所離繁華的地段比較遠，環境還算清幽，三進的宅子雖遠不及以前的大將軍王府邸那般氣派，但容納這十幾人還是足夠。

到了新宅子之後，先前已經被派到宅子裡來的僕人已經打理好了一切，趕緊將幾位主子迎了進來。一行人開始安頓起來，各自找到自己的屋子收拾打理，並且熟悉一下環境。

夏玉華的房間比起以前的住處自然是小了不少，也沒有單獨的院子，但是卻收拾得十分整齊，而且基本上按以前住的習慣，將書櫃等都擺放得跟之前差不多，西側間也單獨給她留了出來，放入了以前藥房的各種藥材。

從今日起，他們便要在這裡住下去了，不過她相信，這肯定只是暫時的。

晚飯時分，一家人在一起吃了一頓團圓飯，而夏冬慶讓家中奴僕在廚房另設了一桌酒菜，算是慰勞大家到新宅子的第一天。

飯桌上，成孝最為活潑，終究還只是個孩子，對他來說，只要一家人都在一起，換個地方便換個地方，其他的並沒有多大的變化。而成孝的單純亦很快感染了其他人，一家子倒是吃得和樂融融，更顯得親情格外的珍貴。

第二天一大早，夏家新宅來了一位意想不到的客人。管家一見竟然是端親王府的世子時，當下便愣住了，片刻之後這才先將人給迎到了客廳，而後趕緊去向主子通報。

夏冬慶聽說是鄭世安來了，當即眉頭便皺了起來，不必問他也知道這小子肯定不是來找他的，聽過管家稟報之後倒也沒多說什麼。只是心裡著實不明白，如今這世子到底是什麼意思，這麼多年都沒有主動找上門來過，今日卻一大清早的便跑過來了。

「算了，既然他是來找小姐的，那你便去稟告小姐吧，至於見不見由小姐自行決定吧。」夏冬慶想了想，還是決定讓玉華自行去處理比較好一些。

見狀，管家又連忙跑去稟告小姐，而聽到這消息後，夏玉華卻並沒有夏冬慶那般覺得奇怪。

「管家，你先過去吧，跟他說我一會兒就到。」她說罷，不由得微微搖了搖頭。

想來，鄭世安這一次來，肯定是想質問她為何寧可抗旨也不願意嫁給他的吧？上一次在茶樓，從他的反應已經很明顯的看得出，這一世的鄭世安與上一世的夏玉華竟然互換了位置，他喜歡上了她，而她卻相反。

雖然那一次他的舉止實在是讓她非常厭惡，不過上次父親入獄一事卻還是多虧了他，若不是他最後道出了陸相與皇上的陰謀，怕是那一回父親便栽了。所以，再怎麼樣，這一回他來找她，還是得見的。

客廳內，鄭世安沈默不語的等候著，見到夏玉華進來的一瞬間，他下意識的便站了起來，直到目光凝視的身影走到了自己的面前，這才反應過來。

「這麼早，你怎麼來啦？」夏玉華也沒拘禮，徑直朝鄭世安說道：「世子請坐吧，這裡地方雖然小了點，不過茶葉還不錯。」

「我來這裡不是要喝什麼茶的。」看到夏玉華一臉若無其事的表情跟自己說著這些不著邊際的話，鄭世安心情更是掉到了谷底，因此脫口便說了這麼一句話出來。

說實話，這些日子，他過得比任何時候都要沮喪，他怎麼也想不明白，為何玉華寧可抗旨也不願意嫁給他。難道在她的心中，他真的如此不堪嗎？

得知她抗旨拒婚的一瞬間，他幾乎有些控制不住自己的情緒，憤怒、惱火、難過、痛苦，讓他無所遁形。甚至於當下他真的是無比的痛恨這個女人。可是，當他知道玉華被帶進了宮，即將受到皇上的懲罰之後，他卻更加擔心著她到底會受到什麼樣的懲處。那一刻，憂心多過憤怒，焦急多過惱火，連他自己也不得不承認，如今他是真正的喜歡上了這個曾經被他嫌棄的女子。

他無法釋懷心中複雜的情緒，當得知她終於平安的回家後便想立刻來找她，可是考慮到夏家如今的狀況，卻還是不得不耐著性子多等了一天。

「既如此，有什麼事你便說吧，我認真聽便是。」夏玉華也沒在意鄭世安的態度，並不想跟他故意抬槓什麼，心平氣和地問著，不再如當初那般帶著前世對他的怨恨與敵視。

「我……」鄭世安張口便差點直接說了出來，只不過看到在一旁候著的鳳兒與香雪，還是強行按捺了下來。

看到這情景，夏玉華當下便明白了鄭世安的意思，也沒多遲疑，側目朝鳳兒與香雪看了看，示意她們先到廳外候著。

「好了，現在也沒旁的什麼人了，有什麼話你只管說來便是。」她邊說邊在一旁的椅子上先行坐了下來，她不想跟人吵架，所以也沒必要弄得如此劍拔弩張的氣氛。

鄭世安也意識到了自己的情緒有些太過衝動了，便也跟著坐了下來，稍微調整了一下自己的狀態後，這才朝夏玉華問道：「我來只是想問妳一個問題，請妳如實回答我，好嗎？」

這話帶著一絲懇求，卻是自己內心最真實的聲音。

「只要我知道的，我都會如實回答。」夏玉華認真的承諾著，亦是打算趁今日將他們之間的事做一個最終的了結。

鄭世安頓了頓，而後直視著夏玉華的眼睛，異常痛苦地問道：「玉華，妳寧可抗旨也不願意嫁給我，難道現在當真如此恨我、如此討厭我嗎？」

那一刻，他比什麼時候都認真，也比什麼時候都清醒，他拋開了所有的自尊、拋開了所有的顧忌，只想正正經經的聽到眼前這個女子內心深處最真實的答案。

第六十五章

鄭世安的轉變一一看在夏玉華眼中，這個曾經驕傲得不可一世的男子終究還是在她面前放下了那所謂的優越感與自尊心，放下了一切架子來面對自己。

雖然現在，無論他再如何轉變都已經不再與她無關了，但不可否認，打今日起，這個男人學會了正視現況，學會了放低身段，學會了真正的成長。

「不，事情並不是你所想像的那般。」她平心靜氣地回答著，這樣的情緒才最具說服力，她願意如先前所承諾的一般，如實回答這個男人心中最大的困惑，替他解開本就不應該存在的結。

「不是這樣？那是如何？」鄭世安心中閃過一絲莫名的希望，他不知道自己到底在期待著什麼，但是玉華至少沒有一棍子直接打死自己，再怎麼樣也已經比他料定的最壞打算好了一些。

夏玉華微微頓了頓，如實說道：「世子，說實話，以前我真的喜歡過你，也恨過你、甚至厭惡過你。這個中的原因想必你心中也是有數的，也不必再一一道來。但是，自那一次你冒著風險幫了我之後，我便真的不再恨你，也不再厭惡你。

「只不過，感情這個東西並不是簡單的不討厭了就會喜歡的，我記得以前也跟你說過，但你當時並沒有放在心上罷了。」她笑了笑，繼續說道：「如同以前我莫名的喜歡上你一般，如今對於你，我的確已經沒有男女之情的喜歡。喜歡這種東西其實也就是一種最直接的感覺，有的時候可以濃烈得跟瘋子一般，可是一旦逝去便再也找不回來了。

「別看我如今像是整個人都變了似的，可是性子裡最本質的東西還是一樣。只要是自己認定的事，哪怕天翻地覆也不會改變。這一世，我不求榮華，不求富貴，只求能得一心人，攜手共白頭。」最後一句，她靜靜地看前方，眼中閃過一絲無與倫比的執著與堅定。

心中最後一絲殘存的希望已經被完完全全的打碎了，鄭世安真真切切的明白了面前的女子再也不可能如當初一般喜歡著他。

她說得沒錯，喜歡了便喜歡了，沒有理由；而不喜歡了便也就不喜歡了，亦不需要什麼特別的理由。她是如此，而自己又何嘗不是這樣呢？

而他最沒有資格的便應該是最後那一句只求能得一心人，攜手共白頭吧！

身為世家子的自己，無疑沒有任何的可能性做到這一點，利益聯姻也好，子嗣傳承也罷，只娶一名女子是無論如何也不會被允許的。莫說現在他已經娶了陸無雙，還有其他幾名通房之類的，就算暫時還沒有，日後也是不可避免的。

以前，他一直覺得玉華配不上自己，而直到現在，他才發覺，原來真正配不上的不是她，而是自己！

「謝謝妳今日能夠如此坦言，我想，我知道應該怎麼做了。」他終於出聲了，雖然心中還是有些疼，可是，他卻不能再讓自己表現出半絲的痛苦，從今日起，他還是以前那個風流倜儻的鄭世安，還是那個讓無數少女仰慕的鄭世安！

鄭世安走了，帶著世家子弟特有的尊嚴與灑脫體面離開。夏玉華知道，從現在起，那個與她糾結了兩世的人日後再也不會無故的介入她的生活，他們之間的恩怨情分隨著最後他離去時的一笑帶過。

一家人用過早膳之後，夏冬慶反正也沒什麼事，便與阮氏一併帶著成孝去附近幾家私塾看看，準備擇定一家條件好些的，讓孩子能夠繼續學習。先前也不是沒考慮到這事，不過時間太緊，挑著緊要的都有些忙不過來，實在是沒時間去找好學堂了。

所幸，這附近倒是有幾家頗為出名的私塾，聽說授課的先生也都極富學識，今日花點時間好好評比一番，讓成孝自己選定一家喜歡的，定下心來上學，也不必成天亂跑了。

對於不能再去皇家學堂上課，夏成孝似乎沒有任何不高興，反而還覺得換個地方上學堂更好，省得成天對著那些只知道比吃比穿比玩比樂的傢伙。

夏玉華沒有去，家中總歸還是得留個主子在，畢竟剛剛搬來不久，萬一有什麼事情的話，也好有個拿主意的人。

老爺和夫人出門之後，府中之人亦自覺得很，各司其職的做好這一天自己的差事，而過沒多久，門外卻再次響起了敲門之聲。

這一次又會是誰？管家連忙跑去開門，如今不同於以往，也沒再專門設什麼門房，因此管家便主動的肩起了這一層職責。

開門一看，管家這一回連想都不必想便知道門口這三位又是來找大小姐的。如今京城之中，與老爺有交往的那些人，除了黃將軍等舊部屬以外，想必沒有誰會再跑來對一個從天上摔到地上、一無所有成了普通百姓的夏冬慶打什麼交道，那些人怕是連避都來不及吧。

更何況老爺向來清正廉明，不與奸人為伍，這幾年被迫留在京城也得罪了不少的人，失勢敗落之際，不被人來踩上兩腳便已經是萬幸了。

而黃將軍等人這兩天已經來來回回過幾次，老爺為了避免不必要的麻煩，讓他們日後沒什麼事儘量少來找他，所以這回門前冷清才是正常。而大小姐這邊倒是人緣挺不錯的，一大清早都來了兩回客人了。

「小侯爺、莫小姐、莫公子，你們快請進！」管家熱情的招呼著幾人往裡走，將他們先引到客廳坐著休息。這些可都是小姐的貴客，自然是不能怠慢的。

老爺和夫人都不在，再說管家也知道這幾人都是來找小姐的，因此馬上讓人去稟告小姐，而自己則親自在客廳先行招呼侍候著。

坐下來後，莫菲便已經有些等不及了，直接出聲問著管家，如今夏家可還好？夏玉華又怎麼樣？這些日子，她得知夏姊姊以及夏家所發生的一切，都快急死了。昨天一聽說夏姊姊已經被放出宮了，便想馬上過來，卻硬是被三哥給拉住了，直說還不是時候，讓她再等等。

後來一想，三哥說得也對，夏家那會兒正忙著搬家什麼的，又面臨這麼大的變數，還是先讓他們重新安頓下來再說。

今日一早用過早膳，莫菲便再也坐不住了，拉著三哥又叫上了李其仁，一併直接往夏家新住的地方上門來。

管家見莫五小姐如此關心自家小姐，連忙回話道：「多謝莫小姐關心，我家大小姐一切都好，雖然咱們夏家不復當初的風光，不過人都平安，如今也算是重新安頓了下來，其他也沒什麼太大的問題。」

聽到這話，一旁的莫陽卻是極少主動的出聲問道：「夏將軍人呢，現在一切可都還好？」

見莫家公子問起了老爺，管家亦是心中感激不已，再次回話道：「我家老爺也一切安好，多謝莫公子記掛。今日一早，老爺與夫人帶著少爺一起出門挑選私塾去了，估摸著應該沒這麼快回來，這附近總共有好幾家呢。」

「夏將軍心志堅定，非一般之人！」李其仁在一旁接了一句，語氣之中是濃濃的欽佩。這一次，對於夏冬慶能夠捨棄一切換取女兒的抗旨之罪，他真的很敬佩，也為玉華有一個如此疼愛她的父親而感到慶幸。

正說著，夏玉華帶著鳳兒與香雪兩個丫頭快步進了客廳，她早就知道這幾個好朋友肯定會急著趕過來看她，只是沒想到竟然還約好了一起。

「夏姊姊！」見到夏玉華，菲兒直接從椅子上蹦了起來，一把衝上前抱住了夏玉華，一副激動不已的樣子。

「快讓我看看，這些日子可把我擔心死了！」菲兒邊說邊拉著夏玉華上下左右的打量了一通，見自己的這好姊姊果真跟以前一般無恙，這才算是放心了一些。

「傻丫頭，我這不是好好的嗎？看把妳給急得。」夏玉華笑了笑，捏了捏菲兒的臉頰後又朝一旁的李其仁與莫陽各自招呼了一聲。

一時間，眾人相互寒暄，有一種久違的親人般的感覺，看到這情景，廳裡的鳳兒、香雪還有管家都不由得替自家小姐高興不已。

「各位小姐、公子，大夥兒都坐下再說吧，別光站著呀！」管家見眾人都已經站了起來在那裡說話，不由得提醒著。

見狀，夏玉華這才反應過來，趕緊請幾人入座。菲兒興奮不已，一直拉著夏玉華的手不肯放，直到笑嘻嘻的挨著夏玉華旁邊的椅子坐下來後這才鬆手。

「玉華，現在家中之事可都安置妥當？」李其仁看著夏玉華，心中還是比較擔心，如今夏家真可以說是一無所有，畢竟還得生活，也不知道他們到底能不能應付得過來。「有什麼難處只管說出來，多少我們還是能夠幫上一些的。」

「對呀夏姊姊，從今往後不論有什麼需要幫忙的地方，只管跟我們說，千萬別瞞著我們。」菲兒趕緊附和著李其仁的話，滿門心思都想幫忙。

而莫陽此刻雖然並未吭聲，不過那神情卻也是同一個意思。

見大家都這般關心，夏玉華真心說道：「謝謝你們，這些日子讓你們替我擔心了。雖然如今有了這般大的變故，不過你們可以放心，我現在一切安好，家裡頭也都好。如果日後有什麼需要幫忙的地方，我也不會瞞著你們，更不會跟你們客氣的。」

「這般想就對了。夏姊姊，我娘說過，這人活一輩子誰都會有起起落落的時候，所以呀，我堅信，日後你們夏家還是會有揚眉吐氣的一天的。」莫菲給夏玉華打著氣，看到夏姊姊精神狀態還算不錯，心中也跟著替她鬆了口氣。「對了，杜姊姊本來也想來看妳的，不過她很快就要出嫁了，她娘看得特別緊，哪裡也不讓她去，根本出不了門，杜姊姊讓我替她問候妳，其實她也很關心妳的。」

菲兒話最多，一開口便很難停下來，正說著，外頭忽然傳來一陣喧譁聲打斷了他們，夏玉華一時間也不知道出了什麼事，朝著在門旁候著的管家說道：「管家，你趕緊去看看外頭發生了什麼事，為何如此吵鬧？」

「是！」管家見狀，連忙領命，可腳還沒來得及邁出去，卻見一名僕人神色慌亂的從外面跑了進來。

「大小姐，不好了，外頭來了一夥人，直說他們家主子才是這宅子的主人，吵著要進來收宅子。那些人可凶了，二話不說便打人，奴才根本就攔不住他們！」僕人還沒站穩便快速地稟告著，臉上似乎還腫了一塊，估摸著應該是被那夥突然衝進來的人給打的。

聽到這話，屋子裡的人都驚訝不已，夏玉華還沒來得及出聲，菲兒卻是坐不住了，霍地一下站了起來氣憤不已地說道：「什麼人這麼大膽，當真是沒王法了嗎？走，咱們去看到底是什麼東西這麼猖狂！」

話音剛落，菲兒便已經往門外衝了過去，見狀，夏玉華、李其仁還有莫陽自然也趕緊跟著一併出去瞧個究竟。

出到門口一看，果然前院裡頭已經站了十幾個壯漢，正凶巴巴的在那裡嚷嚷著要這宅子裡能夠說得上話的人出來。而夏家另兩個僕人顯然身上也已經受傷了，卻仍一副拚死也不讓那些人進去的樣子護在門口。

「什麼人這麼大膽，竟然私闖民宅，我看你們是活得不耐煩了吧！」菲兒看到那十幾個凶巴巴的漢子，氣不打一處來，直接衝了過去，指著那群人罵道：「還敢動手打人？這可是京城天子腳下，你們還有沒有王法？」

一臉氣勢洶洶的莫菲頓時讓這十幾個壯漢不由得安靜了下來，再看到後頭跟出來的幾個人，便也不復剛才的那般囂張氣燄。特別是看到李其仁時，顯然又多了幾分顧忌，應該是認出李其仁來了。

夏玉華將這一切看在眼中，既然這些人能夠認出李其仁，便說明了肯定不是什麼地痞流氓之類。

「我們可不是什麼私闖民宅，我們家主子是這宅子的新主人，今日便是來收回宅子的。」見狀，其中一人說道：「誰是夏家當家的？我們主子說了，給你們半天的時間收拾搬出去，過了時間還沒走的話，可就別怪我們不客氣了！」

聽到這話，一旁的僕人趕緊朝夏玉華說道：「大小姐，這夥人一點道理也不講，非說這宅子是他們主人的，讓咱們趕緊搬出去。他們還動手打人，您瞧，小的幾個都被他們打傷了！」

夏玉華見狀，先拉住了又準備發火的菲兒，而後朝僕人說道：「別怕，一切有我。」這一句話聲音不大，語氣卻格外的鎮定從容，這些人一看就知道來者不善，不過夏玉華卻絲毫沒有放在眼中。

「你們說這宅子是你們家主子的，可有憑據？」李其仁可是看不下去，冷著臉朝那帶頭的漢子質問道：「今日你們若說不出個像樣的理由來，我馬上便讓人將你們全抓進大牢！」

「宅子是前些天夏冬收賣給我們家主人的，地契、房契都有，你們自己看！」那漢子邊說邊從懷中取出兩份文件，證明他們所言非虛。

見狀，菲兒一把拿過那兩份文件，認真看了起來，見上頭果真如漢子所說一般，一時間倒是不由得愣住了。李其仁與一旁的莧陽看到菲兒的表情，連忙上前一步，看到上面的白紙黑字後，也都不由得看向了夏玉華。

一聽夏冬收的名字，夏玉華便皺了皺眉，接過菲兒遞過來的文件一看，果然發現這宅子竟然在四天前被夏冬收給賣掉了。

「好了，看夠了吧！」那漢子見狀，連忙將文件搶了過去，而後快速放入懷中道：「白紙黑字清楚著，誰都賴不了！趕緊去收拾東西吧，過了時間，可就別怪我們沒提醒了！」

「夏冬收要了你們多少錢？」一直沒有出聲的莫陽冷聲說道：「開個價吧，你們想要多少收手？」

「莫公子，小的知道您家有的是錢！不過我們家主人也不缺銀子，所以這事還不是有錢就能解決的！」帶頭漢子不由得笑了笑，倒也不怕莫陽知道他們認得他。

見狀，莫陽正欲再次出聲，卻被夏玉華給攔住了，夏玉華微微朝他搖了搖頭，而後跟帶頭漢子說道：「行了，你們別在這裡浪費時間了，去把陸無雙叫進來吧！告訴她，想看我的笑話，那也得親自露面才有意思。」

夏玉華的話頓時讓在場的人都吃了一驚，特別是跑來鬧事的那一群漢子更是如此，他們一臉驚恐的看著夏玉華，完全不敢相信這夏家大小姐竟然這般厲害，跟會算卦似的竟一下子說出了他們家主子的名字。

沒錯，這十幾個漢子正是陸家的家奴，而他們的主子陸無雙今日也的的確確來了，只不過暫時沒有露面罷了。

「妳、妳怎麼知道我們家主子是誰？」帶頭漢子顯得有些結巴，不敢置信地朝夏玉華問道。

而莫陽、菲兒與李其仁等人亦更是吃驚不已，那帶頭漢子的話顯然已經證實了夏玉華剛才所說的，可從頭到尾這些人並沒有透露過半點主人家的消息呀！

見菲兒等人亦是一副想不明白的樣子，夏玉華倒也沒賣關子，直接說道：「我沒有得罪過任何人，除了陸無雙以外，實在想不出還有誰會這般無聊，偏生趕在這種時候找夏冬收買這宅子。皇上的心思陸相最為明白，而陸無雙是陸相的女兒，這事也只有他們父女兩人才幹得出來。」

聽到這解釋，李其仁臉都黑了，真是沒想到陸無雙這人如此陰魂不散，嫁了人還跑過來特意跟玉華作對。菲兒則是一臉的氣憤，還真是頭一次見識到這般不要臉的女人。

相較而言，莫陽的神情則平和得多，並不是他對陸無雙的做法沒意見，只不過商場之上，各色各樣的人都有。他年紀雖不算太大，但閱歷卻不少，什麼奸詐小人都見過，因此今日陸無雙會做出這樣的事倒也不算意外。

「就算妳知道我家主子是誰又怎麼樣？這宅子我們還是收定了，妳就別拖了，我家主子怎麼可能為了這麼一點小事跑來，真是笑話！」帶頭漢子這回總算是明白了，看來這夏小姐還真是聰明得緊，不過聽她如此說自家老爺跟小姐，一時間臉都綠了，趕緊護起主來。

夏玉華一聽，倒是好笑地說道：「算了，你就別裝了，你家小姐的性子我最清楚不過，她怎麼可能放過一個這般好當面示威的機會呢。還有，她沒來的話，你剛才往外頭方向看什麼看？趕緊去吧，去遲了，怕是你家主子一會兒自己便會忍不住進來的。」

這話還真是沒有說錯，話音剛落，那帶頭漢子還沒來得及反應，卻聽門外響起了自家主子的聲音：「夏玉華，看來妳還真是夠瞭解我的。」

聽到聲音，眾人都不由得朝門口方向看去，果然看到一身錦衣的陸無雙盈盈而至。那些陸家家奴見狀，趕緊讓開道來，將自家小姐給迎了進來。

看到院子裡頭站著的眾人，陸無雙也絲毫沒什麼不自在的，笑著說道：「今日還真是好日子呀，沒想到小侯爺、莫三公子還有五小姐竟然也都在，不知道你們是來祝賀夏家喬遷之喜的呢，還是有先見之明，過來幫夏家再次搬家的呢？」

陸無雙的態度實在是太過讓人憎惡，用菲兒的話來說，這世上怎麼還有這般無恥惡毒之人。聽她說的這還叫人話嗎，虧以前夏姊姊還將她當成好朋友，當真是壞到骨子裡去了。幸好夏姊姊早早的看破了這種人的真面目，否則的話被害死了只怕都不知道怎麼回事。

「陸無雙，妳會說人話嗎？好歹也是名門之女，這心腸怎就這麼惡毒，夏姊姊是招妳了還是惹妳了，妳怎麼能做這種缺德事，使著絆子害人不說還在這裡說風涼話？」菲兒最先出聲，看著那張嬌豔無比的臉卻是從沒有過的厭惡。

她雖跟陸無雙算不上認識，可是夏姊姊的敵人就是她的敵人，更何況此人實在太過可惡，就算與夏姊姊無關，以她這種性子也是會跳出來說話的。

「喲！莫小姐這般護著夏玉華是為了什麼呢？難不成堂堂莫家小姐竟然成了她夏家的奴才嗎？」陸無雙自從嫁了人後，如今可是越發的厲害，這說出的話真是要多惡毒有多惡毒，當著這麼多人的面，甚至於李其仁也在場，竟然也沒有絲毫的顧忌。

「妳才是奴才呢！我可是夏姊姊最好的朋友……」

菲兒的話還沒說完，只見陸無雙哈哈大笑，一臉嘲諷地說道：「朋友？莫小姐還真是天真，妳掏心掏肺的當她是最好的朋友，她可未必如此。這人心呀，始終隔著肚皮，小心到時候傷著了自己。妳瞧，當初我還不是她最好的朋友嗎，可最後結果如何？人家壓根兒就沒當妳是朋友，恨不得時時將妳踩在腳下才好！」

「妳胡說八道什麼，夏姊姊才不是這樣的人，反倒是妳，成天挖空心思想著害夏姊姊。沒錯，以前我是跟妳不熟，可妳背後做的那些缺德事早就不是什麼秘密，就不必要在我們面前裝什麼好人了。」菲兒嗤之以鼻，絲毫沒有將陸無雙的挑撥放在心上。

見菲兒如此說，陸無雙倒也沒覺得有什麼好生氣的，如今這耐心倒是比以前大有長進，更何況她也沒有將這臭丫頭放在眼中，好戲總歸還是在夏玉華身上。

「算了，我不跟妳廢話，今日我特意前來可不是為了跟妳一個臭丫頭鬥嘴的。」陸無雙露出一抹不屑的笑意，轉而朝著一旁的夏玉華說道：「夏玉華，妳還真是挺會籠絡人心的，如今夏家都敗落成這樣了，沒想到竟然還有不少人惦記著妳，一個一個的往妳這裡來。看來我真得跟妳好好學學才對，學學妳那一套狐媚惑人之術。」

夏玉華還沒來得及開口，一旁早就已經看不下去的李其仁很是不客氣的接過話說道：「陸無雙，真沒想到妳竟會是這樣的人！當初世安娶妳為妾時，我私底下還替妳覺得有些可惜了，如今看來，妳這樣品性實在是連端親王府的妾室也不夠資格。妳就不怕世安知道妳這副德行？好歹妳也收斂一點，別辱沒了端親王府的臉面！」

見李其仁這般訓斥自己，陸無雙冷笑一聲，毫不客氣地說道：「小侯爺，您就別在這裡充好人了。我的品性如何還輪不到你來下定論。至於世子如何看待我，那也是我們之間的事。更何況今日我來是按規矩辦事，拿房契收屋，買這宅子花的銀子也是我陸家的銀子，關端親王府什麼事？有什麼辱沒端親王府的臉面呢？你們這些世家子弟個個都一樣，嘴裡說別人時一派冠冕堂皇，自己心裡頭比誰都齷齪！你當我不知道你喜歡夏玉華嗎？怎麼？看到我說你的心上人不樂意了？哼，有本事先把人娶回去再來管這閒事！」

「妳、妳簡直強詞奪理！」李其仁被陸無雙這一通搶白給說得惱羞成怒起來，當著這麼多人的面，這女人竟然如此蠻不講理，又還拿這些不著調的事說事，實在是可惡至極。

見李其仁一副被自己惹火了的樣子，陸無雙才不在意，什麼鄭世安，什麼端親王府，都讓他們見鬼去吧！自嫁過去後，這一年多的時間，她待在那個鬼地方已經受夠了閒氣。

既然如今再怎麼樣她也沒有可能成為世子妃，那麼她自然還是得將這一筆帳記在夏玉華這個賤人身上，她就是要好好的折磨這個賤人，讓這個賤人知道跟她作對是什麼樣的下場！

「鄭世安真是瞎了眼，怎麼會娶妳這麼一個壞心眼的女人！」李其仁實在是被陸無雙給氣到了，長這麼大，還真是從沒有直接面對過如此不要臉的人。「今日妳的所作所為，我一定會如實轉告世安，讓他知道自己娶的女人是多麼的惡毒！」

「小侯爺，您就這麼一點本事嗎？告狀，我還以為這只是女人的專長呢？」陸無雙嘲笑道：「不過無所謂，你愛告便去告吧，我既然今日敢來，自然就不怕誰去亂嚼什麼舌根。若是這麼一點小事都擺不平的話，那我還怎麼在端親王府裡混日子？你不知道，那裡頭可沒一個省油的燈，全是吃人不吐骨頭的，厲害著呢！」

「妳……」李其仁頓時臉都脹紅了，看上去顯得很是狼狽。他實在是無語了，沒想到陸無雙如今竟然變本加厲到這樣的程度。而且跟女人爭辯他本就不占優勢，再碰上一個這般難纏的，今日可算是顏面丟盡。

見李其仁被氣得話都說不出來了，一旁的莫陽倒是冷靜得多，到底他比李其仁歷練更多，見過的人也更多，因此並沒有與李其仁、非兒一樣，被陸無雙牽著鼻子走。

「其仁，別跟她作什麼口舌之爭，大可不必。」他先朝李其仁揮了揮手，示意其仁不必如此在意，而後徑直朝一旁如同打了勝仗似的、得意不已的陸無雙說道：「行了，弄這麼多事出來，妳無非就是想過來落井下石罷了。想怎麼辦直說得了，不必搞這麼多名堂。」

第六十六章

陸無雙見莫陽倒是沒有受自己的影響，而是一如先前進來時所看到的那般冷靜，便笑著說道：「莫公子果然是在商場上打滾過的人，真是名不虛傳。不過，我素聞莫公子為人清冷，不喜多管閒事，怎麼今日也想往這渾水裡蹚？都說無事獻殷勤，非奸即盜，您是那奸者呢還是那盜者呢？」

「妳不必拿這樣的話激我，我跟他們不同，如妳所說，什麼人我都見識過了，自然也不會在意妳這樣的挑釁。」莫陽淡淡地說道：「買這宅子，妳無非就是想折騰夏家，想看他們在毫無準備的情況下被趕出去會是一番怎樣的慘狀，再大不了，連帶著夏家僅有的那兩間鋪子也一併動點手腳，斷了夏家的收入，再一步一步的將他們往死裡逼罷了。」

說到這裡，莫陽稍微停了停，看著陸無雙臉上浮出幾分憎恨之意，知道自己所猜的肯定沒錯，他繼續說道：「這些對我來說，都不過是小兒科，根本就沒什麼了不得的。妳若願意敲一筆，便開個價，多少銀子我莫陽也出得起，妳若就想鬧事也沒什麼，宅子收了去便是，我莫家多的是現成的宅子，坐個馬車挪個地方便行，根本傷不到夏家半分。」

「好！說得好，三哥你真是太厲害了！」聽到這些，一直惱火得不行的菲兒總算是有種出了口惡氣的感覺，她興沖沖地朝著夏玉華說道：「夏姊姊，我三哥說得對，咱們還真沒必要為了這種小人、這種小事而生氣，不值得！」

見狀，李其仁神色也好轉了不少，被莫陽的話一點醒，整個人倒是理智了不少，而陸無雙則顯然沒有了先前那般得意，睜大了眼睛直瞪著莫陽這個多管閒事的人，恨不得生生將人給吞下去似的。

不過，這樣的神色倒也沒有多久，很快的，她便暗自吸了口氣，再次笑了起來道：「莫公子還真是古道熱腸，說得沒錯，憑莫家的財力，別說養活夏家這幾口，就算是養活整個京城，甚至再多的人也是不在話下。可問題是，您這般費心費力的幫人，人家可不一定會領你這情呀！

「夏玉華，像妳這種有骨氣的人，可不會平白無故得人家這麼大的好處吧？」陸無雙也懶得再跟這些不著調的旁人瞎扯什麼，直接將矛頭朝向夏玉華道：「我記得兩年前妳可說過做人最重要的便是得有骨氣，如今妳若真得了莫三公子這天大的人情，那恐怕就真只能以身相許才還得清了。真那般的話，妳這骨氣那可就是一點也不剩了！」

「我說妳這女人還真是壞到底了，我莫家就是有錢怎麼了，就是願意幫夏姊姊又怎麼啦，沒妳想的那麼噁心，也只有妳這樣的女人，這腦子裡才會成天想得這般低俗！」菲兒忍不住又嗆了起來，就是忍不得陸無雙這般去打壓夏玉華。

正想再乾脆痛快的罵上幾句，不想一直沒有再出過聲的夏玉華卻拉住了她，微微朝她搖了搖頭。

「行了陸無雙，妳還是回去吧！不論妳想做什麼都是枉然，今日我既不會給妳一兩銀子，也不會從這裡搬出去一步，妳就死了心吧！」夏玉華說罷，朝著一旁的鳳兒吩咐道：「妳現在便去府衙走一趟，就說這裡有人私闖民宅，無端鬧事，讓他們過來抓人！」

「喲！夏玉華呀夏玉華，沒想到這麼久不見，妳倒學會了這一套，跟個無賴一般耍橫了？」陸無雙不由得大笑起來。「找官府的人？好呀，我正巴不得呢！別以為李其仁他們在這裡，官府的人就會聽你們的，別作夢了，這地契、房契可都是我的，就算是皇上來了，你們也得照樣給我滾出去！」

聽到這話，夏玉華不由得笑了起來，而後朝著陸無雙說道：「房契？地契？陸無雙，妳被夏冬收給耍了還不知道吧？妳手裡頭的那些東西都是假的，兩年前，我就收回了夏冬收打理夏家家業的權力，他手中根本就沒有這些東西。而真正的房契、地契這會兒都在我的手上。」

「假的?!哼，妳說是假的便是假的嗎，騙誰呀？」陸無雙好笑道：「真的在妳手上？那妳拿出來呀，官府有的是人可以分得出真偽！」

「我若拿出真正的房契、地契來妳當如何？」見陸無雙一臉根本就不信，反倒毫無顧忌的嚷嚷了起來，夏玉華也不生氣，只是一字一句極其認真的說道：「到時妳可別後悔！」

說罷，她也不再同陸無雙多爭辯什麼，先朝著一旁的管家吩咐道：「你先帶小侯爺他們去廳裡休息稍等片刻，把端親王府家的陸姨娘也一併帶進去安排個坐的地方吧，省得到時人家說我們勢利，看不起庶出的妾室。」

這話一出，陸無雙臉色頓時黑得無法形容，可是對於夏玉華如此明著的譏諷卻無從辯駁，誰讓她就是低人一等的妾室呢？她的心如同被刀子扎過似的，真是從沒發現眼前這女人罵起人來竟然可以如此狠毒而不帶半個髒字。

看到陸無雙此刻的神情，夏玉華卻根本沒有多理，朝一旁菲兒等人稍微點頭示意後便同身旁兩個丫鬟再次吩咐道：「鳳兒留下替我招呼大家，香雪跟我回屋拿東西，省得總有人不死心在這裡胡鬧。」

「是！」兩個丫鬟見狀，很是配合的應著，臉上神情亦相當的開心。先前早就對陸無雙恨得牙癢癢了，一會兒看這個臭女人如何收場。

夏玉華沒有再理會這院子裡的任何人與事，轉而帶著香雪往裡走去，而管家與鳳兒則連忙按小姐剛才所吩咐的，將眾人請到廳裡頭先行休息等候。陸無雙愣在原地半天沒動，夏家人也懶得理會，隨她要不要進去，反正這會兒當著這麼多人的面，諒這些陸家的奴才也不敢再怎麼放肆。

陸無雙咬著銀牙，恨恨的望著那一群說笑著無視於她的人，而後冷哼一聲，還是跟著往裡走了進去。

一行人進了廳裡坐好，管家喚來府中為數不多的僕人重新上茶，又上了一些茶點什麼的。菲兒與李其仁還有三哥說著話，此刻心情大好，她偶爾也會白一眼坐在一邊的陸無雙，不屑的哼上一聲以示不滿。

李其仁亦也沒有再擔心太多，雖不似菲兒這般興奮不已，但卻是對夏玉華向來都信心十足，唯有莫陽心中想法不太一樣，臉上並沒有表現出什麼異樣來，可是卻實實在在的替夏玉華捏了一把冷汗。

可同時，莫陽也知道夏玉華不是那種做事衝動魯莽之人，因此一時間心中的確是複雜不已，不知道玉華此刻到底有些什麼樣的打算。

而這一邊廳裡的人喝著茶等候著，那一邊夏玉華帶著香雪很快便到了自己的屋子。進屋之前，夏玉華將香雪留在門口，說是讓她在外頭守著，她自己一人進去就行了。

在外頭約莫等了一刻鐘，夏玉華這才從屋子裡走了出來，香雪見狀，連忙迎上前去，一臉期待的問道：「找到了嗎？」

看到香雪滿臉的期盼，夏玉華不由得笑了笑，點著頭道：「放心吧，收得有點不好找，不過總歸在屋子裡，最後還是找到了。走吧，他們應該等久了。」

聽到這話，香雪頓時開心的應了一聲，而後扶著夏玉華高高興興地往廳裡而去。儘管心中有所懷疑，不過只要事情順利便一切足夠了，其他的卻是不必多想。

兩人快步回到了前廳，進去一看，裡頭的人似乎都翹首盼望的等著夏玉華的到來。見到她來了，菲兒連忙大聲說道：「夏姊姊回來了。」

眾人自然都看了過去，不過夏玉華還沒來得及出聲，卻聽坐在一旁的陸無雙尖酸挖苦道：「總算是回來了，我還以為妳從後門跑了呢。怎麼啦？拿個東西也能拿這麼久，妳不會要告訴我，東西不知道放哪裡了，找不到了吧？」

見陸無雙這樣說，香雪率先替主子分辯道：「陸姨娘說笑了，我家小姐可不是那種說瞎話之人，只不過昨日剛剛搬來，東西被奴婢放得有些亂，所以奴婢才花了些時間找罷了。現在已經找到了，妳就不必再說這些風涼話了。」

一聲陸姨娘頓時讓廳裡除了陸無雙以外的人全都心情好了不少，就連莫陽都在心裡感嘆，果然是強將手下無弱兵，這丫鬟香雪竟也不是簡單人物。

陸無雙再一次臉都綠了，再一次在這裡被一個丫鬟稱作姨娘，她這心裡真是要多憋屈有多憋屈，偏生人家也沒叫錯，又不能說些什麼。

「行了，廢話少說，把東西拿出來吧，是真是假看了再說，少在這裡裝模作樣的了！」她氣不打一處來，拉下臉盯著夏玉華瞧，一副看妳拿得出拿不出的樣子。

一時間，眾人不由得都看向了夏玉華，雖然心態完全與陸無雙不一樣，卻也是同樣都等著看那房契、地契，好讓陸無雙無話可說。

見狀，夏玉華倒也沒有再說什麼，只是慢慢的從衣袖之中取出了剛才拿到的地契與房契，遞給香雪，示意香雪拿給眾人一一細看。「你們先前都看過陸家家奴拿出的那些文件了，如今再看看我手中的，對比一下便一清二楚了。」

看到夏玉華如此自信滿滿的拿出了幾份文件，陸無雙頓時心中愣了一下，不知道這到底怎麼回事。難不成父親真的被夏冬收給騙了嗎？她本想第一個拿過那些文件來查看，不過卻被一旁的菲兒搶先拿了去，因此只得暫時等著，一會兒細細看過後再說。

菲兒拿過一看，頓時興奮不已的朝李其仁與莫陽說道：「沒錯、沒錯，跟剛才看的那幾份文件上的內容一模一樣，只不過紙張比他們的還要陳舊些，一看就知道這才是真的，那個是假的！」

說罷，菲兒連忙把文件遞給一旁的李其仁與莫陽看，並不時得意不已的看向陸無雙，一副這回看妳怎麼個死法的樣子。

「果然是真的，先前我們看的那些雖然內容與這個一模一樣，不過很明顯這份才是真的。莫陽，你看看，鑑別真假你最在行了。」李其仁邊說邊將文件遞給了莫陽。

莫陽平日裡在這一方面倒是有些研究，能力也不會比官府那些專業的人差，畢竟商場上經常都會遇到一些這樣的事，所以眼力多少還是有的。

看過之後，他不由得抬眼看向夏玉華，心中震驚無比。手中這幾份文件簡直跟真的一模一樣，甚至可以說比真的還要真。但他還是可以肯定這不是真的，而陸無雙手中的那幾份才是真的。別說是一般人，就算是許多有這方面鑑別經驗的人也不一定敢肯定，而他之所以能夠判斷出來也只是一時運氣罷了。因為整件事中，他發現了許多旁人沒有注意到的微小細節。

但是這會兒，他肯定不會表露出半點不對勁來，玉華拿出來的這兩份文件完全可以以假亂真，甚至於有了這兩份，陸無雙就算明知自己的是真的，也拿玉華沒有辦法，畢竟誰會相信夏玉華能夠在完全沒有準備的情況下，在短短不到一刻鐘的時間裡偽造出這樣完美的文件來呢？

更何況，夏冬收的人品向來不被人信任，而兩年前夏家也的確收回了夏冬收打理夏家家業的權力，所以夏冬收手中按常理來說也是不可能還有夏家宅子的地契、房契等這些文件。各種各樣的理由綜合到一起，不論找誰來看，怕是都沒有人會相信夏玉華手中的是假的。

因此，在莫陽看來，陸無雙這一回只能認栽了，這人當真不可太過自以為是，所謂一物降一物，陸家父女再費盡心思，也根本不可能輕易再傷到夏家。

如今的夏玉華有一種說不出來的鬥志，莫陽看在眼中，記在心上，他知道這一次夏家被貶一事對夏玉華打擊極大，看來日後，玉華是絕對不可能無動於衷的。

「陸無雙，妳自己看看吧，看完後要不要再叫官府的人來妳自己拿主意吧。」莫陽邊說邊將手中的文件遞回給香雪，讓香雪拿給陸無雙查看。「不過妳若再敢在夏家胡鬧，我可以保證不出半個時辰，整個京城都會知道陸家大小姐、端親王府世子的妾室拿著假地契、房契到夏家鬧事的醜聞了。」

莫陽這話本來就極其強硬，再加上他一向清冷，對著陸無雙更是冷漠不已，因此更是讓人有種敬畏之感。見狀，陸無雙稍微吸了口氣，調整了一下自己的情緒，從香雪手中接過那些文件先行查看了起來。

看著看著，她的眉頭不由得皺了起來，趕緊拿出先前家奴還給她收好的地契、房契比對了起來。結果還真是讓她驚恐萬分。

除了夏冬收寫的那份文件畫的押以外，剩下的兩份地契與房契竟然從內容到格式都是一模一樣的，甚至於連筆跡都有些類似，只不過自己手中的筆跡更潦草一些，而且紙張相比下，夏玉華拿給她的那一份，的確更加的陳舊。

這一會兒，她心中當真有種想要衝出去讓人將夏冬收給亂棍打死的衝動。先不說莫陽本就是這方面的專才，就算是自己這個不怎麼懂的外行一看，也會認為自己手中的是假的。

這事夏家根本不可能提前知曉，夏玉華也不可能提前造假，在短短這麼一點時間內找出了幾乎一模一樣、而且比自己手中的更顯得陳舊的文件來，任誰見了都分得出真假的！

真是沒想到，那個該死的夏冬收竟然敢騙陸家的銀子，這可惡的夏家人，一家子都這般下作，這般讓人恨之入骨！陸無雙臉都綠了，手中緊緊攥著那幾份文件，神情要多難看有多難看。

見狀，鳳兒倒是連忙衝上前去，趕緊說道：「陸姨娘，妳趕緊把剛才小姐給妳看的東西還回來，是舊些的這兩份，別給調換了耍賴哦，這麼多人都看著呢！」

陸無雙一聽，頓時朝著鳳兒狠狠的白了一眼，鳳兒可不怕這招，趁著陸無雙這會兒手沒抓那麼緊了，趕緊將自家小姐的文件給拿了過來。

好。

「小姐，給妳！」鳳兒將拿到手的文件檢查了一下，見沒拿錯，連忙又呈給夏玉華收

夏玉華將文件重新放回袖袋之中，而後朝著一臉難看的陸無雙說道：「陸姨娘，我早就說過夏冬收這樣的人根本就信不過，既然我撕破了臉收回他手中的一切權力，又怎麼可能留下這麼大的漏洞讓他去鑽呢？現在文件妳也看到了，需不需要官府的人來正式鑑定確認一下由妳自己決定吧，不過我醜話說在前頭，妳的人若膽敢再無理取鬧，就算妳不報官，我也馬上會報。」

「哼！」陸無雙重重的從鼻子裡冷哼一聲，一臉仇視地站了起來，看著夏玉華道：「算妳狠，不過妳給我記住，咱們之間，沒完！」

說罷，她拂袖便想離開，不過夏玉華卻伸手將人給攔了下來。「站住！咱們之間是還沒完。怎麼著，妳家奴才打了人、鬧了事，將我這裡鬧得雞飛狗跳的，難不成妳就這樣走了？」

「那妳還想如何？」陸無雙只得停了下來，一臉不屑地看著夏玉華道：「大不了賠幾個銀子，要多少開個價吧！」

見狀，夏玉華不由得笑了笑道：「我知道陸家有的是銀子，剛才妳說莫家銀子多，人家那是經商世家，銀子多不出奇。不過我可聽說你們陸家的銀子也不是一般的多，是嗎？」

「妳什麼意思？」見夏玉華這般說，陸無雙立馬便將話給回了過去，想要質問。

不過夏玉華並沒有給她多加出聲的機會，而是很快接過話道：「沒什麼意思，就是想說我知道妳不缺銀子，可是有些事光有銀子卻是解決不了的，這可是先前你們家奴才所說的話，我原封不動的還給妳！」

「妳！」陸無雙氣極了，再次被夏玉華給奚落得啞口無言。

其實，鬧事她是有兩下子，不過真以事說事、以理說理的話，她還真是比不過夏玉華。陸無雙自己心中也明白，因此這會兒手中的王牌沒了，自然也不復先前的囂張氣焰了。

「別激動，我話還沒說完。妳陸家不缺銀子是真，而我夏家雖然如今不復舊日風光，可是也不會將那幾個醫藥錢看在眼中。銀子不必賠，但禮得賠！」夏玉華一臉正色，毫無商量地說著，今日無論如何也不可能讓陸無雙跟個沒事人一般輕鬆的走出去，否則的話真當她夏家是什麼地方了，想來就來，想走便走？

見狀，陸無雙朝坐在四周、一臉冷漠看著自己的幾人瞧去，而後再次朝夏玉華說道：「我要是不賠禮呢？」

「妳不是喜歡鬧事嗎？今日我陪妳鬧一場更大的便是，官府也好、陸家也罷，還是端親王府也行，總之這說理的地方得找那麼幾處，不是嗎？到時事情鬧大了，妳自然也想得到對誰不利！」夏玉華想都沒想便回了過去，陸無雙不低這個頭她自是不依。

「妳在威脅我？」陸無雙氣得不行，伸手指著夏玉華道：「別以為這樣我就怕妳了！」

夏玉華不在意的將陸無雙指向自己的手給撥到一旁，平靜地道：「是威脅又如何？妳不知道這世上有因果報應嗎？不是不報，只是時候未到罷了！」

她若有所指的說著，只不過這個中的意思只有她自己最為清楚。聽到這話，陸無雙頓時愣在原地，半天都說不出話來，臉色一陣青、一陣白的，顯然是在掙扎著什麼。

見狀，夏玉華倒是好意的幫陸無雙一把，喚鳳兒去將先前被打的那幾個夏家僕人給叫了過來，讓陸無雙當面給他們道歉。

人雖然是陸家的奴才打的，不過那奴才也只是聽主子吩咐行事而已，所以今日還就得陸無雙當面的給她家的僕人道歉才行，否則的話她還正好順勢將這事給鬧大了，看陸家丟不丟得起這個臉！

很快的，鳳兒便興沖沖的將府中幾個僕人找了過來，陸無雙見狀，知道今日夏玉華是不達目的絕不干休的，再看莫菲與李其仁等人均都一副力挺夏玉華，要找自己麻煩的樣子，更是恨不得此刻便將那夏冬收給活活扒了皮去！

可如何收拾夏冬收那是後頭的事了，現在看這樣子，就算把外頭十來個家奴叫進來強行護送自己離開也是沒用，夏玉華這人發起狠來可不會比誰差，萬一真把事給鬧大了，那她還有整個陸家都是得不償失了。

掙扎了半天，陸無雙最終還是不得不低頭，極不情願的張了口，面無表情地向那幾個被打了的夏家僕人道了一聲歉，而後憤憤甩袖而去。臨走時還惡狠狠的留了一句話，只道讓夏玉華走著瞧！

「夏姊姊，妳這樣就讓她走了？瞧她走時還那般囂張，什麼走著瞧的，明顯就是在威脅妳！」菲兒邊說邊朝夏玉華走去，一臉不快地朝陸無雙離去的方向哼了一聲，還真是沒見過這世上有這麼讓人噁心之人。

「走著瞧就走著瞧吧，反正這話她也不只說過一次、兩次了。」夏玉華微微說了一句，只不過心中卻明白，陸無雙欠她的又豈是一句簡單的道歉便能夠了結的呢？所以，她不需要這個女人的道歉，因為她會讓這個女人付出應有的代價！

而李其仁則不由得說道：「玉華，日後還是得多當心一下陸家，這陸家父女當真不是什麼好人。」

「放心吧，我心中有分寸的。」

夏玉華剛剛應了一聲，卻見管家從外頭快速走了進來道：「小姐，老爺和夫人回來了！」

第六十七章

夏冬慶夫婦回來一看，發現家中竟然來了這麼多客人，一時間將原本想要問夏玉華的話給暫時打住了。剛才回來時，還沒到門口，遠遠便看到陸無雙一臉怒氣沖沖的模樣從家中走了出來，而後上了轎子帶著一行十幾個家奴徑直離去。

這陸無雙與夏玉華的關係，夏冬慶夫婦心中亦是清楚的，因此估摸著剛才一定發生了什麼事。進去一看，果然發現家裡有些不太對勁。剛才進來得急，因為擔心玉華被人欺負到了，不過現在看到小侯爺、還有莫家公子與小姐都在，這心裡倒是放心了不少。

眾人見夏冬慶夫婦回來了，連忙起身行禮問候，一行人相互寒暄了一通後，莫陽等人見狀也不便再久留，起身告辭。夏玉華並沒有挽留，與父親說了一聲後，親自把菲兒等人給送出了門。

送走他們之後，夏玉華這才轉身進了門，吩咐僕人將門關好後再次往廳裡而去，那邊父親他們正在裡頭等著自己，不必問便知道肯定是想詢問今日他們出門後家中到底發生了什麼事。

待夏玉華進到廳內之後，夏冬慶讓管家、鳳兒還有香雪等人全都先行退下迴避，而阮氏也已經在他的示意下將成孝帶回了屋，只剩下父女兩人在，許多話也好說一些。

「玉兒，為父回家時，看到陸無雙一副怒氣沖沖的樣子從咱們家出來，妳快跟爹爹說說到底怎麼一回事？」夏冬慶也是急性子，直接便進入了正題。

「是這麼一回事，今日您出門後正好菲兒他們幾個人一併過來看我，我們聊著天，哪知道竟然跑進來十幾個陸家的家奴……」

夏玉華細細的將事情說了一遍，邊說她邊留意了一下父親的神色，特別是說到夏冬收將這宅子的地契、房契私下賣給陸家時，父親那張臉已經黑得沒邊了，後來再聽事情又來了個大逆轉，頓時神色才稍微好看了一點。

不過，聽完這一切後，夏冬慶心中的疑問卻不少，他不由得朝女兒問道：「玉華，妳叔叔賣給陸家的地契與房契當真是假的？」

不是不相信女兒，只不過是信不過自己的那個混帳兄弟罷了。夏冬收的為人實在是沒話說，不過讓他拿個假的東西去騙陸家的銀子，似乎還不至於有這麼大的膽子，這混帳最多也就是在他面前耍賴耍橫罷了，騙也是騙自家的拿手，應該沒那個膽量去騙陸家，畢竟夏冬收應該知道被發現的話下場會是什麼。

「是的，上一次收回二叔的權後，這宅子的地契、房契巧得很，正好轉到了我的手中。當時可能梅姨不太記得了吧。我也是一時情急這才想起，而後找到的。」夏玉華面不改色地說著，神情自若，一點也看不出什麼異樣來。

她自然不會跟父親說實話，其實夏冬收手中賣給陸家的才是真的，而她拿出來的卻是假的。既然夏冬收如此沒良心，那麼這一次不讓他受些教訓都不行了，這個黑鍋他不揹誰揹？

想想這次運氣還算好，若不是因為自己現在有著過目不忘的本事，只需看那幾份文件一眼，便能將上頭的內容一字不差的記了下來；若不是自己精通藥理，知道哪種藥汁可以讓紙張看上去產生陳舊的效果；若不是煉仙石裡頭的時間與外面的時間存在著差異，她也根本沒有辦法在那麼短的時間內做出效果如此逼真的假地契與房契來。

夏冬慶見狀，倒是完全相信了女兒說的話，可是卻還是不由得擔心起夏冬收來，雖說自己的那個弟弟實在是太過混帳了些，竟然背著他們做出這種事來，絲毫不替他們設身處地的想想，可是再怎麼樣，那人也是他唯一的弟弟，一想到陸家有可能因為假房契、地契的事而對夏冬收做出什麼，他便有些坐不住了。

「玉兒，陸家人吃了這麼大一個虧，肯定不會干休的，說不定這會兒便直接去找妳二叔的麻煩了，妳看，咱們是不是派人過去看看，再怎麼樣畢竟……」

話還沒說完，夏玉華便出聲道：「爹爹放心吧，二叔自己做出這種事來，肯定不會傻傻坐在家裡等著陸家人去找他麻煩的。這會兒說不定已經跑到別處躲起來了呢！」

「嗯，妳二叔確是會這樣做的人，可是這躲得了一時還躲得過一世嗎？」夏冬慶還是不放心，總擔心著會出什麼事。

夏玉華才沒有父親這般善心，對於夏冬收這種毫無親情、眼中只有銀子沒有良知的人，她才不必去關心這等人的死活。「既然二叔能做出這種事來，自然便得要擔當。爹爹，他已不小了，您就別替他操那麼多心，都幾十歲的人了，早就不必要您來管。況且種什麼因得什麼果，他若自己不改，別人再如何都是沒用的。」

「罷了罷了，妳二叔的事我也懶得管了，只不過真是沒想到，陸家那老頭子竟然對我如此記恨，都到這樣的地步了，還不罷手，非得看著我生不如死他才高興呀！」夏冬慶喃喃地嘀咕了一聲，神色顯得很是落寞，似乎是回想著什麼，又似乎在感慨著什麼。

「爹爹，您與陸相之間是不是還有什麼其他的恩怨？」猶豫了一下，她還是問了出來。「我總覺得，你們之間，不像是政見不一這麼單純，而他對您也不僅僅只是為了替皇上消除隱患這麼簡單。」

這話一出，夏冬慶頓時稍微愣了一下，而後微微嘆了口氣道：「玉華，有些事，爹爹不是不想告訴妳，只不過現在真的不願再多提。算了，妳也別想太多，反正日後咱們多加提防一下陸家的人就行了。年紀大了，在外頭跑了幾圈便覺得有些乏，果真是歲月不饒人呀！」

見父親不願多提，夏玉華也沒有再問什麼，各人都有屬於各人心中的秘密，不願提及或者不能提及都是再正常不過的事。

已近初夏，天氣漸漸開始熱了起來，京郊的西涼山到如今還保留著最後一絲晚春的腳步，清澈的小溪從山腰流下，穿過山腳，一直往東邊流去。

有山有水，有樹有木，有花有草，這樣的地方當真是極美，若不是因為已經過了踏青的最佳時期，此刻這裡定然也不會像現在這般清靜，處處透著寧和之美。

夏玉華今日來這裡可不是為了賞景遊玩，而是另有目的。她來了差不多有一會兒的工夫了，似乎是在等著什麼人，看上去卻也並不心急，邊欣賞著眼前的景致，時而看看馬兒在溪邊草地上隨意吃草時那副滿足的樣子，偶爾抬眼往後頭那邊的林間小道望上一眼。

「差不多到時候了吧？」又過了一小會兒，她喃喃地念叨了一聲。話音剛落，便聽到遠處果然傳來一陣馬蹄聲，而且漸漸的接近了。

很快的，清晰的馬蹄聲停了下來，片刻後，她的身後傳來一陣輕快的腳步聲。夏玉華也沒有再回頭，順手撿起地上的一塊小石頭往溪水裡扔去，朝著身後的人說道：「您來晚了。」

「不會吧，是妳太急了，來得早了些。」帶著笑意的聲音響了起來，說話之人很快便走到了面前，盯著坐在一旁一副自得其樂的夏玉華說道：「真是沒想到，妳竟然會單獨約我到這種地方來。」

看著一臉壞笑的鄭默然，夏玉華亦跟著笑了笑，而後站了起來，拍拍手道：「這種地方?!這種地方怎麼啦？雖說沒有賭場熱鬧，沒有青樓多姿，不過勝在恬靜安寧，最適合談機密正事了。」

「聽妳這口氣，難不成以前經常去賭場、青樓玩？」鄭默然學著剛才夏玉華的樣，彎腰從地上隨手撿起一塊石子往溪水中扔了過去，石子在水面上劃過，一連跳掠了三回這才掉入水中，看上去倒是一副頗為厲害的樣子。

聽了這話，夏玉華也不生氣，只是搖了搖頭並沒有再跟鄭默然抬槓，朝他來的方向看了一眼，只看到一匹馬綁在路旁，其餘的倒沒有再看到其他人影。卻是沒想到這五皇子也會一人單獨前來赴約。

「您怎麼也沒帶個隨從什麼的？」她看了他一眼，如今的鄭默然沒有了病痛的折磨，比起以前來結實健壯了不少，看他這樣子，只怕是想再繼續裝病也裝不了多久啦。

「妳不也沒帶人嗎？」鄭默然應了一聲，說實話心中挺喜歡這個地方的，特別是身旁還有一個令人賞心悅目的人作陪，青山綠水間有種說不出來的逍遙。

「您不同，您是皇子。」夏玉華道出了他們之間的區別，事實如此，皇子的身分自然要比他們這些普通人要尊貴得多。就算他自己不在意，怕是府中那些僕人也是難以放心的，畢竟出了事那些人可也得跟著掉腦袋。

誰知鄭默然卻突然一本正經的反駁道：「妳也不同啊！」

「我不同？我哪裡不同了？」夏玉華被鄭默然少有的一本正經給弄得有些不適應了，印象中，他們兩人說閒話時還從沒見過他這般模樣。

「妳當然也不同了，妳是女子呀！」鄭默然一臉的戲耍，忍不住笑了起來，而後見夏玉華癟了癟嘴，一副很無趣的模樣，這才收起先前自娛自樂的表情，笑笑地說道：「其實我也沒說錯呀！妳一個女子都敢單槍匹馬的過來，我雖說身為皇子，但更是個男子，哪有膽量比女子還小的道理？」

「算了，不跟您說這些不著邊際的話了。」夏玉華見狀，朝著一旁樹底下一塊比較平整的高地指了指道：「在外頭不比您的府中，您就湊合著坐吧，我有重要的事要跟您說。」

原本她就不是喜歡那些繁瑣禮儀規矩的人，而今身在這青山綠水的環境下更是不想太過拘束，再者鄭默然這人單獨相處時也極少擺架子，所以夏玉華索性乾脆些，沒那麼多講究。

見狀，鄭默然倒是極其配合，二話不說便上前幾步，隨意地坐了下來，而後朝著夏玉華說道：「什麼事這般嚴肅？咱們之間能夠一起討論商量的事應該不多吧？讓我猜猜看，借錢應該不可能，聽說前些日子妳才又從妳叔嬸那裡挖回了不少的銀子。」

「這個您也知道？五皇子應該多關心天下大事才對，這麼點小事實在是不值得您太過上心。」夏玉華略帶自嘲地笑了笑，她自然知道鄭默然消息靈通無比，不過對於這種市井小道消息什麼的還真是沒有必要瞭解得如此清楚。

鄭默然並不在意夏玉華所說的，繼續顧自的分析道：「憑妳的性子，能夠讓妳主動來找我的，看來一定是妳十分在意的，依我看，應該與妳父親或者說夏家的事情有關吧。我知道妳一向對自己個人的事似乎並沒有太大的關注緊要的，但是只要關係到家人的卻是格外的在意，親情對妳來說應該是比什麼都重要的吧？」

夏家的事雖然已經過去大半個月了，不過這場風波卻依舊沒有平息，對於夏冬慶以及夏家的未來，不少人都還在津津樂道的關注著。而鄭默然很清楚，對於眼前這個女子來說，父親、家人才是她最大的弱點，正如夏冬慶願意為了救女兒放棄一切一樣，這夏家父女果然父女連心，血脈相承，所作所為、所思所想亦都如出一轍。

在他看來，夏玉華也許並不在意榮華富貴、功名身分，卻很在意自己的父親。因為自己的原因而讓父親不得不放棄一個軍人應有的尊嚴，妥協後無所事事的過著普通百姓的日子，一個天生的軍人、一個卓越的將才為此而被打壓得如此，這樣的事放在她那般要強的性格上自然是不會甘心的。

「您說得沒錯，今日請您前來，的確是為了父親之事。」見狀，夏玉華也不囉嗦，直接將這次的目的說了出來。

她細細的說著，一旁的鄭默然也慢慢的變得嚴肅而認真起來，不復先前的玩世不恭，目光之中亦多了幾分慎重與考量。

雖然來之前也想到了夏玉華有可能與他說些什麼事，但是親耳聽到夏玉華的這一番話時，鄭默然還是震驚不已，對於眼前這個女人的膽識與魄力更是不由得刮目相看。他不得不承認，夏玉華所提到的內容都是他心中極其想要的東西，只不過卻是沒想到會從這個小丫頭嘴裡說出來。

早在聽到一半時，他就已經心動了，這丫頭很會掌握人心，早早就摸透了他的心理，所以又怎麼可能不對應下餌呢？雖說風險也的確不小，可正如夏玉華所說，成大事者就不應該害怕風險，沒有風險的事情本身就沒有半點的價值。

而且，綜合來看，這一樁應該算是互利的合作，雙方都能夠得到好處的話，自然是沒有理由不聯手合作。只不過，唯一讓他有些擔心的是，夏冬慶知不知道這事，或者換一種說法，夏玉華能不能作得了這個主。

待夏玉華說完一切之後，鄭默然便直接道出了心中的疑問，這麼大的事情，夏玉華究竟當不當得了這個主。雖說此一時彼一時，不過許多事情還是完全確認清楚才好。

聽了鄭默然的疑慮，夏玉華一臉鄭重地說道：「此事我暫時還沒有跟父親提及過，一來時機還未到，二來許多事情先由我出面反倒更好。但是您可以放心，父親不是老頑固，也不是那種墨守成規之人，再者您也知道只要是我想要做的事，我父親從沒有反對過。所以這一點您不必擔心，等到了合適的時候，我自然會將一切告知於他，絕對不會影響到什麼。」

話都說到這分兒上，鄭默然也沒什麼好擔心的，他也多少瞭解夏冬慶此人，只要不是讓他做傷天害理、禍害百姓之事，想來雙贏的局面再怎麼樣也不可能拒絕，更何況此事還是他這寶貝女兒精心為他謀劃的。

「好，既然如此，我自然也沒有任何理由拒絕這麼好的提議。」他笑著站了起來道：「為了表示我的誠意，我會想辦法保住西北妳父親的那些舊部屬，替妳父親保存住最大的實力。當然，如今咱們已經是同一陣線上的人，幫妳父親保那些人自然也是對我有利。另一方面多少我還是得證明一下我的實力才行，讓妳父親知道他的女兒沒有選錯人。」

聽到這些，夏玉華頓了頓，而後說道：「如此說來，我也得先做出點東西讓您看看，證明您也沒有相信錯人了。」

「是嗎？那妳現在想做什麼？」鄭默然語帶曖昧的反問了一句。

夏玉華卻並不搭理鄭默然的故意戲弄，而是鎮靜自如的繼續說道：「現在看來，除了太子以外，二皇子及七皇子是您達成心願的最大阻礙；而陸相則是七皇子身後最重要的一股勢力支持，所以，如果陸相倒臺的話，是不是對七皇子極其不利？」

「沒想到妳倒是對整個朝堂局勢看得清清楚楚的。很好、很好，除去陸相的話，的確等於折斷了老七的一對羽翼。同時陸家向來針對你們夏家，也的確是應該好好給他們點顏色瞧瞧才對。只不過……」鄭默然頓了一下，繼續說道：「只不過想動陸家何其之難，先別說我父皇對陸相極其信任，甚至到了包庇的程度，再者陸相此人狡猾無比，可不是那麼容易讓人動手腳的。」

「這個您大可放心，我自有我的辦法。官場上的人與事，有的時候並不一定得靠官場的法則來處理。」夏玉華沒有再多說什麼，除去陸家，這不過是她替父親拿回一切的第一步。

「既然妳如此有信心，那我便等妳的好消息了。不過有一點我可得提醒妳一下，咱們現在是同一條船上的人，不論妳做什麼都好，務必不能夠影響到大局，另外，有什麼需要幫手的地方也大可開口，不必怕麻煩。」鄭默然自然看得出夏玉華為何要先拿陸家開刀，不過對他來說，夏玉華的這點私心算不了什麼，只要不影響到整個大局，同時又的確能夠除去陸家的話，何樂而不為呢？

他向來也是有仇必報之人，哪怕隱忍得再久，有些仇、有些恨應該要還的還是得還。他倒是頗欣賞夏玉華的這種性子，夠果斷、夠狠絕，同時也有著足夠清楚的判斷與頭腦。

「放心吧，我會有分寸的。」說完這一句話之後，夏玉華便不再久留，雖說此處並無其他人，但是謹慎些還是比較好，一切都商量妥當了自然是早些散了為妙。「我先走了，日後您身子若有什麼不舒服的地方，可以派人去找我，現在先生不在京城，而我好歹跟他學了幾年醫則是盡人皆知，也不至於被人懷疑。不過沒什麼特別重要的事的話還是盡可能少聯繫，特別是書信這種容易被人掌握到把柄的東西更加得當心一些。」

她知道鄭默然做事向來考慮周到，不過如今與以往畢竟不同，牽扯太多，所以還是少不了叮囑幾聲。像書信什麼的，即便非得要寫，她也從不會在上頭寫些什麼能夠讓人抓到把柄的話語。

鄭默然也沒有再說什麼，默默地看著夏玉華徑直牽過馬匹翻身上馬，沒一會兒便離開了這裡。片刻之後，他朝著林中拍了拍手，一名黑衣人不知從何處立即飛身閃了出來，如同幽靈一般立於他的面前。

「暗中護送，這幾天確保她的安全！」鄭默然只說了這麼一句。這姑娘膽子也太大了一些，一個女孩子騎匹馬便單獨跑到這麼遠的地方來，萬一遇上個採花大盜之類的可就麻煩了。

黑衣人快速點頭領命，而後如同剛才突然出現一般再次突然消失了，鄭默然似乎早就見怪不怪，在四處稍微轉了轉，而後才騎馬離開。

夏玉華回到家之後，在家裡等候了半天的鳳兒與香雪這才總算是放下心來。先前小姐說是要自己一人出去逛逛她們便有些擔心了，後來聽說是要騎馬出去的，更是不放心了。如果真如小姐所言只是上街逛逛，那又何必騎馬呢？

不過如今總算是平安回來了，再看小姐一副不願多提的樣子，兩個丫頭也不好再多問什麼，只是暗自下定決心，日後再也不會讓小姐單獨一人出門了，如今可不同往日，得更加小心些才好。

隔了幾天，跟家裡人打了聲招呼後，夏玉華便帶著鳳兒出門了，只說是要去先生家看看，好些日子沒去了。而且也沒通知轎夫，只說順道走動走動。

可出了門後，鳳兒卻發現有些不太對勁，一來小姐根本就沒有讓她帶藥箱，二來她們所走的方向也不是往先生那邊去的。再者，前些日子小姐便已經讓香雪去過先生家了，把新宅的住址告訴了先生家的家僕，讓他有什麼事即刻通知。

走了一會兒，望著街道兩旁那些花花綠綠的招牌，鳳兒馬上便意識到了這裡可不是什麼良家女子來的地方，因此一把將自家小姐給拉住道：「小姐、小姐，妳這到底要去哪兒呀？不是說去先生家看看嗎？這裡、這裡……」

話還沒說完，夏玉華卻是一副好笑的神情看著鳳兒道：「怎麼，怕啦？剛才出門時可是妳爭著要跟我一起出來的，這會兒怎麼這麼快就嚇到了？」

「不是啊，小姐，這裡不是妳來的地方！」鳳兒嘟著嘴道：「妳知道這裡什麼地方嗎？」

「知道啊，我識字呢！放心吧，小姐我就算再窮也不會把妳賣掉的，放心的跟著來吧。」夏玉華笑了笑，示意鳳兒鬆開手，而後繼續往前走去。

鳳兒見狀，也不好再拉著，只是連忙跟了上去，邊走邊小心的四處張望。

第六十八章

這裡是京城最有名的煙花之地，整條街上青樓妓館林立，一到晚上，當然便是京城最熱鬧的地方，不過現在這時候卻是最安靜的。街道上幾乎看不到什麼人，而兩旁的屋宇亦大門緊閉。來到晝夜顛倒之地，此刻自然便是這般安靜的場景。

夏玉華對這裡並不陌生，前世貪玩，越是不讓來的地方越是感興趣，換個男裝偷偷跑來逛妓院也不是一次、兩次了。這條街上各種各樣的妓院都有，而她今日要去的便是這條街最特別的一家——春滿園。

不過，今天夏玉華來這春滿園可不是來找這裡的老鴇，更不是來找什麼紅牌姑娘。抬頭看了看春滿園的招牌，不必一臉緊張的鳳兒動手，她自行便敲起了門來。

一連敲了好幾下，裡頭這才傳來一陣不耐煩的聲音：「誰呀，這麼早敲什麼敲呀，等一會兒！」

這種地方都是晚上通宵達旦，白天睡覺休息，因此現在的時刻基本上是不會有什麼人上門來的，所以那開門之人如此不耐煩也是情有可原。

好半天，門這才開了，一個三十來歲的龜公探出頭來，見外頭敲門的竟是兩個大姑娘，一時間倒是覺得新奇不已，連先前的不耐煩都少了些許。

「是妳們敲門的嗎？有什麼事嗎？還是不知道這裡是什麼地方？」看這兩人一副主僕的模樣，連丫鬟的穿戴都極為精緻，因此龜公自然不會認為這兩人是要來投靠春滿園的姑娘。

「我要找林伊。」夏玉華也不同來人囉嗦，直接報出了要找的人名姓。「他是你們這裡的琴師，我有點事想找他請教一二。」

龜公一聽是找林伊的，笑說道：「原來是找林伊呀，這可不太好找，平日裡來找他的人可不會比找咱這裡姑娘的人要少。不過像妳這種大姑娘自個兒跑來的還是頭一回，看妳這身裝扮好歹也應該是富貴人家的小姐吧，怎麼如此膽大跑來這種地方，就不怕讓人說三道四嗎？」

戲言也好、好意也罷，夏玉華沒有多加理會龜公說的話，只是讓鳳兒直接拿了些銀兩給他，並且再次說道：「我找林伊有正事，你告訴他『洛山的桃花開了』就行了。」

聽到這沒頭沒腦的話，龜公頓時是完全茫無頭緒了，不過看在這銀子的分上，倒是爽快的應了下來，讓夏玉華在門口先行等候。

街道上偶爾有過往忙活的人看到夏玉華與鳳兒兩個姑娘家大白天的站在春滿園的門口，都好奇不已的打量著，鳳兒見狀更是全身不自在，如同有什麼東西在她身上爬似的。反觀夏玉華倒是鎮定得多，若無其事的等候著，並沒有半點的不自在。

門很快再次打了開來，先前去傳話的龜公領著夏玉華與鳳兒走了進去，前往後院林伊所住的地方。這個時候姑娘們大部分都還在睡覺，偶爾有一、兩個早起憑欄閒坐的，看到夏玉華與鳳兒進入亦是跟看怪物似的打量著。

那龜公一直將人帶到一間兩層小樓前這才停了下來，指著樓上最靠裡邊的屋子說道：「他就住那一間，妳們自己上去吧。」

說完，別的也不多說，自行離開了。見狀，夏玉華倒是沒有讓鳳兒跟著一起上去，而是讓她在下面等著，自己單獨走了上去。鳳兒雖然有些擔心，卻是不敢不從。

上了樓，走到龜公所指的屋子前，夏玉華敲了敲門，片刻之後裡頭傳來一聲懶洋洋的聲音，說是門沒上鎖，讓她自己進去。

在門口遲疑了片刻，夏玉華才伸手推開了門，往裡走了兩步，四下看了看，寬敞的屋裡四處放著不少的古琴，這也是整間屋子最大的特色。不過巡望了一圈，似乎並沒有看到林伊的影子。

正欲出聲詢問，卻聽右側角落的屏風後頭傳來了一道男聲：「在這裡呢，馬上出來。」

話音剛落，只見一名長相俊美的男子從屏風後頭走了出來，邊走邊將身上衣裳最後一顆鈕子給扣上，顯然剛才應該是在屏風後頭換衣裳來著。

「就是妳找我？」看了一眼夏玉華，林伊順勢往一旁的椅子上坐了下來，跟沒骨頭似的懶懶靠在椅背上問道：「『洛山的桃花開了』是誰告訴妳的？」

夏玉華也沒急著回答，不必林伊出聲，自己便找了張椅子坐下來，而後這才說道：「誰說的不重要，重要的是今日我來找的是你。」

其實，這句「洛山的桃花開了」本就是林伊告訴夏玉華的暗語，只不過不是這一世，而是上一世罷了。那是她準備嫁給鄭世安的半年前，一次偶然的機會下，女扮男裝的夏玉華在外頭碰上了被一名潑辣女子追得滿街跑的林伊，後來才知道那女子糾纏林伊已久，乾脆直接逼親，逼親不成還想來個不同生便同死。當時夏玉華也不知道哪根筋錯亂了，便多管閒事上前幫了個腔，誰知林伊那傢伙順勢與她假扮龍陽之戀（注），夏玉華見反正被拖下了水，便也好心地跟著演了一齣戲，讓那女子死心離去。

沒想到此人倒是知恩圖報得很，硬說從不欠別人的人情，所以臨走時特意悄悄告訴了她這句暗語，讓她有任何麻煩都可以到春滿園來找他，還說打探消息什麼的他最在行，只要是她想知道到的，就沒有他查不到的。

一開始夏玉華也沒有在意，只當林伊是隨口說說，可是後來有一次無意間聽到父親與黃叔叔談話時竟然提到了林伊的名字，說此人好像與京城最大的情報機關有關係，應該是頗重要的成員之一。至於這情報機關幕後老闆的身分卻是極為神秘，幾乎沒人知曉，而且最特別的是，這個情報機關的後臺十分強硬，就連朝廷也只能睜一隻眼、閉一隻眼，不敢真正的去干涉。

不過，對於夏玉華來說，幕後老闆是誰並沒有什麼緊要，找到林伊也是一樣能幫上忙的。

「林公子，誰告訴我的並不重要，重要的是我找對了地方。」夏玉華微微笑了笑，眼前的林伊跟印象中的樣子沒有多大改變，特別是全身上下那股慵懶的氣質更是如此。

「有沒有找對地方那可不見得，這就得看姑娘為何事而來了。」見狀，林伊邊說邊不經意的打量著夏玉華，總覺得面前這姑娘在哪裡見到過似的。「對了，咱們以前有見過嗎？」

聽林伊這般問，夏玉華自是搖了搖頭，見是見過，只不過對林伊來說，如今應該算是沒見過她。「我從沒見過林公子，林公子應該也沒見過我才對。」

「在下若沒見過姑娘自然也就不曾欠過妳人情，不曾欠下人情的話，姑娘又怎麼會知道『洛山桃花開了』這句話？」林伊不由得問道。

夏玉華微笑而道：「這不過是求見公子的一句暗語罷了，也不一定是你欠下人情的人才是唯一知曉的。不是嗎？」

「說得也對，看妳這樣子非富即貴的，我認識的姑娘雖多，不過卻從不招惹妳們這樣麻煩的。」林伊說得很沒顧忌，眼中還閃過幾絲調侃的神色。倒也不是他這人不正經什麼的，只是在這花叢之地打滾久了，多多少少總會有些下意識的舉動罷了。

不過夏玉華也沒覺得林伊這一句話有什麼看不起的感覺，反倒覺得林伊這人做事有分寸、有原則。對於一個風流多情的人來說，正經人家的女子的確不應該去招惹。

她笑了笑，主動略過先前的閒話，切入主題道：「今日我來，是想託林公子幫個忙，查

注：龍陽之戀，即同性戀。龍陽君是戰國時魏王的男寵，長得像美女一樣嬌媚，得寵於魏王。龍陽之戀遂成了同性戀的代名詞，這是中國止史上第一個有記載的同性戀。

清一些事情。不知林公子覺得我找對地方了沒有？」

見夏玉華如此淡定從容的提到這個，林伊也沒馬上回答，只是指了指那扇敞開著的門道：「妳若不介意的話，咱們還是先關上門再說話吧。」

見這姑娘果然是為了特殊之事而來，那麼自然還是先關上門再說，雖說這春滿園也是自己的地盤，不過談正事最好還是關起門來比較好，不論一會兒跟這姑娘之間的交易能否達成，總之能夠見到他便不是一般的客人了，客人的隱私還是得考慮到的。

見林伊提到了關門，夏玉華倒是大方，徑直起身將門給關了起來，雖說此刻孤男寡女的，兩人又並不熟悉，不過她還真不是那麼刻板之人，而印象中林伊也不是那種亂來之人。

見夏玉華主動去將門關了起來，而後一臉平靜的繼續坐下，林伊倒是笑著說道：「妳還真是挺有膽識的，也不怕關起門來我對妳做什麼過分之事？」

林伊的調笑很明顯是想再多看看眼前這女子會有如何的反應，看看是不是真的隨時都能這般處事不驚。他還從沒有見過一個像眼前這個女子一般淡定的；莫說是這種正經人家的小姐，就算是青樓裡混了多年的女子，也鮮少有人被他這般戲弄而絲毫臉不紅、心不跳的。

夏玉華倒是完全看明白了林伊的想法，說實話，如果她沒有先認識那個沒事就喜歡逗著她玩的鄭默然，此刻還真是不可能這般鎮定自若。而且林伊與鄭默然比起來多少還是收斂一些，畢竟他不似鄭默然一般對自己知根知底的，怎麼也得顧忌一些。

見狀，她亦笑了起來，只道了一句話：「你雖風流，卻不下流，我自是沒什麼好擔心的。」

「好、好，說得好！」林伊聽到這話，不由得人都坐得端正了些，拍著手一臉滿意地朝夏玉華說道：「就衝著咱們第一次見面，妳便能夠說出如此瞭解我的話來，妳這個朋友，我林伊交了！」

林伊本就是性情中人，原本對眼前這女子印象便極其不錯，如今再聽對方誠懇的評論自己，沒有絲毫的討好或者客套之言，更是一下子來了精神，一副相見恨晚的模樣。

見狀，夏玉華也沒什麼彆扭的，從容回道：「能夠交到林公子這樣的朋友，是我的榮幸。不過咱們朋友歸朋友，生意歸生意。如果林公子沒意見的話，還是先說說正事吧？」

「行，妳想我們幫妳查什麼，只管說。不是我誇口，這天底下的事，只要妳想知道的就沒有我們查不到的。至於價碼嘛，卻是得看這事情的難易程度具體而定了。」一碼歸一碼，這一點林伊很是贊同，因此也不再多說閒話，直接開始談到正事上。

看這姑娘端莊大方的，也不知道有什麼特別的事需要託他們來探查，不過怎麼說呢，他總覺得這姑娘還真是有點眼熟，好像是在哪裡見到過一般，可偏偏怎麼想也想不起來。

難不成是自己見過的姑娘太多了？也不對呀，雖然各種容貌的女子他見得太多，難免會碰到一些長相類似的，不過像眼前這位姑娘如此特別的氣質倒還真是不可能與別的人混淆才對。林伊這會兒腦子有些想不過來了，不過很快他便不再胡思亂想的，因為他看到夏玉華從袖袋中取出一張摺疊好了的紙遞了過來。

「這上頭寫的東西便是我想知道的，麻煩林公子看一看，不知可否辦到？」夏玉華將出門前準備好的東西遞了過去，有些話不太方便當面直說，一來怕是隔牆有耳，二來，提前準備好了也不必擔心自己遺漏或者說錯什麼了。

林伊接過那張摺好的紙，打開看了起來。上頭就幾行字，不過看完那幾行字，他卻是不由得一改先前的嬉笑，而且還下意識的皺起了眉頭來。

「姑娘，妳確定妳沒寫錯東西吧？」他反問了一句，看向夏玉華的眼神透露出一絲極其特別的怪異，真不明白一個小姑娘家怎麼會想要查這些東西。

夏玉華搖了搖頭，一臉鎮定地說道：「沒有，就是上頭寫的這些。林公子不是說只要我想知道的，都可以查得到嗎？怎麼，難道這個不在你們的能力範圍之內？」

「那倒不是，雖然妳這事還真不簡單，不過也只是時間與精力都得比其他的要多費一些而已。而且這事我還得跟別的人商量一下，才能夠確定具體需要多少的酬勞。」林伊微瞇著眼睛說道：「還有就是，我很好奇，妳一個小姑娘家查這些有什麼用呢？」

「既然能接，那我便放心了，至於酬勞，等你們商量好之後告訴我一聲便行，多少都不是問題。」銀子還真不是太大的問題，手頭上的那些不夠的話，她還是有辦法籌到錢，不說別的，光煉仙石空間裡頭那些珍奇藥材，隨便拿出一點也能夠賣不少錢。

夏玉華並不想解釋太多探查這些的目的，她朝著林伊說道：「你們的規矩我多少也知道一點，達成交易的話只需付足銀子便可，不必非得說明查這事的動機，對吧？」

「對，妳說得很對。」林伊笑了笑，沒有再追問，他向來好奇心重，不過卻也是不會逾越規矩，更不會強行要求客人透露什麼。

「如此說來，咱們的交易算是達成了？」夏玉華見狀，再次問道：「等你們確定了酬勞數目，我付過訂金之後，那最快多久能夠查到結果？」

「這個可就難說了，像妳這種難度太高的，估摸著沒那麼快。不過有一點妳可以放心，在妳付訂金之際，我們會將確定的期限告知妳，如果過了這個期限還沒有辦到的話，那麼一切責任都會由我們承擔！」林伊一臉自信的說著，到目前為止，還沒有他們查不到的，也沒有超過期限而退還銀子賠償的糗事。

聽到這話，夏玉華點了點頭，不再追問期限。她心中清楚自己要查的事情是什麼，如果那般輕易查得到的話，她也就不必來麻煩這些人了。

「如此，那最快什麼時候我能夠交訂金？」夏玉華也不再糾結其他，直接先將這事給具體定下來再說，交了訂金便等於開始查了。

見狀，林伊倒也爽快的回答道：「這就不確定了，反正按我們的規矩最遲不會超過三天，妳留下名姓與聯繫地址，到時我們自然會派人去通知妳本人的。對了，說了半天，我還不知道姑娘芳名？」

「我叫夏玉華。」她微微一笑，正準備報上聯繫的地址時，卻不曾想到，林伊竟瞬間噌的一下從椅子上跳了起來。

「什麼，妳就是夏玉華？」此刻的林伊幾乎是用喊出來的，一副被夏玉華的回答嚇到了似的。

「林公子，你沒事吧？」雖然對於林伊的反應詫異不已，不過夏玉華卻還是保持著她應有的鎮定。對比之下，林伊的反應更是顯得特別的唐突了。

聽到夏玉華的詢問，林伊這才馬上醒悟了過來，剛才自己這突然的失態實在是太丟人了，好歹他也是混了多年江湖的人，沒想到今日竟在一個小丫頭面前出醜了。

「沒事沒事，沒事沒事！」他趕緊恢復了些常態，笑著說道：「抱歉，剛才讓妳見笑了。」

「沒事就好，那麼林公子，先前我們所談好的事沒什麼問題吧？」夏玉華倒是不在意林伊剛才的失態，只是擔心交易之事有什麼變化，畢竟林伊先前那神情實在太過異常，萬一人家反悔了呢？

聽到夏玉華這般問，林伊連忙搖著手道：「不會不會，夏姑娘只管放心，妳這事我們一定會盡心盡力做好，保證不會讓妳失望的。」

他連連保證著，那態度比起先前來說更加的熱情起來，臉上的笑容都要開成一朵花了。

「對了，妳來了這麼久，我連杯茶都沒給妳上，實在不好意思。」林伊突然想到了什麼，趕緊起身去一旁的桌子上想要給夏玉華倒茶。一副抱歉招呼不周的模樣，比起先前的懶散真是完全判若兩人了，似乎生怕夏玉華有什麼不滿意的地方。

可不巧的是，桌上的茶壺裡卻連一滴水都沒有，林伊見狀這才想起昨晚好像就已經沒有茶水了，只得趕緊拎著茶壺想出去叫人重新沏壺茶送過來。

「實在是不好意思，竟然沒茶了，不過沒關係，我現在便讓人沏好茶送過來。」他再次不好意思的朝夏玉華笑了笑，邊說邊朝門口方向而去。

見林伊突然轉變這麼大，不但突然這般熱情，而且還一反先前的慵懶，主動的要給她倒茶什麼的，如此完全不同的區別對待更是讓她覺得很不正常。

不過她也沒有太過表現出自己的懷疑，而是叫住了準備出去的林伊。「林公子，不必麻煩了，我不渴。」

她邊說邊站了起來道：「我還是先把聯繫地址告訴你吧！等你們確定好了酬勞數目後，再派人去通知我到你們指定的地方去交訂金便可。」

訂金一般都得先交一半，並且通常因為數目較大，所以都會多給些時間準備好銀兩，而她也必須知道具體的酬勞數目後，才清楚自己還差多少銀兩。

「不用了，我知道去哪裡找妳。」林伊脫口而出，話一出口，似乎發現有些不太妥當，而後補充說道：「那個……我的意思是妳家挺好找的，所以，所以……」

聽到這話，夏玉華卻是不在意的笑了笑，夏家的事在整個京城裡早就是無人不知、無人不曉了，林伊知道他們的新家住址也是十分正常的事，因此並沒有對這句話想太多。

雖然她還是覺得林伊的態度太過奇怪了些，但是見事情也已經大致談妥了，便也不想在此久留。

「既然如此，那我便先告辭，此事有勞林公子了。」她略微朝林伊點了點頭，以示謝意。

見夏玉華要走了，林伊自然也沒有理由再多留，他趕緊放下手中的東西，親自送出門去了。下了樓後，看到一旁等著的只有一個比夏玉華還要小的丫鬟，當下更是佩服這姑娘的勇氣了。

雖然大白天的這條街上並沒什麼人，可是畢竟這裡是特殊地方，這姑娘就真的一點也不擔心？不帶個家丁，卻帶個同樣長得白淨稚嫩的小丫頭，萬一遇上個什麼淫賊，在這種地方被人盯上那可不是說笑的。

「妳就帶了這麼個丫頭片子來？」林伊徑直指著鳳兒說道：「夏姑娘，妳們倆獨自跑到這種地方來，妳家人也不擔心？」

夏玉華微微朝林伊搖了搖頭道：「自然擔心，所以我根本就沒讓他們知道。」

「哦，原來如此！」林伊笑了笑，一副明白了的神情。「放心吧，我有分寸的，保證不會給妳惹什麼不必要的麻煩。不過話說回來，以後妳還是別再到這種地方來了，若是有什麼事要找我的話，讓人帶個信來就好了。」

夏玉華感謝地笑了笑。「好了，林公子請留步吧，我們自己出去就行了。」

「沒關係，反正我也沒什麼事，就送妳們出去吧，順便我也得去吃點東西，出了這條街，對面就有得吃了。」林伊倒也熱心，主動表示要將她們主僕送出這條街。

出了門，幾人直接往街口方向走去，此刻街上的人多了一些，不過因為夏玉華與鳳兒身旁多了一個林伊，因此並不那般顯眼了。一直到出了這條街，林伊又帶著她們走到了對面一段距離後，這才停了下來。

「行了，我得去吃東西了，這會兒肚子都餓得咕嚕叫了，妳的事不必擔心，最遲過兩天自然會有人送信去的。」他邊說邊朝夏玉華揮了揮手，示意她們可以離開了。

見狀，夏玉華也沒有再多說，微微點了點頭，謝過之後，帶著鳳兒轉身離開。

待夏玉華她們走遠一點後，林伊快速的往回走，而後從最近的一個巷口叫住了一個正在那裡掃地的人，吩咐道：「遠遠跟著剛才那兩名女子，確保她們安全到家！」

那人一聽，連忙將掃帚放到一旁，點了點頭，一溜煙的便跑走了，速度極快，身手很是敏捷。

林伊見狀，微微搖了搖頭，這女子若是出了什麼事的話，這責任他可真是擔不起。得了，看來他還是別吃東西了，先去找人再說吧，這主兒的事他還真是不敢耽誤。

很快的，林伊便調整了方向，匆匆離開，沒一會兒的工夫便不見蹤跡了。

第六十九章

夏玉華帶著鳳兒走在回家的路上，走了一大段路後，憋了好久的鳳兒終於鼓起勇氣開口了，這個時候她還真是管不了太多，一心都是替小姐擔心。

「小姐，剛才那人到底是誰呀？妳為什麼要特意去找他？奴婢看他那樣，一臉的輕狂，剛才他沒有對妳怎麼樣吧？」原本是想說「輕佻」的，不過覺得那詞還是有些不太合適跟小姐提，因此鳳兒臨時給改成了「輕狂」。

聽了鳳兒說的話，夏玉華倒是不由得停下了腳步，側目看向鳳兒，一臉嚴肅地說道：「鳳兒，我做什麼事自己心中有數，妳不必擔心，剛才也沒有發生任何不好的事情。同時我想告訴妳，今日之事妳權當成什麼都沒看到、什麼也沒聽見，不可以跟任何人提及，任何人，明白嗎？」

夏玉華的認真程度遠遠超過了鳳兒原本的猜測，見狀，她只得點了點頭。心中隱隱覺得小姐應該是在做一件什麼大事，她心中雖然擔心，畢竟小姐找到這種地方來，又怎麼可能完全不放在心上呢？

「明白了小姐，奴婢不會跟任何人提及的，包括香雪與老爺、夫人。」她主動加了一句。

而聽到鳳兒的回答，夏玉華卻再次說道：「不但是今日之事，往後的事亦是一樣，妳是我的貼身丫鬟，對我的想法應該很清楚。什麼事可以說、什麼事不能說，這些妳心中都得有數。我知道妳是擔心我，不過許多事妳現在很難明白，而我也不可能跟妳解釋什麼，所以記住日後只需按我說的去做便是。」

「小姐請放心，奴婢都記住了。」鳳兒見狀，當下再次很肯定的保證著，她深怕小姐不放心自己，日後都不再讓她陪著了，這樣的話對她來說可就更要難過死了。

「走吧，回家了，放輕鬆一點，我們不過是去了趟先生家轉轉。」她再次抬步往前，一旁的鳳兒亦趕緊跟了上來，主僕兩人一路上不再說話，徑直往住家的方向而去。

第二天，林伊便找了個生面孔的人去夏家聯繫夏玉華，也沒有直接報夏玉華的名，而是藉口有事要找鳳兒，讓鳳兒悄悄的帶了封書信進去。

信上沒有寫什麼，只是一個簡單的地址與時間，而且也沒有提及到酬勞數目的問題。看完之後，夏玉華自然明白，林伊這是約她當面再談，因此也沒說什麼，直接便讓鳳兒將那封信當場給燒掉了。

又隔一日，見約定的時間差不多了，夏玉華帶著鳳兒與香雪出門了。

原先身分尊貴之際，夏玉華便沒有別的名門貴女那般多的約束，也是經常出門的，如今成了普通人家，夏冬慶更是不覺得女孩子家常出門有什麼不妥，因此肯定是不會多加阻止的。

出門的時候，正好看到成孝走了過來，今日一早明明見到成孝出門上學堂去了，這會兒怎麼沒在學堂，反倒出現在家中呢？

「成孝，你不是去了學堂嗎？」夏玉華見成孝精神似乎不太好，不由得問道：「是不是哪裡不舒服？姊姊幫你看看好嗎？」

成孝搖了搖頭道：「姊姊，我沒什麼事，早上吃壞肚子了，跑了好幾趟茅房了，先生怕我太辛苦，所以讓我今日先回來休息。娘親已經給我喝過綠豆水（注）了，這會兒好多了。」

聽說是拉肚子，夏玉華也沒有太過在意，再加上急著出門，所以便沒有再多問什麼，笑著與成孝道別後，出門了。

到了約定的地方後，夏玉華四下看了一圈，並沒有看到林伊的身影。一進去，便有夥計認出了她來，說是約她之人已經來了，直接便將她引到了二樓的一間雅間內。

似乎是為了彌補之前在春滿園裡連茶水都沒有招待夏玉華似的，這才剛一進門，林伊便已經讓人給夏玉華準備了這裡最好的茶，光是聞著那香氣便知道不比一般。

「鳳兒、香雪，妳們先去外頭候著吧，我與林公子有事得單獨談談。」具體的事宜，夏

注：綠豆水，指綠豆煮沸後的清水，綠豆不可煮破。在中醫裡具有消暑利水、治暑熱煩渴、水腫泄瀉及解藥物中毒的功效。

玉華自然不願讓更多的人知曉，因此喝了兩口茶後，便先將自己帶來的人給打發出去。

「林公子，不知現在可否告知酬勞數目了？」喝了一口茶，夏玉華一臉自在的提出這問題，雖說數目再多她也會接受，但是總要知道具體數目了，她才好去準備銀兩。訂金要付一半，再如何也不是小數目。

見夏玉華一副公事公辦的樣子對待自己，林伊突然覺得這些年還真是白在女人堆裡打滾了。想想自己如此主動熱情的招呼，竟然連這姑娘一笑都難博到，心裡多少還真是有那麼一絲的自信心跌落了。

只不過，他林伊是什麼人，當然不可能就這麼容易被打擊到。公事公辦也好，至少說明這姑娘真是個少有的好姑娘，老大這眼光還真不是蓋的。

「這正是今日我約妳來的目的。」林伊見狀也沒有再如往常在姑娘面前一般瞎吹一大堆，直接伸出兩根手指頭在夏玉華面前晃了晃道：「就是這個數。」

二十萬兩?!夏玉華心中不由得咯噔了一下，雖說早就想到了數目肯定不小，不過這一開口就是二十萬兩銀子也實在還是讓她吃驚不已。

她不由自主的皺了皺眉頭道：「二十萬兩，這是不是太多了一點？」

她也不知道林伊他們這一行有沒有討價還價的餘地，不過目前這個數實在是比她預想的要超出得太多了一些。以夏家現在這樣的情況與財力，平白無故的她若是能夠一下子拿出這麼多銀子來，反倒是會讓人生疑了。

「二十萬兩？噗，夏姑娘，妳也把我們想得太黑心了點吧！」林伊這回倒是忍不住笑出了聲，沒想到這姑娘還這般老實，最先反應竟然會誤以為是二十萬兩這麼多。「再者，昨日我都說了咱們是朋友了，生意歸生意，但幫朋友辦事，人情多少也還是得要給一些的。」

聽到這話，夏玉華心中倒是鬆了一大口氣，如此說來，倒是自己想錯了，兩根手指不是二十萬兩的話，比它少的自然應該是兩萬兩了。這樣的話，價格果真算比較優惠的了。

她微微笑了笑道：「如此說來，是兩萬兩了。」

原本以為這次應該猜對了，沒想到林伊竟然再次否定了她的答案，並且主動說道：「還是不對，是兩千兩！」

「什麼?!兩千兩？」這一下，夏玉華可是再次吃驚不已，要知道這事的酬勞，再如何也難以想像竟然只要兩千兩。

她心中清楚自己要查的東西是什麼，就是換成一般些的事，放到林伊他們這種地方也應該不只這樣的價格，林伊若不是在跟她開玩笑的話，便是還有別的原因。

「對，就是兩千兩！」林伊一臉肯定的說著，見夏玉華似乎不信，又特意強調了一句道：「我沒騙妳，真就是這個價格。」

「林公子你說笑了吧，莫不是要的是兩千兩黃金？」夏玉華邊問邊仔細的盯著林伊的面孔，沒有放過他一絲一毫的表情變化。

「當然不是黃金了，妳當我們打劫嗎？就是兩千兩銀子，沒得錯了。」林伊好笑地說道：「夏姑娘怎麼就是不相信我的話呢，我林伊就算是喜歡開玩笑，不過也從不拿正事亂說的。放心吧，沒騙妳，先交一千兩訂金便可以了，等到事情辦妥之後再付另外的一千兩就行了。」

「為什麼？」夏玉華不但沒有對這突如其來的便宜產生任何的驚喜，反倒更是疑惑無比。天下沒有白落的餡餅，亦沒有無緣無故的便宜。兩千兩，這實在是太不可能的價格，就算她從沒有接觸過這一行，也知道不可能便宜成這般程度。

瞧著夏玉華果然一副懷疑不已的樣子，林伊倒真是慶幸沒有按自己所想的直接說成五百兩了，否則這姑娘肯定以為他要麼是騙人的，要麼是另有所圖，估摸著二話不說就得起身走人了。

見狀，他倒是裝出一副這其中自然另有玄機的模樣，刻意清了清嗓子，賣了下關子，而後這才朝著夏玉華說道：「看來妳這人倒還挺實在的，沒錯，實話跟妳說了吧，原本就妳這事是根本不可能這般便宜的，就是賣個白菜價那也肯定不止兩千兩對吧。不過妳運氣還真是沒得說，正巧咱們老闆也有求於妳，所以呀，這才特別給妳打個大折扣，想請妳幫個忙。」

「幫忙？我?!」夏玉華見果然是另有他事，這下反倒是安心了一些，她反問了一聲道：「你們老闆會有什麼事需要我來幫忙的嗎？」

「當然有，我老闆雖然能力通天，不過終究也是一介凡人，是人就免不了會生病了，對吧？」林伊流暢無比的解釋道：「這不，我老闆可是聽說妳跟神醫歐陽先生學過醫術，而且最擅長各種疑難雜症的治療，已經治好了不少難斷根的老毛病。所以呀，妳說我老闆有沒有需要求到妳的地方呢？」

聽到這些，夏玉華卻並沒有馬上相信，雖說一藥千金的事是常有，不過這人都還沒有找她瞧過病，也不知道能不能治好，便如此大方的先給她這麼大的便宜，若都這般做生意的話，那倒真是天下大同了。

「如此說來，你老闆是想讓我幫他治病了？」她想了想道：「不知到底是什麼病，畢竟我也不是能夠包治百病的。」

「至於什麼病，就日後再說吧，我老闆說了，為了表達咱們的誠意，等妳這邊的事給辦妥當之後，再麻煩妳幫他診治。如此一來，夏姑娘自是可以放心了。」林伊再次強調道：「我老闆還說了，以姑娘的醫術肯定能夠治好他的病，所以這一點妳也不必擔心到時我們會刁難於妳。怎麼樣，這樣妳都清楚了吧？」

原本以為，自己這般認真的解釋了一通，而且這理由合情合理得很，夏玉華應該不會有什麼問題了，可是這一次林伊還真是又對這個姑娘估計錯誤了。

只見夏玉華聽完這些後，不但沒有半點高興的樣子，反倒神情越發的嚴肅起來，一副深思的模樣，半天都沒有出聲。

這下，林伊倒是有些急了，等了一會兒後，終究還是先忍不住問道：「我說這事怎麼算妳都沒吃虧，妳還猶豫什麼呢？交了一千兩訂金，剩下的就是我們的事了，妳半點風險也沒有，難不成還覺得有問題嗎？」

這話說罷，夏玉華總算是有了些反應，只見她慢慢抬起頭來，朝林伊看去，一臉正色地說道：「對，你說得沒錯，這事我是沒有半點的風險，也不會吃半點的虧，可是，正因為如此，所以我才覺得有問題。」

「有什麼問題嗎？」林伊終於有些不耐煩了，見過怕吃虧的，倒還真是頭一次見到這種怕占便宜的。老大也真是的，早知道直接多收人家一些銀子就得了，非得搞這麼多彎彎繞繞的，不是沒事給自己找事嗎？

他本就覺得沒必要想那麼多，既然夏家小姐自己能夠想到來找他們這種地方要求查東西，那肯定是有辦法解決銀子的問題。大不了若是真湊不足銀子，老大想辦法暗中給人家送些去不就行了嗎？如今非得讓他想理由、找藉口的，這下還是出問題了吧。

倒不是他沒動什麼腦子，這理由也找得合適得不得了呀，偏偏人家姑娘實在太過聰明，或者說又太過清醒了些，也完完全全沒有女孩子家那種愛占便宜的習性。依他看，這事他還真是沒把握會辦成什麼樣子，到時老大若是怪罪起來，他也只能夠自認倒楣了。

「我說夏姑娘，妳總不會以為我這裡只收妳兩千兩的目的是想坑妳吧？」他突然覺得自己怎麼就這麼可憐呢，真恨不得給這大小姐跪下，求她別東想西想，趕緊交了訂金走人算了。

「當然不是，我只是覺得這麼大的便宜我實在是沒這能力去占。」夏玉華邊說邊站了起來。「即便你家老闆真得了什麼怪病，用他給我便宜下來的那筆鉅款去請大夫的話，這天底下最好的大夫都不在話下了。我雖對自己醫術有一定的自信，不過卻也不會覺得可以一診幾萬兩，甚至能達到數十萬兩的地步。

「實在抱歉，林公子，依我看，這交易咱們還是算了吧，打擾之處請見諒。」說罷，夏玉華稍微朝林伊點了點頭，以示歉意，而後便準備走人。

「為什麼？為什麼呀？」林伊這會兒真是急了，沒想到這姑娘做事這般果斷直接的，就這樣抬步要走人了，他連忙起身阻止道：「夏姑娘，我真是想不通了，好歹妳跟我說清楚到底是什麼原因吧，否則回去後，我可怎麼跟我老闆交代呀！」

這還真是林伊的真心話，其實夏玉華的事跟他並沒什麼關係，可問題是這後頭不還有個老大嗎？把這事給辦砸了，回頭老大準不會給他什麼好臉色的。

見林伊如此神情，夏玉華這心裡頭更是有了些底，她站在原地，再次看了一眼林伊，也沒有猶豫什麼，徑直說道：「你若擔心不好跟他交代的話，我可以替你向他交代。」

「妳替我交代？這、這話是什麼意思？」林伊頓時愣了一下，突然覺得這姑娘看著自己的眼神怎麼就那般犀利呢，讓他竟有種無處躲閃的感覺。

夏玉華也沒拐彎抹角，微微笑了笑道：「我的意思是，你若怕他說你沒辦好事的話，我可以自己向莫陽解釋，不關你的事。」

沒錯，莫陽——林伊口中的老闆，這個情報機構的幕後老闆就是莫陽。從那天自春滿園回來後，夏玉華心中便有所懷疑，直到今日這一切，再聯想到以前的種種，她完全可以斷定，這個神秘的幕後老闆便是莫家三公子，也是菲兒的三哥——莫陽。

聽到夏玉華竟這般肯定而淡然的道出了莫陽的名字，林伊當真是完完全全的驚呆了，半晌之後才反應過來，他倒也沒有再打算否認，而是一副不明白的樣子說道：「妳怎麼知道是他？」

「沒有，我只是猜的。」她微微嘆了口氣，一時間也想不明白自己此刻腦子裡到底在想些什麼。

「猜的？」林伊一聽，不由得摸了摸鼻子，一臉無奈地說道：「好吧，猜得真是準。算了，既然如此，這事我也不摻和了，還是讓老大自己過來跟妳說吧。」

說來，林伊聽到夏玉華如此淡定而簡單的回答，一時間覺得自己有種想要吐血的衝動，這姑娘虛虛實實之間，竟然硬是讓他這個老江湖被牽著鼻子走都還不自知，實在是汗顏無比。

「行了行了，我算是服了妳，妳先坐會兒吧，我去找老大過來，那個……他其實在的，咳咳。」林伊索性全部掏底得了，朝著夏玉華揮了揮手，示意她先坐下等候，而後長嘆一聲，轉頭往外走去。

第七十章

沒多久，夏玉華便看到先前離去的林伊笑著走了進來，當然後頭還跟著另外一張熟悉的面孔。林伊的笑多少帶著一絲身不由己的感覺，偶爾朝後頭瞄一眼一臉清冷的莫陽，跟個犯了錯的孩子似的。

「林伊，你先回去忙你的吧，夏姑娘的事情我來處理就行了。」見林伊跟進來不但沒有半點的作用，反倒是越發的讓氣氛顯得無趣不已，莫陽索性把他打發出去。

與玉華也不是認識一天、兩天了，雖然今日被她識破了自己的另一層身分，但是對於莫陽來說並沒有什麼大不了的，他相信無論如何，玉華也不會對他的這層身分造成任何的危險。

林伊聽說自己可以走了，頓時整個人不由得鬆了一口氣，他趕緊站了起來，笑嘻嘻地說道：「行行行，你看，我那邊正好還有好些事呢。反正你跟夏姑娘也是舊識了，我在不在的也沒什麼必要了。」

說著，他又朝夏玉華看去，點了點頭一副開心不已的神情，擺了擺手道：「夏姑娘，我先走了，你們慢聊！」

「有勞林公子了。」夏玉華見狀，自然也沒多留，也許林伊不在場，與莫陽說話的確還自在一些。畢竟沒外人在，倒是不必要裝得那般斯文客氣的。

林伊很快便很走了，那速度跟逃走的兔子似的，夏玉華心中突然覺得有些想笑，看林伊這般怕莫陽的樣子，平日裡也不知道是不是被莫陽給訓得太多了。如此一想，心情倒是比先前輕鬆了不少。見莫陽雖然沒有吭聲，臉上卻隱隱有了一絲笑意，想來怕是也被林伊這本能的反應給弄得有些想笑了。

「玉華，對不起，我……」見林伊走了，莫陽也不再拖拖拉拉的，直接朝夏玉華道歉。不過這話還沒說完，卻被夏玉華給打斷了，她忍不住笑了起來道：「莫大哥，你怎麼跟我道起歉來了？我剛才還在想，自己這般貿然揭穿你的身分，莫大哥會不會生氣呢？」

話一旦說開，兩人之間倒是顯得更加自在了，夏玉華的神情讓莫陽也不由得跟著笑了笑，心情頓時輕鬆了不少。

他連忙回答：「不，我怎麼可能生妳的氣呢。這事還是我有失考慮。不過我也不是故意要瞞著妳的，只不過除了一起共事的幾個人之外，就連菲兒都不知道，當時覺得妳不知道反倒是對妳比較好一點。」

「所以當林伊告訴你，我來找你們查事時，你才會暗中讓他少收酬勞？莫大哥，你別誤會，其實我沒別的意思，而且我也知道你是為我好，怕我負擔太重，所以才會暗中幫我。一開始我也不知道怎麼回事，就那麼直接跟林公子說出了你的名字，倒是請你別怪我才對。」

夏玉華見話都已經說開了，索性直言道：「莫大哥，其實我知道你是擔心酬勞太高的話，我會負擔不起，不過你放心，既然我敢去找林公子，便說明了酬勞的事不是問題。更何況，如果他的老闆不是你，這錢我不還是照樣得出嗎？既然我明知是你在幫我，那再怎麼樣也無法裝作毫不知情一般心安理得的接受你這麼大的一個人情。咱們是朋友沒錯，不過我也不能夠藉著朋友之名，讓你來吃虧吧。」

「玉華，其實妳想太多了，對於我來說，這事不過是舉手之勞，畢竟錢這東西再多也就是個數目，讓我從妳這裡掙這麼多銀子，我怎麼可能安心。」莫陽見夏玉華這般說，便也道出了自己的說法。「更何況，我這不還得有求於妳嗎？所以，妳也不必覺得占了多大的便宜，要知道往往再多的銀兩也換不回人命的。」

他不希望夏玉華總與他這般見外，不過顯然現在這丫頭卻是不可能如他所想一般，所以只得找別的理由讓玉華能夠安心一些。

夏玉華聽了，不由得莞爾一笑，看著那雙格外真誠的眼睛，想了想說道：「如此說來，你還真病了？那也行，其他事暫且不說，我先替你把把脈吧。」

說著，她還真伸手準備去給莫陽搭脈，一副看你還有什麼好說的樣子。

這下，莫陽顯得很是窘迫，連忙把手從桌面上給放了下來，解釋道：「我的意思是以後若是生病的話自然是得有求於妳了，不是說現在。」

「你這人怎麼沒事拿自己身體開玩笑，生病可不是什麼好事，哪有你這般的，好像希望自己得病似的。」夏玉華一副早就料到了的表情，只不過卻是很不贊同莫陽拿自己的身體說事。

她的語氣帶著一點不自覺的抱怨，連自己都沒有發覺，雖說她並不相信說說就真會靈驗，但總歸這種晦氣的事情還是少往身上去說為妙。

而莫陽聽到這話卻是心中一動，他很喜歡夏玉華這種跟自己說話的方式，不似以前一般規規矩矩，而且還有那麼一絲淡淡的關心在裡頭。

「沒什麼的，人吃五穀雜糧，哪有可能不生病呢？」他笑著說了一句，看向夏玉華的目光柔和不已。「我這是提前準備著，倒是比起那些諱疾忌醫的要好得多吧。」

莫陽的笑容很是溫暖，夏玉華以前最多也就是見過他淡淡的微笑，很少看到他如此明朗的笑臉。這一笑倒是完完全全的將他以往那種清冷的神情給驅趕得無影無蹤。說實話，這樣的莫陽自然更是讓人覺得親切而溫暖。

目光無意識的與之對視了那麼一下，夏玉華很快的別開眼。反應倒還是極其靈敏，馬上說道：「好吧，就算如此，不過你預支的診金也未免太高了吧。本以為兩萬兩都已經算是不錯的價格了，沒想到林公子竟然說兩千兩，這事得費多大的力氣我心中清楚，所以實在是無法心安理得的接受。」

她也不隱瞞自己的想法，其實說來說去就是自己覺得不夠心安罷了。

見狀，莫陽略微點了頭，想了想後說道：「我實話實說，辦妳這事的確是需要一筆大的花費。可咱們之間畢竟是朋友，妳若完全拒絕我的幫忙的話，那這事我也沒法做了，只認錢不認情分，向來不是我莫陽的作風。所以，我想就這麼安排，事情妳交給我，我定辦得漂漂亮亮的，這其中所花費的一切銀兩全都由妳自己承擔，如何？」

見夏玉華沒有馬上吭聲，莫陽便再次說道：「玉華，我這情報機構反正就算不查妳這事，每日照樣也得運作查別的事，所以我只不過是沒有去多掙妳的錢罷了，自己是不會有什麼虧本的。如果妳是我的話，也一定會出手幫忙的，不是嗎？更何況這些費用加起來也不是個小數目了，省下的銀子花到其他更需要的地方不是更好嗎？畢竟夏家現在處境不如從前了，很多地方都需要用到銀子。妳就聽我一次勸，別想太多了好嗎？」

莫陽的安排的的確確已經是最合適的了，如此一來玉華既不會覺得太過虧欠，而自己亦能夠盡可能的幫到她。這個傻姑娘還是太過老實了一些，都到了這種時候還考慮這麼多，當真是讓他越發的覺得心疼。

好在聽了他的建議，夏玉華這回倒是並沒有馬上拒絕，只是微微垂目，似乎是在考慮之中。

夏玉華心中清楚自己現在的狀況，其實莫陽說的話很有道理，如果換成是她，她也不可能明知如此還去掙朋友的錢。更何況，眼下她手中的現銀的確不多，若是突然拿出一筆鉅款的話，怕是心細的莫陽難免會因此反倒擔心的。

再加上莫陽一番好意，她若是執意拒絕的話，也的確有些顯得太過生分。總歸這人情是欠下了，倒是沒有必要再讓人覺得自己過於彆扭。

片刻之後，她這才點了點頭，一臉感激地說道：「莫大哥，謝謝你了。」

「妳別總這般客氣，謝謝什麼的就別說了，妳放心將這事交給我就行了。」見夏玉華沒有再拒絕，莫陽心中很是開心。「一有消息我便會即時聯繫妳的，保證不會有什麼紕漏。」

「莫大哥親自過問此事，我還有什麼不放心的呢？對了，這個你先拿著，如果不夠的話到時我再補。」夏玉華邊說邊從袖袋中取出出門時隨身攜帶的那一萬兩銀票遞給莫陽。

見狀，莫陽也沒有接，卻是問道：「我上次聽說妳從妳二叔那裡要回了一萬八千兩，不會全在這裡吧？」

「這裡只有一萬兩，不過你放心，銀子的事我還是有辦法解決的。」她笑了笑道：「沒想到二叔的事倒是盡人皆知了，怕是這會兒我又多了個搶劫之名了。」

聽到這裡，莫陽也跟著會心一笑，而後略微收斂了些笑意道：「銀票妳先自己留著吧，等事情辦妥當之後再一起算便行了，估計也用不了這麼多。反正妳都已經知道了，那也不怕實話告訴妳，這裡頭的利潤可比天下任何的生意都要高，所以妳就別總覺得我吃了什麼大虧似的了。」

「那好吧，此事便麻煩莫大哥了。還有，從今日起，我們之間算是多了一個共同的秘密，所以玉華日後可得多仰仗莫大哥了。」她再次笑了笑，也不再多說什麼感謝之詞，而是難得俏皮的說笑了兩句。人與人之間的相處有時便是如此，若是真正的情誼，往往過多的客套反倒會讓人覺得不太舒服。

莫陽見狀，總算是鬆了口氣，而心底深處亦為夏玉華所說的共同秘密暗自欣喜不已。玉華說得對，她知道了自己的另一層秘密身分，而自己亦知道了玉華避著家人所做的一些努力，他們各自都會為對方保守著這份秘密，同時又因為這個共同的秘密無形之中更加接近了一步。這樣的結果的確讓莫陽內心深處極為暗喜與滿足的。

兩人之間的話題一旦打開來，距離也越發的顯得近了些。莫陽平日裡跟旁人真是言語極少之人，可也不知道怎麼回事，現在對著夏玉華卻似乎有許多的話說，而且一句接一句都是那麼的自然，絲毫不需要過多的思考。

他很喜歡這樣的感覺，跟玉華坐在一起，一邊喝著茶，一邊聊著天，不論是多麼嚴肅或者正式的話題，在他們之間都會變得那般的平和，甚至讓他有種溫暖的感覺。

美好的時光總是過得很快，沒錯，對於莫陽來說，與夏玉華單獨相處的這些點滴時間都是最美好的時光。只可惜過沒多久，夏玉華便起身準備告辭了。

親自將夏玉華送到茶樓門口，莫陽朝四處看了一圈，見附近並沒有轎子之類的，因此便出聲問道：「今日妳沒坐轎子嗎？」

「如今住的地方離這裡也不遠，走動一下反倒覺得舒服。」夏玉華並不在意的說道：「莫大哥，我走了，回去後記得代我向菲兒問好。」

說罷，她轉身便叫上鳳兒與香雪回家。她們已經出來好一會兒了，自然不便再多做耽擱。

「玉華……」剛剛走出幾步，卻不想莫陽再次叫住了她。

她回過頭去，朝著站在那裡一臉平靜地看著自己的男子說道：「還有事嗎，莫大哥？」

莫陽上前兩步，遲疑了片刻，最後還是忍不住朝夏玉華叮囑道：「玉華，不論妳想做什麼都可以，但千萬不要把所有的負擔都放到自己一人身上。我希望……妳能夠活得輕鬆快樂一些！」

他的目光清澈而真摯，同時流露出難以掩飾的關心，雖然剛才在雅間時，他一句也不曾多提那些事，可是心中卻比誰都明白夏玉華的心思與不易。

如果可以，他願意為她做一切自己能夠做到的事，但他最希望的還是玉華能夠活得輕鬆快樂一些。先前她偶爾俏皮的笑讓他覺得是這世上最美麗的事物，他希望她永遠都能夠那般發自內心的毫無負擔的笑。

一時間，夏玉華愣在了原地，半天都沒有說話。

直到後頭的香雪上前小聲的提醒了一句，這才回過神來。

她長長的吁了口氣，對上莫陽的雙眼，突然覺得心中被什麼東西塞得滿滿的，那樣的感覺讓她異常的愉悅而溫暖。

「其實，有句話我也想對你說來著。」她看著他，一字一句的說著，神情顯得格外的認真，似乎這會兒要說的話重要無比。

見狀，莫陽心頭莫名一動，也沒多想，不由自主地順著她的話反問道：「什麼話？」

此刻的莫陽難掩心中無法說出的期盼。他不知道自己到底在期盼著什麼，只知道眼前這個女子還是頭一次主動朝自己說出這樣的話來。他似乎看到了玉華此刻目光之中流露出少有的柔情。

莫陽的直覺向來準確無比，正因為如此，他才頭一次那般清晰地感覺到了自己心底深處的那種緊張，甚至於連心跳的聲音都在耳畔響起似的。

夏玉華將莫陽的神情舉動全數都看在眼中，兩世為人，她亦不再是什麼都不懂的黃毛丫頭，不但分得清別人眼神之中的情意，同時也能夠體會區分出自己的心意。

這一刻，她並不想刻意的去否認什麼，對上那雙深邃而充滿期待的眼睛，用一種聽起來異常平靜自如地聲音說道：「莫大哥，其實……你笑起來時挺好看的。」

說罷，夏玉華欣然一笑，而後也不理會莫陽的反應，徑直轉身帶著鳳兒與香雪從容離去。

沒錯，莫陽笑起來其實真的很好看，與平時的清冷氣質完全不同，讓人有冬日暖陽的感覺。夏玉華第一次看到莫陽笑時便有了這種想法，只不過並沒有說出來過，方才聽到莫陽對她說的話後，也不知怎麼回事，腦海中第一反應便是這一句話。

的確，他笑起來時很好看，所以下一句沒有說出來的便是：你平日裡應該多笑笑才對！

耳畔不斷迴響著夏玉華剛剛所說的這句話，一直到那道熟悉的背影從眼前消失，莫陽這才回過神來，忍不住對著她離去的方向溫柔一笑。

而另一邊，夏玉華帶著鳳兒與香雪走在回去的路上，雖然沒有人說話，不過三人臉上均都帶著笑意。特別是後頭的鳳兒與香雪，兩人不時相互對視一眼，而後又朝著小姐看看，神色之間卻是頗有幾分喜氣。

鳳兒與香雪這會兒都以為今日小姐出門是為了見莫公子，所以對於先前出現的林伊倒是給拋到腦後去了。兩人在心底暗自猜測著，小姐與莫家公子之間是不是彼此有意，不過這種事她們自然不敢多嘴，總之只要小姐開心便好。

一路上，夏玉華雖沒有刻意回頭看鳳兒與香雪，但是卻明白這兩個丫頭此刻的心思，見她們還算有分寸，因此也沒有特意說什麼。

沒多久的工夫，三人便到了家門口。遠遠的看到家宅門大開，管家在門口不斷來回的轉悠著，似乎是在等什麼人一般。

夏玉華還來不及多想，卻見管家一側目正好看到了她們，抬腳便往她們這邊跑了過來。

「大小姐，您可算是回來了，小少爺出事了！」管家俐索得很，沒有一句多餘的話，直接便道出了夏成孝出事了。「您一出門沒多久，小少爺便突然肚子疼，沒一下的工夫便疼暈過去了。剛剛來了幾個大夫，看了之後都說沒救了，可是誰也說不出小少爺到底出了什麼問題。老爺和夫人這會兒都在小少爺屋子裡呢，家裡其他人都被派出去找您了……」

管家的話還沒說完，夏玉華一把便往屋裡衝了進去。

等夏玉華大步跑到夏成孝屋子外頭時，卻聽到裡面傳來一陣悲慟無比的哭泣聲。她心中一涼，莫不是自己回來遲了，成孝已經沒了？

強忍著心中的恐慌，她趕緊跑了進去，四下一看，此刻趴在床邊、抱著成孝的阮氏已經哭得不成樣子，而夏冬慶亦是雙眼通紅，滿臉的悲傷。

「爹、梅姨，成孝怎麼了？」

聽到夏玉華的聲音，阮氏這才抬起頭來，見到果然是玉華，眼中的淚掉得更是凶了，她泣不成聲的說道：「玉華……妳怎麼才回來呀，孝兒……孝兒他已經走了！」

轟的一聲，夏玉華只覺得自己的腦袋被什麼東西狠狠的炸開似的，整個人頓時愣在了原地，半天都沒有任何反應來。

夏冬慶一下子如同老了十歲一般，雙眼無神的望著夏玉華，一字一句地說道：「孝兒肚子疼得厲害，我趕緊讓管家去請大夫，大夫還沒來就疼暈了過去。連著請了兩個大夫也看不出到底是什麼原因，只說是已經沒得救、沒氣了，連診費都不要，掉頭走了。」

屋子裡瀰漫著悲傷氣氛，快步提了藥箱過來的香雪正好聽到老爺所說的這一切，一時間整個人都呆住了，方方正正的藥箱也砰的一聲直接掉到了地上。

這一聲，讓夏玉華頓時從悲慟之中震醒了過來，腦海中瞬間閃過一道聲音，大聲的斥責著她的軟弱與失責。那一瞬間，她突然清醒無比，現在所要做的不是悲傷，而應該是盡最大的努力去嘗試著救自己唯一的弟弟！

「梅姨，您讓開，讓我再給成孝看看！」夏玉華徑直從地上撿起了香雪沒有拿穩而掉落的藥箱，兩步便衝到了床前，示意阮氏先行讓開。

悲痛無比的阮氏見狀，頓時如同抓住了最後一根救命稻草似的。

「香雪，幫我準備銀針！」夏玉華不再理會一切，將藥箱交給已經快速反應過來，站在自己身旁的香雪，而後坐在床邊執起成孝的手先行把脈。

屋子裡變得安靜不已，所有的人都一動不動的看著眼前的一切，似乎深怕稍微有一丁點的聲音都會影響到夏玉華一般。而香雪此刻亦表現出了極強的鎮定能力，俐索的按夏玉華的吩咐做她的助手，準備了起來。

夏玉華輪著給夏成孝的兩隻手都把過了脈，的的確確這孩子是已經沒有了脈動，可是她並沒有放棄，用先生曾經教過她的急救方法雙手按壓、拍打著成孝的胸部，一連反覆了十多次，卻還是沒有任何的效果。

「小姐，銀針已經準備好了！」香雪很快將針灸等物品放在已經被她拖到床邊的桌子上，隨時準備著按小姐要求遞針。

夏玉華見狀，頭也沒抬，直接伸手將成孝的上衣給扒了開來，沈著說道：「取針！」

「是！」香雪邊說邊遞上第一根已經消毒好的銀針給夏玉華，數息的工夫後，小姐便已經將那根針扎到了小少爺心臟附近的位置上。

她雖然不太清楚那到底是什麼穴位，可是卻知道那裡緊挨著心臟，肯定極其關鍵，小姐想必現在已經是沒有別的辦法，只能夠拚死一試。

在夏玉華再次伸手的同時，香雪快速的遞上了第二根，緊接著是第三根、第四根……

一連遞了八根針，夏成孝心臟附近已經被扎得密密麻麻，一旁的夏冬慶和阮氏看得都快有些喘不過氣來。可即便如此，卻依然沒有任何人在這個時候出半點聲，以免影響到夏玉華分毫。

「再取兩根！」夏玉華抬眼看向香雪，接過香雪同時遞過的兩根銀針後，長長的吁了口氣，讓自己保持最鎮定冷靜的狀態。

最後兩根了，成不成就看這一舉！夏玉華靜下心來，什麼也不去想，片刻後同時將左右手上的針分別扎到了夏成孝頭頂兩處最為危險的穴位之上。

先生曾經說過，這兩處不到萬不得已是絕對不能夠輕易扎針的，可如今的情況她自然早就已經沒有了任何的顧忌。

針扎下去以後，她暫時停止了一切動作，只是靜靜的看著躺在那裡毫無生機的弟弟，如果再過一會兒還是沒有半點反應的話，那麼她便真的再也無計可施了。她所會的、能夠做的全都已經做了，剩下的只有聽天由命了。

見夏玉華停了下來不再有動作，一旁的阮氏終於忍不住了，三步併作兩步跑到床邊，看著躺在那裡依舊沒有動靜的成孝問道：「玉華，孝兒、孝兒他怎麼樣？他沒有死、沒有死對不對？」

眼中的淚再一次瞬間落下，阮氏覺得自己的心都已經碎了。

「娘，咱們再等等，好嗎？」夏玉華強行忍住了眼中的淚，起身直接抱住了阮氏。

「娘，咱們再等等，弟弟一定不會這麼狠心扔下我們的！」

她安慰著阮氏，亦是在安慰著自己，而此刻的阮氏再也無法自制，緊緊的抱著這個叫自己為娘的女兒，大聲的哭了起來。

「我的孩子！我的孩子！」阮氏也不知道到底叫的是夏成孝還是夏玉華，可那卻是一個母親此刻最無奈也最無能為力的吶喊。

片刻之後，夏玉華再次將阮氏扶到一旁坐下，阮氏現在的情緒太過不穩定，隨時都會有暈倒的可能。如今成孝已經這樣，她自然不想阮氏再有什麼不測。

時間一點一點的過去，她心中非常清楚，若是扎完針一盞茶的工夫成孝都還沒有半點反應的話，那麼便再也沒有任何的機會救活了。可是，她真的很不甘心，好好的一個孩子便這樣說沒就沒了？

坐在床邊的夏玉華定定的看著床上毫無反應的夏成孝陷入了沈思之中，她知道時間已經到了，可是似乎自己先前還是忽略了一點什麼。

先生這法子她只是聽說過，並沒有真正用過。如果有反應的話，又會是什麼樣的反應呢？各人體質都不一樣，所表現出來的反應或者也都不一樣呢？

想到這裡，夏玉華頓時一陣激靈，她長長吁了口氣，穩定好自己的情緒之後，再次伸手替看上去早就已經沒有半點氣息的成孝把起脈來。

片刻之後，她突然抖動了一下，而後神情亦非常激動，剛才她似乎探到了一絲極其微弱的脈搏。那脈搏弱得幾乎跟沒有一般，若不是因為她天生觸覺驚人，怕是根本沒法感覺到。為了證實自己的判斷，她連忙換了一隻手再次探去。

緊接著，夏玉華突然大聲的笑了起來，而後也不顧屋裡任何人的質疑一把衝到藥箱旁，從最頂層那個小夾層裡摸出一顆灰色的丸子，快速的塞入成孝嘴裡，讓他含住。

只要有一口氣在，只要人還沒死，那麼她就一定要把成孝給救活！而此刻她知道，自己的弟弟已經重新有了那最寶貴的一口氣。

看到眼前的情形，一旁的夏冬慶似乎明白了什麼，連忙扶著阮氏到了床邊，一臉激動地問道：「玉兒，孝兒是不是還活著，他是不是還活著？」

第七十一章

成孝還活著，便是老天爺最大的恩賜，對於夏冬慶夫婦來說，這比什麼都重要！所以當他們看到玉華那激動不已的神情時，心中的希望已然提到了嗓子眼了。

「對，活著！活著！」夏玉華大聲地回答著，慶幸她終究還是賭贏了，終究還是沒有輕易的放棄成孝的生命！

夏冬慶夫婦聽到這話，一時間簡直是激動得無法形容。從死到生，從死到生！對於他們來說並不僅僅只是成孝這個孩子，同時他們自己的心亦跟著一併從死到生！

夏玉華此刻自是無比的激動，可是她同時也明白這只不過是一個開始，接下來的診治同樣關鍵而艱難。因此，她很快恢復了鎮定，朝著滿臉喜色的父親與阮氏說道：「爹、娘，成孝現在雖然已經有了生命跡象，不過卻還是非常危險。他不是一般的生病，而是中了一種毒，具體是什麼毒我現在還沒辦法確定，但是必須馬上給他解毒，否則的話他的命還是危在旦夕。

「解毒過程實在太過複雜，所以從現在起，你們什麼都不要再多問，而且都得暫時出去迴避，不能打擾到我分毫，行嗎？」夏玉華沒有太多時間去解釋什麼，成孝嘴裡含著的藥丸只能夠幫他維持一陣子，而她現在最重要的便是趕緊去配解藥。

如果一切按正常方式走，那麼面對成孝，她現在幾乎連中了什麼毒都無法確定，所以根本是束手無策。但她有煉仙石，那裡頭不但有各種各樣的靈藥，而且還有那口特別的井水，更重要的是，那裡面不同的時間速度可以給她提供足夠的查閱、配藥的時間。

「行行行，我們什麼都聽妳的、什麼都聽妳的！」阮氏連忙點頭應著，只要能夠救活孩子，別說是讓他們迴避、不多問，就算讓她去死，她也願意。

夏冬慶亦乾脆的說道：「玉兒，妳只管放心救妳弟弟，從現在起，家中所有的人都聽妳的調遣，妳說怎麼樣就怎麼樣！」

見狀，夏玉華也沒有再耽誤時間，除了香雪以外，她讓夏冬慶帶著阮氏先行回自己的屋子休息等候，又讓其他人等全都退離屋子。

香雪按吩咐很快替夏玉華取來了兩套歐陽寧臨走時送給夏玉華的醫書，上頭全部記載著與各種毒物有關的內容。拿到醫書之後，夏玉華將香雪也遣退了出去，讓香雪在外頭看著，沒有她的吩咐誰都不准進來。

見狀，香雪自然也沒多問，趕緊點頭退了出去，好好的替小姐看守好門。

確保不會有人再來打擾她以後，夏玉華先將成孝身上的銀針取了下來，只留下了頭部那兩根銀針繼續扎在那裡，再加上先前給成孝含住的藥丸最少可以讓他維持一個時辰左右。而在煉仙石的空間內，一個時辰足足等於好幾天的時間，所以她得抓緊這些時間趕緊找出解毒的方法來。

臨進空間之前，夏玉華將成孝屋子裡幾盤能吃的點心都一併帶進了空間。

在空間裡整整待了一天一夜，夏玉華除了吃點東西以外，也沒有多休息一下子，時間對她來說太過寶貴，她沒有任何浪費的資本。

先是花了大半天的工夫，她終於從那兩本厚厚的解毒醫書中查到了一些與成孝的症狀類似的細節，找到癥結處之後，便馬上開始嘗試著配製解藥。

空間裡早就已經有製藥、配藥的各種器具，那些都是夏玉華在發現空間之後慢慢帶進來裝備齊全的。甚至連外頭許多的藥草也拿到這裡頭來種植，不但不需要打理，而且因為時間差的原因，長得又快又好。如今這煉仙石裡，已經成為她的秘密藥室，裡頭的配備甚至於已經遠遠超出了歐陽寧那裡。

這一次，如果沒有她的這個秘密藥室的話，怕是根本沒有可能在如此短的時間裡頭想到辦法給成孝查出中毒原因，並且配製解藥。

來來回回試了許多次，好在空間裡頭有足夠多的珍貴藥材給她試用，否則的話就算是再有家底的人家也禁不起她這般浪費的試藥。每配成一次，她都會自己親自嚐嚐，之後再對各種藥材的分量進行調整。

等最後一次解藥製成之後，夏玉華終於長長的吁了口氣，而後又從外頭院子開闢出來的藥園裡頭摘下一些用空間裡的井水澆灌過的、具有祛毒效果的藥材葉子裝了起來。一切都弄妥當之後，她這才帶著這些東西趕緊出了空間。

回到現實世界後，屋子裡的情況果然還是跟剛才進去時一模一樣。成孝依舊靜靜的躺在那裡，而屋子裡也沒有任何人進來過。

「香雪，妳可以進來了！」夏玉華邊說邊拔去了扎在成孝腦門上的兩根銀針，準備要給他餵服解藥。

聽到她的喊聲，在屋子外頭等了足足半個時辰的香雪趕緊開門走了進來。還沒來得及出聲，便聽小姐再次吩咐著幫忙扶成孝坐起來好餵藥。

看著小姐手中的藥碗，以及裡頭濃濃的、還帶著一絲熱氣的黑色湯藥，香雪頓時驚訝無比。這半個時辰裡，明明自己在外頭守著一步未曾離開，也沒有看到小姐出過房門半步，可是小姐手中的這湯藥又是從何而來的呢？

「別發呆了，趕緊過來幫忙！」夏玉華自是看出了香雪的懷疑，沈聲說道：「不論妳看到了些什麼都不必覺得奇怪，也不必多想，相信我便是，另外，守口如瓶做好妳的本分。」

「是，奴婢明白！」香雪一聽，連忙回過神來，如夏玉華所言一般，不再多想其他，一心一意的幫起忙來。

夏玉華一勺一勺的餵著成孝喝藥，但是成孝這會兒根本沒有任何的知覺，因此藥很不好餵，忙活了半天這才全部餵完，因為先前已經預計到會有一些灑掉的，因此藥量適當增加了一些，這會兒卻是分量剛剛好。

餵完之後，香雪馬上拿出帕子替少爺擦拭乾淨，而這會兒工夫才發現小姐眼中已經滿是血絲，全然一副久未休息的樣子。

還來不及多說，只見夏玉華再次拿出一大包新鮮藥葉遞給她道：「香雪，去把這些放到開水中煮兩刻鐘，而後讓人將煮好的水抬過來給成孝泡澡。」

「是！」見狀，香雪連忙接了過來，抬步便準備出去。

「嗯，去將老爺和夫人請過來吧，府中其他人亦可以各司其職了。」夏玉華略顯疲倦的吩咐著，也沒看香雪，而是看著成孝，替他將被褥蓋好一些。

這一刻，夏玉華靜靜的坐在床前等待著，自己配的藥應該是沒有什麼太大的問題，而且先前也用針控制住了成孝體內的毒性，所以一會兒應該是可以清醒過來的。

只不過，這下毒之人到底是誰？為何如此陰毒？如果她不是有那麼多靈藥奇引的話，就算華佗再世也不可能救得活成孝。一想到那個害自己弟弟的人，她心中的恨意便無比的洶湧，連一個孩子都不放過，這樣的惡人不可原諒。

可是，一切只能等到成孝醒過來之後才能有機會知曉，夏玉華隱隱覺得這事可能與陸家之人有關，她還記得那天陸無雙離開時的神情，那樣的惡毒、那樣的不甘。想到這裡，她的神色不由得陰沈了下來，如果真是這樣的話，新仇舊恨一筆又一筆的添上，陸家是擔心他們家的報應來得太晚了嗎？

片刻之後，外頭響起了一陣聲響，夏玉華連忙收起了心思，調整好情緒。夏冬慶夫婦火速趕了過來，看到床上依舊躺著沒有動靜的夏成孝，一時間不知道到底怎麼樣了，兩個人簡直急得不行。

「玉兒，妳弟弟怎麼樣了？」夏冬慶聲音剛落，卻突然聽到床上傳來一陣輕微的咳嗽聲。

見狀，夏玉華也來不及回答父親，趕緊靠近了些，輕聲喚著有了點動靜的弟弟。

「成孝、成孝，醒醒，醒醒呀，我是姊姊，爹爹跟娘也在這裡，你趕緊睜開眼看看吧！」夏玉華握著夏成孝的手，輕聲跟還沒有睜開眼卻已經微微動了動的弟弟說著話。

見狀，阮氏激動得無法形容，趕緊靠到床邊來，摸著兒子的臉頰感動的喚著：「孝兒，你快睜開眼看看娘親，好不好，好不好？」

床上的人終於睜開了眼睛，努力朝著一臉焦急的阮氏虛弱的叫了一聲：「娘……」

這一聲娘，頓時讓阮氏淚流滿面，激動不已。「好孩子，我的好孩子，你終於醒了，終於醒了！」

「娘，我這是怎麼啦？」成孝沒有力氣動彈，不過微微看了一眼後，卻發現一家人都圍著他，神情是如同生離死別後的那種狂喜。

「你這孩子，差一點就沒命了，好在你姊姊救了你，不然的話，娘真不知道還怎麼活下去！」阮氏邊笑邊擦掉臉上的淚，再次看向夏玉華說道：「玉兒，我真是不知道如何謝謝妳，我……」

「娘，您說什麼呢，成孝是我弟弟，這都是應該的。」夏玉華亦鬆了口氣，看來自己配的解藥總算是沒出什麼問題。「爹、娘，成孝剛剛醒，不宜多說話，而且他還得先用藥水泡個澡，儘快將體內餘毒排清才行。」

「行，玉兒說怎麼辦就怎麼辦，阿梅，妳趕緊起來，先讓孝兒排盡餘毒再說吧。」夏冬慶亦是欣喜萬分，趕緊扶起阮氏，又囑咐成孝道：「孝兒現在什麼都別多想，好好聽你姊姊的話，先把身子治好再說。」

很快的，僕人抬來了香雪剛剛燒好的藥水，知道阮氏此刻的心情，所以夏玉華特意讓阮氏親自動手照顧成孝。

泡過藥水，換了一身乾淨衣裳的夏成孝又吃了一點清粥之後，精神恢復了不少。

夏玉華再次給他把過脈後朝父親與阮氏說道：「爹、娘，你們放心，成孝現在已經沒什麼大礙了，這幾天我會親自給他調養，休息個三五天便可以了。」

「如此便好，真是祖宗保佑呀！」夏冬慶長長的吁了口氣，他就這麼一個兒子，萬一真有個三長兩短，夏家也就無後了。

「不是祖宗保佑，一切都是玉兒的功勞！」阮氏連忙糾正著，滿是感慨地說道：「這次真是多虧了玉兒，硬是把孝兒從閻王爺那裡給搶了回來，老爺，當初虧得您沒有反對玉兒學醫呀！」

「對、對、對，都是玉兒的功勞，看我都老糊塗了！」夏冬慶一臉欣慰的看著夏玉華，連忙笑著說道。

見成孝已無大礙，夏玉華馬上想起了下毒的緣由，她一臉正色地朝夏冬慶夫婦說道：「爹、娘，成孝中毒的事顯然是有人惡意下毒，這事不能就這麼算了，一定得查個水落石出，將那主謀之人給找出來算帳！」

聽到夏玉華的話，夏冬慶頓時亦神色凝重無比，他用力的點了點頭，完全支持女兒的說法。先前孩子的性命為重，所以他根本沒有旁的心思去考慮其他，而現在孝兒已經脫險，他自然得將重點轉移到查明真相上頭。

「孝兒是因為肚子不舒服才會提前從學堂回來的，依我看，先前他之所以肚子不舒服其實就是已經中毒了，所以下毒之人肯定是在去學堂的路上，又或者就是在學堂裡動手腳的。」他邊說邊朝已經恢復了些精神的夏成孝問道：「孝兒，你好好想想，這一路上或者在學堂，你有沒有吃過什麼特別的東西，或者說遇到其他不尋常的一些事情？」

聽了父親的詢問，夏成孝認真的想了起來，片刻之後卻是搖了搖頭道：「沒有吃過什麼特別的東西，我是在家中用過早膳的，一路上也是李叔送去的，在學堂也沒有再吃什麼其他的東西，連茶水都是自帶的。」

夏成孝的話頓時讓幾個人陷入了沈默，如此說來，還真是很難找出下毒之人，其實平日裡夏冬慶已經是很謹慎了，卻是不曾想到竟然還是這般輕易的讓人找到了機會謀害自己的孩子。

夏玉華微微皺了皺眉，而後似乎想到了什麼，朝著其他人說道：「其實，許多毒不一定得通過食物或者水才能夠進入體內，有些只需透過皮膚接觸，有些氣味光嗅入便能夠使人中毒。成孝，你再好好想想，今日有沒有聞到過什麼特殊的氣味，或者身體皮膚接觸過什麼特別的東西？」

經過她這麼一提醒，夏成孝倒是如同想到了什麼似的，一臉恍然大悟地說道：「有，還真有！姊姊，今日我進學堂大門之前，在門口不小心被一個三十來歲的壯漢給撞到了，那壯漢走後我才發現左手背上不知怎麼黏上了一層髒兮兮的東西。起初也沒在意，只是連忙擦乾淨了，不過手背上覺得有些癢癢的。姊姊妳說，會不會就是那個東西才讓我差點送了命？」

夏成孝本就比一般的小孩要聰明得多，如今知道自己差點被人害死，劫後餘生更是讓他變得特別的敏感懂事起來。

「那你可記得那壯漢長什麼樣子？」夏玉華一聽，當下便覺得問題一定出在這壯漢身上，學堂門口一般來往的都是些上學的孩子，也不會有什麼擁擠可言，那麼寬一條道路怎麼就這麼容易撞上了呢？

「記得，那漢子長得很凶，一臉的橫肉。」夏成孝想了想道：「對了，他還有一個很明顯的特徵，那就是左邊耳垂好像被什麼東西咬掉了一塊似的，當時我不經意看了他一眼，他還一臉凶巴巴的很是嚇人。」
夏成孝的觀察力以及記憶力已經是很不錯的了，一個九歲的孩子能夠快速的抓住重點特徵這本就很不容易，不過光憑著這一些還是很難找出這個下毒之人來，更何況這人肯定只是個小角色，真正的幕後指使一定另有他人。
因此，夏冬慶不由得微微嘆了口氣道：「京城這麼多人，就算此人並不刻意躲藏，我們也很難在茫茫人海之中找出他來！」
「是啊，這些人此次沒有得手，也不知道下次還會再做出什麼可怕的事來，這可如何是好?!」阮氏更是擔心不已，如今夏家已經不是以前的夏家，沒有那麼多的能力一一防備，更何況連她都知道，那些有心人士要害的並不僅僅只是成孝一人，而是他們整個夏家。
「我有辦法找出這人來！」夏玉華不再猶豫，噌的一下站了起來，這一次，她不再有任何的遲疑與顧忌。都到了這個時候，只要能夠解決問題就行，欠債也好、人情也罷，已經不是有時間與精力去計較這些的時候了。
見夏玉華一副不顧一切的樣子，夏冬慶自然馬上警惕起來，連忙叫住女兒問道：「玉華，妳想做什麼？」
女兒的性子他太瞭解了，一看這樣子便是下定了決心，有著一股勢不可當的氣勢。雖然他也的確很想弄清楚到底是什麼人下毒想要害孝兒，但玉兒若是因為調查此事而有什麼麻煩的話，他卻是萬萬不會同意的。

「爹爹放心，女兒不會胡來，也不會有什麼危險。這事您先別理，我自然會處理好的。」夏玉華異常正色的朝夏冬慶說道：「爹爹，我現在得馬上出去一趟，您不必擔心，不會有事的。等女兒回來後，還有一件十分重要的事情要告訴爹爹。」

「玉華，妳還是別管這事了，女孩子家的畢竟不安全，讓妳爹去查吧！」見夏冬慶竟然沒有出聲阻止，阮氏倒是捨不得了，莫說現在這孩子都叫自己一聲娘了，就是以前她也是放不下心的。

第七十二章

「娘，您別擔心，我真的不會有事的，您就好好在家照顧成孝，一會兒我就回來了。」

夏玉華朝著阮氏微微一笑，示意阮氏同樣不必替她憂心，而後又摸了摸成孝的腦袋，讓弟弟好好休息。

說罷，她也沒有再同父親多說什麼，只是朝父親點了點頭，便帶上一旁的鳳兒與香雪徑直轉身出了屋子。

「不必備轎，替我備馬便可！」夏玉華頭也沒回，邊往外走邊吩咐香雪去替她備馬。

到了門口，馬匹還沒有準備好，夏玉華便朝鳳兒說道：「鳳兒，一會兒妳不必跟我走，先單獨去幫我辦件事，務必不能出差錯。」

「請小姐吩咐，奴婢一定會辦好的！」鳳兒聽說有事要讓她單獨去辦，頓時一臉的保證，小姐這還是頭一次如此鄭重的給她安排這樣的差事，這也說明了自己在小姐心中是十分被信任的。

見狀，夏玉華示意鳳兒靠近了一些，而後在其耳畔低語了幾句，鳳兒邊聽邊連連點頭，示意自己明白了。

「去吧，當心一些。」見鳳兒已經聽清楚了，夏玉華也沒有再多說，直接揮了揮手，示意鳳兒現在便出發。

鳳兒剛走，香雪便已經讓人牽來了馬匹，見鳳兒不在，也沒多問，而是直接準備跟著夏玉華一併出門。只不過自己還沒來得及反應，卻見小姐已經快速牽過馬去，翻身上馬坐好了。

「香雪，我自己一人去就行了，妳先回我屋裡去，別讓我爹他們知道就行了。」夏玉華說罷，徑直騎馬離去。

她騎著馬直奔聞香茶樓而去，因為心中比誰都清楚，想要在最快的時間內找出成孝所說的那個有可能是下毒之人的話，非莫陽不可。

她已經感到有一隻無形的黑手正一步步的逼向夏家，想要將他們夏家除之後快，這樣的時刻，她也顧不得任何其他事了，得先下手除去這個隨時都有可能危害到夏家的隱患再說。

一騎上馬很快便再次趕到了聞香茶樓，這會兒工夫她並不確定莫陽是不是在這裡，但是她所能夠找到莫陽的去處無非就是這麼幾個地方，眼下也只有先碰碰運氣再說了，萬一這會兒人還沒離開的話就好了。

停下馬之後，她快速翻身下馬，將韁繩扔給一旁上前迎接的夥計，而後大步往裡頭走了進去。店裡的夥計也不是頭一次見到夏玉華了，並且有好幾回還看到老闆親自送人家出去，因此誰都知道這姑娘跟老闆關係不一般，見到她亦個個極其恭敬。

「夏小姐，您是來喝茶還是約了別的朋友？」掌櫃的眼尖，一下子便看到了快步進來的夏玉華，趕緊出來迎接。
這夏家小姐不是上午時才離開的嗎，怎麼這才不到兩個時辰的時間又來了？掌櫃的看她神情似乎不太對勁，與平日裡來時都不一樣，一臉神色匆匆的，似乎急著找人一般。
見是掌櫃，夏玉華便停了下來，朝他問道：「掌櫃的，莫公子現在還在不在這裡？」
一聽是找自家小少爺，掌櫃連忙答道：「不在了，先前他送您離開後便也跟著走了，小姐這麼著急是不是有什麼急事呀？要不您先跟小人說說，小人看看能不能幫到您，若是幫不到的話，一會兒小人再……」
見掌櫃這般說，夏玉華只好打斷道：「不必了，這事你也幫不上。你可知這會兒工夫，你家公子去了哪裡？」
「這小人可就不知道了，公子成天特別忙，要打理的生意也特別多，這會兒工夫可真說不準，指不定去了哪裡了。」掌櫃一臉的為難，像他這樣的小人物，哪裡可能知道公子的行蹤呢。「夏姑娘，您要是有什麼緊要事的話，不如先在這裡等等，小的這就派人去問問，看看能不能問到公子的去處？」
夏玉華原本就知道以一個茶樓掌櫃應該是不可能知道莫陽的行蹤，只不過心中多少有些不太甘心，想著萬一湊巧知道的話也算是運氣，因此這會兒聽他說不清楚，也就徹底的不再抱希望了。
「我知道了！」她沒有旁的心思再留在這裡聽掌櫃囉嗦，扔下一句話，轉身便直接往外走。

夏玉華沒有再去春滿樓那裡，想來這會兒林伊也是不可能再待在那裡的，所以與其去找林伊詢問莫陽可能的去處，還不如直接去莫府找菲兒，想來應該機會更高一些。

莫府離這裡不算近，不過騎馬卻是快很多，夏玉華先前並沒有去過，但是在大街上隨便找個人一問便清楚了，京城裡的人有可能不知道親王府在哪裡的，但卻沒有誰不知道莫府在何處。

到了莫府之後敲了敲門，片刻之後門房走了出來，聽說是找五小姐的，便朝夏玉華索要名帖。夏玉華出門走得急，哪有心思帶這些東西。

「我出門走得急，忘記帶了，煩勞替我通報一聲，我叫夏玉華！」她只得報上名姓，以前自己沒有來過莫府，因此這裡的僕人肯定是認不出她來的。

聽到她自報姓名後，那門房倒是馬上反應了過來，連忙點頭讓她稍等，而後也不敢再怠慢，快速進去通報了。

夏玉華這會兒心裡頭很是著急，不過也只得裝成無事人一般在門口先行等著。好在菲兒那邊速度倒是挺快，一聽說她來了，立馬親自跑了出來，直接到門口來迎她。

「夏姊姊，真的是妳來了，太好了，我說怎麼今日一早起來便有喜鵲叫個不停呢，原來是妳要來！」菲兒看到夏玉華就開心不已，一把上前拉住她的手，興奮的說著：「走走走，咱們趕緊進去吧。」
見菲兒一下子便將自己往屋裡拉，夏玉華連忙說道：「等一下菲兒，今日我來不是找妳玩的，是有點事情要問妳。」
「什麼事情呀？咱們先進去再說吧，正好我也有很多事情要跟妳說呢！」菲兒並不知道夏玉華有急事，因此也沒在意，說笑著便還是要把人往裡頭拉。
「不進去了，就在這裡說吧。」夏玉華卻是拉住了菲兒，神色是少有的嚴肅。她邊說邊往菲兒身旁的下人看了看，明顯是在暗示菲兒事情的重要性。
見狀，菲兒倒是很快明白了過來，也不再如先前一般興沖沖的想將人往裡頭拉，而是快速朝一旁的幾個僕人說道：「你們先退下去，不許打擾我與夏姊姊說話。」
說罷，菲兒將夏玉華拉到一旁，悄聲問道：「夏姊姊，有什麼事妳可以說了。」
夏玉華也不再遲疑，徑直問道：「菲兒，其實今日我來是有要緊的事要找妳三哥的，不過具體是什麼事暫時沒辦法告訴妳。先前我已經去過聞香茶樓了，但他並不在，這會兒工夫，妳知道他可能去哪裡嗎？」
「妳找三哥呀！早說嘛，現在他就在府中，剛剛才回來的，說是要取點什麼東西，這會兒應該還沒出門呢！」菲兒一聽，頓時興奮不已，連忙說道：「夏姊姊，走，我帶妳去找三哥！」
話音剛落，菲兒便再次拉著夏玉華的手想往屋裡走，弄了半天夏姊姊原來是來找三哥的，還真是巧了，平日這種時候三哥可都不在家的，看來夏姊姊運氣還算不錯。

雖然自己並不知道夏姊姊找三哥到底有什麼要緊的事，可是既然夏姊姊說了暫時不能告訴她，她便不會多問什麼。反正她相信夏姊姊做任何事都一定有自己的理由。

聽說莫陽這會兒就在府中，夏玉華心中頓時鬆了口氣，跟著菲兒便往裡走。不過剛走了兩步，又馬上停了下來，拉住菲兒說道：「等一下菲兒，我還是不進去了吧，畢竟總歸是有些不太方便的。」

她下意識的朝裡頭看了看，莫府不比夏家，人多嘴雜的，總歸有些不便。再者她一個姑娘家就這樣跑過來找莫陽，若是讓有心人知道的話，怕是也會容易起疑心。

見狀，菲兒倒是如同想到了什麼似的，也跟著停了下來道：「那夏姊姊妳想怎麼辦？」

「這樣吧菲兒，妳幫我去問問莫大哥現在可否有空，若是他有空的話，還是請他出來一趟，到外面找個方便的地方說話吧。」夏玉華多少還是不想讓人發現些什麼，更何況她也不想連累到莫陽被人懷疑。

聽了夏玉華所說，菲兒覺得很是在理，想了想道：「這樣吧，對面那條街上的雲來酒樓也是我們莫家的生意，妳先去那裡等著，一會兒我讓三哥去那裡找妳。」

「好，謝謝菲兒。」這個安排倒是不錯，夏玉華不由得朝菲兒笑了笑，這丫頭果然也有心細的一面，並非是全然看上去的那般大剌剌。

「說什麼謝不謝的，夏姊姊若是再這般見外，我可不依了。」菲兒趕緊說道：「還有，今日我估摸著妳是沒什麼空的，過兩天我去妳家找妳，正好也有些小事要跟妳商量來著。」

「好。」夏玉華自是點頭應了下來。

兩人也不再耽擱，很快便各自行動，夏玉華前往菲兒所說的那家雲來酒樓，在那裡先行等著，而菲兒則趕緊去找莫陽，省得一會兒讓人給走了可就不好交代了。

到了雲來酒樓後，夏玉華讓夥計找了間安靜的廂房先行等候，說來運氣還算好的，能夠這麼快找到人已是不錯，只不過這種時候莫陽突然回家怕也是有什麼事情，也不知道有沒有時間過來見她。

正想著，門外響起了敲門聲，隨後莫陽便直接推門走了進來。等候的時間很短，夏玉華不過剛剛喝了一杯茶而已，看來菲兒倒是傳信傳得挺快的。

「莫大哥！」夏玉華站了起來，朝著一臉匆忙趕過來的莫陽叫了一聲。

「玉華，出什麼事了？」莫陽直接走到夏玉華面前，看著她一臉擔心的問著。

先前聽到菲兒告訴他，玉華這會兒正在四處找他，他還有些不相信，以為是這妹子沒事鬧著玩的，畢竟今日上午時才與玉華在茶樓分手，哪裡會想到這會兒她又四處找自己呢。

直到菲兒一個勁兒的保證沒有說謊，而且還說玉華看上去挺著急的，似乎有什麼緊急之事，這下他才有些信了，趕緊跑了過來。

見到莫陽一臉的焦急擔心，夏玉華心中一暖，她暗自吸了口氣，不再遲疑，一臉懇求地說道：「莫大哥，我碰到了些棘手之事，你能幫我嗎？」

「好！妳放心，一切有我！」莫陽想都沒想，一口便應了下來，示意夏玉華不要著急，坐下來再慢慢細說。

夏玉華心中感動不已，眼前這個男人竟然連問都沒問，更不知道到底是什麼事情便一口答應了下來，而這一回，她沒有再說謝謝，只是回了一個笑，將這份恩情默默的記在心中。

兩人面對面坐了下來，夏玉華直接將今日從聞香茶樓回去後所發生的事情一五一十的告訴了莫陽。

聽完夏玉華所說的一切，莫陽這才明白為何玉華會如此急迫。事關重大，若是不趕緊查出真凶來，那麼夏家之人說不定還會再遭遇什麼不測。畢竟夏家在明，害人者在暗，誰能夠保證每一次都能夠如此幸運躲過呢？

「玉華妳放心，我現在便讓人去查，一定會找到這下毒的壯漢，並且查出幕後之人來。」他邊說邊站了起來，沒有耽誤片刻時間。「妳在這裡等著，我去安排一下此事，一會兒就過來。」

說罷，他直接轉身往外，先行去安排此事，讓人馬上著手去查。有玉華提供的那幾處特徵，此人倒是並不難找，他不但要儘快找出此人，而且還會讓那人老老實實的說出幕後之人來。這一回，既然玉華主動開口向他求助，那麼他自然不會讓她失望。

安排好一切之後，莫陽又交代酒樓的掌櫃備些飯菜送進去，按剛才玉華所說的來看，這丫頭一回去便忙著救人，而後又趕緊出來找他了，估摸著肯定還沒吃過東西。看到她眼中的血絲，以及一臉的倦容，他內心當真不是滋味，只想著能夠替她多承擔一些，不讓她一人如此操勞又擔驚受怕的。

再次進到廂房後，只見夏玉華正閉著眼靠在椅子上，看上去似乎睡著了，見狀，莫陽心中頓時說不出的心疼，站在那裡不知道是讓她多睡一會兒呢，還是叫醒她先吃點東西。

猶豫了一會兒，還是決定先叫醒她，畢竟在椅子上這麼睡著可對身體不好，又容易著涼，正準備出聲，卻見夏玉華微微動了一下，而後睜開了眼。

「莫大哥，你回來啦？」夏玉華頓時窘迫不已，她先前只是因為實在累得慌，所以想趁著莫陽去忙的工夫閉目養神一下，沒想到竟然一下子便睡著了。

倒不是她身體不濟，只不過在空間裡頭待了一天一夜都沒有睡覺，再加上先前一直都是處於高度精神緊張的狀態，突然這麼一放鬆下來，倒是一不留神便睡著了。

見夏玉華一臉的不自在，莫陽不由得笑了笑，坐下來朝她說：「妳太累了，一會兒吃點東西後，回家睡一下，事情我都安排好了，一有消息馬上會通知妳，不必太過擔心。」

說著莫陽又朝外頭喚了一聲，很快地掌櫃的便帶著夥計親自將飯菜給送了進來，擺放好之後，趕緊又退出去迴避了。

看著夏玉華一臉感動不已，想說什麼的樣子，莫陽卻是搶先說道：「好吧，現在什麼都別想、也都別說了，趕緊吃點東西，吃完我送妳回去休息。」

看到莫陽臉上那溫暖如春的微笑，夏玉華也沒有再說什麼，點了點頭，拿起筷子順從的吃了起來。這個時候，任何的言語似乎都無法表達內心的感激，所以就如莫陽所說的那般，乾脆什麼都別再說了，這一切她都會默默地記在心中。

說來也真是餓了，起先還不覺得，也沒什麼心思想著要吃東西，這會兒事情暫時有了著落，對著這一桌子香噴噴的飯菜，的確是飢腸轆轆了。

她還是頭一次單獨對著不是家人的男子用飯，多少還有些不太自在，邊吃邊忍不住去看莫陽，覺得有些尷尬。

見狀，莫陽倒是大方不已，索性笑著問道：「是不是我在這裡，妳覺得有些不太習慣？」

夏玉華沒有吭聲，只是點了點頭，微笑著默認了。

「那妳就當我不存在，想怎麼樣吃就怎麼樣吃，我不會跟任何人說的。」莫陽看似一本正經的說著，目光之中卻流露出一絲連自己都不曾察覺到的寵溺。

這話一出，夏玉華倒是不由得笑了起來。「你明明在這裡，怎麼可能當你不存在。」不過如此一來，這感覺倒還真是自在了不少，又見莫陽只是看著她吃，自己卻不吃，夏玉華便再次說道：「你怎麼不吃？」

「我已經吃過了，妳多吃點。」他含笑的看著她，邊說邊替她布了一些菜，神情舉止看上去格外的自然，沒有半絲做作與彆扭的感覺。

夏玉華自己都有些奇怪，竟然並沒有對莫陽的舉動感到排斥，自然而然的接受，並且心中還隱隱有絲別樣的愉悅之感。越是與莫陽單獨相處，她便越是感到習慣與適應，那樣的感覺很是特別，更讓她的心特別的安定而溫馨。

吃了一半後，夏玉華見莫陽幾乎從頭到尾都面帶笑意，與平日的那種清冷完全不同，一時間倒是忍不住說道：「你今日怎麼了，怎麼不停的在笑？」

她估摸著，莫陽怕是一年裡加起來也沒有今日笑得這麼久，難不成自己臉上有什麼髒東西，或者出了別的什麼小狀況，只是自己不知道嗎？

聽了夏玉華所說，莫陽先是愣了一下，而後略微輕咳了兩聲，看著她一臉無辜地說道：「妳先前不是說我笑起來挺好看的嗎？」

其實，這只是其中一個原因罷了，更重要的是，眼前的人、眼前的情景讓他覺得前所未有的快樂。能夠這般靜靜的看著她用膳，偶爾替她布上一些吃食，說上幾句話，這樣的感覺溫馨無比。

而聽到莫陽的解釋，夏玉華卻是不由得欣然一笑，她低下頭，將嘴裡的吃食吞了下去，而後點著頭也不看莫陽，只是說道：「嗯，你倒是改得挺快的。」

如此，氣氛越發的輕快起來。莫陽看著眼前的一切，心中滿足無比。夏玉華的飯量不算太大，沒一會兒便吃飽了，放下碗筷後，莫陽又讓人送了些新鮮水果進來，雖然希望這樣的相處能夠一直繼續下去，可是他也知道玉華現在很累，還是得早些送她回去休息才好。

「吃好了嗎？」看她吃得差不多了，莫陽取出一方手帕遞給夏玉華道：「好了的話，我現在送妳回去，妳得好好睡個覺休息一下才行。」

夏玉華接過了帕子，看了一眼莫陽，點了點頭道：「吃好了。我自己回去就行了，先前騎馬出來的，回去很快。」

「無妨，我已經讓他們備好馬了，妳一個人出來，我不太放心。如今那人還沒找出來，隱患還在，他們能夠對妳弟弟下手，自然也可以對妳動手。」莫陽卻是極認真的說道：「玉華，日後妳別一個人出門了，太不安全，若是妳家中沒有合適的護衛，我幫妳安排兩名。」

「好吧，日後我不再一個人出門了。」夏玉華答應著，算是同意了一會兒讓莫陽送她回去。「不過護衛的事你不必操心了，我已經讓鳳兒去找黃叔叔，今日回去後想必就能夠解決了。」

原來今日臨出門時，她便想到了這一層。以前家中的那些護衛都遣走了，所以家裡人進進出出的安全問題還真是有些麻煩，特別是現在明知有人想要動手，更是得小心一些才行。老話說得好，不怕賊偷，就怕賊惦記，因此加倍的防範確實是不能輕忽。

也不知道怎麼回事，她並沒有刻意瞞著莫陽，主動將自己的安排簡單的說給莫陽聽，那種信任感如同從心底深處流出來的一般，自然到連她自己都不曾發覺。

而聽完夏玉華說的話，莫陽很是贊同的點了點頭，如此一來，自然相對來說便會安全一些。但他心中還是有些意外，沒有料想到堂堂大將軍王竟然如此心甘情願的交出了一切，連最後的一點安全保障也不曾留下。

說實話，若是換成他的話，一定曾暗中留下些足以保護家人與自身安全的實力。憑夏將軍的頭腦與能耐應該不是沒考慮到這一點，也不是做不到；或許是夏將軍為人太過剛正了，抑或者有一些旁人不得而知的苦衷或者原因。

「這樣便好，不過此事妳回去後還是跟妳父親說一下較好，畢竟到時有新面孔進到家中，提前說清楚總是好的。還有……」莫陽想了想後，朝夏玉華細細說道：「還有我覺得妳應該找機會跟妳父親好好談一談，妳心中的想法、妳的打算，還有妳覺得應該要做的事最好還是跟他說一說，或許會有意外的收穫，畢竟以妳父親的能耐，許多事情由他出手的話會簡單得多。」

聽到莫陽所說的這一切後，夏玉華頓時沈默了起來，她知道莫陽是關心她，是為她好，而所說的話也極有道理。

片刻之後，她這才看向莫陽，略微點了點頭道：「你說得對，許多事我不應該瞞著父親，原本我也準備將一切都告訴父親的，只不過總覺得還不是時候。想著等事情有些眉目之後再好好跟他溝通一下。現在看來，這會兒也差不多是時候了。」

她的神色顯露出一股難以言喻的冷冽，看得一旁的莫陽都不由得皺起了眉頭。

「玉華，妳還好吧？」他輕喚一聲，擔心不已。

聽到莫陽的聲音，夏玉華這才回過神來，估摸著自己剛才的神情一定有些嚇人，頓時抱歉地笑了笑道：「對不起，剛才嚇到你了吧？」

莫陽卻是搖了搖頭，一臉認真地說道：「玉華，記住我的話，無論妳想做什麼我都願意幫妳，但我卻並不希望妳被那些東西左右了妳自己。對那些想要害妳之人妳可以狠，甚至可以不擇手段的去報復，但是卻千萬不能傷到了自己！

「我希望，妳能夠活得開心一些、輕鬆一些，對自己更好一些！」最後一句，他帶上了她所說的好看的笑容，只希望她能夠對自己更好一些。

從來沒有人如此直白的跟她說過這一切，哪怕她下手狠絕、不擇手段亦覺得理所當然，完全可以接受，最終的要求只是希望她能夠對自己更好一些！

說不感動那是假的，說不動心亦是騙人的，就在這一刻，這個男人如同一股春風般靜靜的吹進了她的心湖，在那個角落裡停駐下來，默默的守候。

她沒有再說任何話，只是鄭重的點了點頭，而後卻是別過眼去，不願讓他看到那一瞬間眼中所湧現的淚光。

走出酒樓後，夥計果然已經替莫陽準備了馬匹，加上夏玉華自己的馬，一黑一白兩匹馬兒很快便牽了過來，交到莫陽手中。

兩人正準備上馬一併離開，卻不想一旁突然響起一道驚訝不已的聲音：「莫陽、玉華？」

第七十三章

熟悉的聲音裡帶著說不出來的驚訝與意外，聽得莫陽與夏玉華都不由得停下了手中的動作，沒有再準備上馬離開。

夏玉華心中微動，這聲音實在是太過熟悉，所以她沒有理由聽不出來的，只不過卻是沒想到在這個時候竟然會遇上。她先是看了一眼一旁同樣有些意外的莫陽，而後回頭朝那聲音的主人看了過去。

對上那雙熟悉的眼睛，夏玉華下意識的有種想要逃避的感覺，眼前的人不是別人，正是李其仁。如果是以前倒也沒什麼，這會兒不知怎麼回事，竟然會有一種心慌、一種被人抓到了什麼把柄似的心慌，特別是看到李其仁眼中那份濃濃的驚訝。

「玉華、莫陽，你們怎麼會在這裡？」李其仁說話間已經走到了兩人面前，看著他們各自牽著一匹馬準備離開的樣子，也不知道這是要去哪裡。

剛才看到這兩人時，他真是吃驚不已，不知道莫陽與玉華什麼時候竟然會獨自碰到一起。看樣子也不像是湊巧遇上的，倒像是先前本就在一起，這會兒正準備一併離開一般。

雖說這莫陽與玉華早就認識，可在他意識裡頭，這兩人應該沒有什麼理由單獨一起出現才對呀，難不成是菲兒先一步回去了？

「其仁，是你呀！」夏玉華雖然心中略微有些彆扭，不過卻很快便反應了過來，與李其仁打著招呼道：「真是巧，沒想到會在這裡碰到你。」

「是啊，還真是巧得很，我正好有事路過這裡，本來還以為看錯了，沒想到果真是你們。」李其仁見夏玉華並沒有直接回答自己的話，心中多少有些失落，又看了看一旁的莫陽問道：「你們這是要去哪裡？」

莫陽倒沒有夏玉華的那種尷尬，自自然然的朝著李其仁點了點頭，簡單說道：「玉華一個人出來的，我先送她回去。」

這話一出，李其仁心中的情緒更是變得複雜起來，只不過當場也不好再多問什麼，因此略微笑了笑道：「既然如此，那你們便先走吧，遲些咱們再找時間一起聚一聚。」

夏玉華聽到這兩人的對話，一時間也不知道說什麼好。莫陽的性子的確是那種實話實說的人，因此他直接說出要送自己回家當然是沒什麼問題的，只不過多少還是覺得三人這樣相對著很彆扭。

如果說自己不知道李其仁的心思倒還好，可偏偏她是懂的。雖然自己只當他是最好的朋友，但是李其仁並不這般認為，儘管沒有挑明，卻是心知肚明的。

最主要的是，其仁與莫陽是好朋友，她不希望兩人最後因為她的緣故而鬧出什麼不快來，於是本能的想解釋些什麼，但這一會兒卻並不是解決這種問題的時候。

思及此，她也沒有再多想什麼，只是朝著李其仁點了點頭道：「其仁，我得先回去了，有時間咱們再聚吧。」

「回去吧。」李其仁見狀，朝夏玉華笑了笑，示意她不必顧忌自己，早些上馬回去便是。

心中雖然是有些酸酸的味道，可是他又能夠說些什麼呢？一個是自己喜歡的人，一個是最好的朋友，可偏偏他此刻卻什麼都不能說，只能裝作沒事人一般。

平心而論，他希望是自己誤會了什麼，玉華與莫陽之間只是最普通的朋友關係，並沒有其他，而是自己想多了。可真的只是這樣嗎？

看著兩人騎馬離開的背影，李其仁心中滋味萬千，剛才出聲叫喚莫陽與玉華時，他分明看到了莫陽臉上那暖如春風的笑意，還有玉華那自然流露的柔情。

那樣的莫陽以及那樣的玉華都是他平日裡不曾見過的，而就在聽到他聲音的那一刻，就在他們看到自己的同時，他們很快便恢復成平常那種讓他熟悉的神情，一個依舊清冷淡定，一個同樣從容之中帶著應有的距離。

微微嘆了口氣，李其仁覺得自己心中被什麼東西堵得發慌，一直到街上早就已經看不到那兩人的身影，一直到身後傳來侍從的喊聲，他這才回過神來，轉身黯然離去。

莫陽喜歡玉華，他應該早就想得到的，否則的話，以莫陽那種清冷的性子是絕對不可能那般關注他人的事情，即便玉華是菲兒的朋友亦是如此；更何況，玉華本就那麼特別、那麼吸引人，有更多的人喜歡她也是正常的事。只不過，他卻是沒想到玉華竟然也會對莫陽有意。

娘親就曾提醒過他，他也不是說沒上心，只不過每次一說到這種敏感的事情時，玉華便有意無意的把話題給轉移，或者乾脆當成別的意思去解讀，讓他也不好再繼續說什麼。

先前他總覺得玉華可能是年紀還小，也可能是因為以前鄭世安的事，所以暫時心中還有些排斥，不願太早去想這些方面的事，可如今他才明白，事情並不是自己想像的那樣。玉華不是不懂那些，只是可能自己並不是她心中的那個人而已。

他的心中滋味萬千，對於莫陽、對於玉華竟然有種說不出來的複雜。也許他真是得找機會好好跟玉華談一談，不論這丫頭最後作出何種選擇，至少他得實實在在的努力一次，實實在在的爭取一回。

「小侯爺，您走錯方向了。」身後的侍從終於忍不住出聲提醒了，自剛才主子見到莫公子與夏家小姐後，就跟丟了魂似的，連要去哪裡都有些弄不清楚了。

錯了？李其仁猛的停住了腳步，再次嘆了口氣，而後調整方向匆匆離去。

與此同時，夏玉華與莫陽兩人則騎馬直接往夏家而去，一路上兩人都沒有再說什麼，一來各自騎馬速度不算快卻也不會太慢，並不利於交談，二來或許也跟剛才與李其仁的不期而遇有些關係，各自心中都在想著些什麼。

到了家門口後，夏玉華翻身下馬，朝向已經牽著馬兒站在一旁的莫陽說道：「莫大哥，我到家了，你趕緊回去吧，還有那麼多正事要忙呢。」

「無妨，等妳進去後我再走。」莫陽微微一笑，叮囑道：「記住，什麼都別多想，回去後先好好睡上一覺。妳自己也是大夫，應該知道輕重才對。」

莫陽根本就沒有提剛才遇到李其仁的事，只是囑咐夏玉華回去後好好休息。其實，他自然看得出其仁喜歡玉華，想來玉華自己也是心中有數的，只不過卻是不好直接挑明罷了，所以這才會顯得有些窘迫。看來，有些事情他應該主動找其仁說清楚，畢竟他們是好朋友，自是不想傷及到彼此的情誼，想來玉華也是這樣覺得吧。

雖說是其仁先認識玉華，但莫陽卻並不認為自己同樣喜歡上玉華有什麼錯，在他看來，玉華選擇誰才是最重要的。他不會強迫任何人，卻也絕對不會放棄努力。

如果有一天，其仁因為玉華的事而不願再與自己為友的話，他會很遺憾，也會努力補償，但卻絕對不會為此而放棄玉華！

這一切都是他此刻心中最真實的想法，只是並不適合現在說出來，玉華如今要面對的事情太多，還有更重要的事情得先解決掉，他不想給她帶來太多其他方面的壓力與負擔。

他所要做的，只是默默的守在她身旁，盡可能為她化解風雨，讓她能夠活得更加輕鬆一些。

聽到莫陽的細心叮囑，夏玉華也沒有再多說什麼，只是靜靜的點了點頭，轉身離去。

敲門之後，一直悄悄守在門口的香雪很快開了門，見到夏玉華回來了，外頭還站著一個莫陽，一時間倒是明白了什麼，卻懂事的什麼也沒有多說。

將馬匹交給一旁也跟著過來的下人後，夏玉華再次回頭看了一眼莫陽，見他還在那裡並沒走遠，便朝他說道：「你趕緊回去吧。」

莫陽見狀，點了點頭，這才翻身上馬，直奔而去。

見莫陽已經離去，夏玉華這才邊轉身往裡走，邊朝香雪交代道：「我有些累了，得先去睡一會兒，妳現在便去替我回一下父親，告訴他們我已經回來了，請他們不必擔心，遲一點我再過去。」

「是！」香雪一聽，連忙領命，正準備先行去老爺和夫人的屋子，卻被夏玉華再次叫住了。

「等等，鳳兒回來了沒有？」夏玉華突然想起鳳兒來，也不知道這會兒這丫頭事情辦得如何了。

香雪搖了搖頭道：「還沒有呢，小姐還有什麼吩咐嗎？」

「沒事了，一會兒等她回來再說吧。」

還沒回來？難不成遇到了什麼麻煩？抑或者是黃叔叔那邊出了什麼問題？這事對於黃叔叔來說並不難，就算不能馬上送人過來，最少給個回信應該是很快的事才對。這會兒工夫鳳兒怎麼也應該回來了。

夏玉華心中暗暗嘀咕了一句，卻並沒有再多說什麼，而是徑直抬步回房。這會兒她實在是有些累了，如莫陽所說，真得好好先睡上一覺，一切都等睡醒之後再說吧。

醒來的時候，天色已經有些暗了，估摸著這回最少也睡了好一陣子了。聽到她起身的動靜，守候在外頭的香雪很快便走了進來，服侍她起身。

「香雪，我睡了多久？」她朝四周看了看，卻還是沒有看到鳳兒的身影，便接著問道：「鳳兒呢？還沒有回來嗎？」

「鳳兒回來了，奴婢讓她先去用晚飯了。小姐睡了不到一個時辰，妳只管放心，鳳兒回來時神色一切正常，奴婢已經交代她，用完飯便趕緊過來。」香雪確實聰慧，不必夏玉華細問，便有條不紊的一一說出了她想知道的情形。

雖然她並不知道小姐先前讓鳳兒單獨出門辦了什麼事，可是卻知道肯定是極其重要的，再看鳳兒回來時神情很是正常，想來一切都還算順利，所以才特意說道了一下，想讓小姐放心一些。

而聽到香雪的話，夏玉華微微點了點頭，接過香雪遞過來冷熱適中的溫茶喝了一口，而後問道：「成孝那裡一切可好？」

「一切都好，先前醒過來用了點吃食，這會兒夫人正在陪著呢。老爺他們也都用過晚膳了，小姐妳是現在用膳還是再等一會兒？」香雪也不知道小姐先前在外頭有沒有吃東西，若是沒有的話，那這一天下來肯定是餓壞了。

不過既然是莫公子送小姐回來的，那就不一定了，但她也不好直接問，只得用詢問的方式提出用膳的時間。

而夏玉華此刻自然還不餓，因此搖了搖頭，只道過一會兒再說。等鳳兒過來後，她得先問清楚黃叔叔那邊的事情怎麼樣了，之後再去看看成孝，當然，最重要的還是得與父親好好談談。

正說話時，鳳兒過來了，見狀，香雪也不用吩咐，主動退了下去，正好這會兒也輪到她去吃飯了。

香雪一走，鳳兒便直接上前朝夏玉華稟告道：「小姐，事情都已經辦妥當了，黃將軍說明日便會將人送過來，除了四位貼身保護老爺、夫人與少爺、小姐外，其他人員則會安排暗中保護，並不會太過顯眼，一切都是按小姐的意思做的。」

「很好，妳去黃家之際，沒有被人發現吧？」夏玉華也不是說不放心鳳兒，只不過這事終究是大意不得，因此便稍微多問了一句。

「小姐只管放心，奴婢是走後門進去的，一路上也沒發現有人跟著。」鳳兒如今是越發的機靈了，許多事不用吩咐，自然就知道要謹慎小心。

「如此便好。」夏玉華說罷站了起來。「走吧，咱們去看看成孝。」

主僕兩人很快便出了屋子，直接往成孝住的地方而去。

休息了一個下午，成孝的精神更是好了不少，看到姊姊來了，顯得很高興，直拉著手問東問西的。知道夏玉華已經好好休息過了，阮氏多少也放心了一些，又詢問有沒有用過飯之類的，一臉的慈愛。

見狀，夏玉華便推說已經用過了，又幫成孝把了下脈，果見情況已經大好，當下心中更是安穩了不少。她隨手寫了個調養的藥膳方子，又叮囑了阮氏一些需要注意的地方，旁的卻是沒有什麼好交代的了。

「娘，您照看歸照看，自己也別太勞累了，這藥膳方子一會兒我會讓鳳兒去弄妥，您不必操心。」夏玉華起身準備告辭。「我現在去看看爹爹，沒什麼事的話便先行過去了。」

阮氏也知道夏玉華這會兒去找夏冬慶所為何事，因此也沒有多問，只是囑咐玉華別累壞了身體。

出了成孝的屋子後，夏玉華並沒有再讓鳳兒跟著，一來去找父親談事不方便，二來藥膳的事交給鳳兒親自去辦她也放心一些。

這會兒工夫，聽阮氏說父親正在書房，夏玉華也沒多想，直接便過去了。

「睡醒了？」見夏玉華進來了，夏冬慶側目朝一旁看了看道：「坐吧，爹爹正等妳過來呢。」

沒錯，自香雪先前過來稟告，說玉華已經回來了，只不過覺得有些累，得先休息一下後，夏冬慶便跑到書房裡頭等著，順便也可以好好整理一下這些日子家中所發生的種種事情。

雖然這些日子他什麼都沒有問玉華，可是心中卻並不真是一無所知，這丫頭一定在密謀做著什麼事情，而且是極其重大又危險的事。但他知道女兒這般做一定有她的道理，也一定是為了這個家、為了他，他心中有所顧忌，所以暫時也只得睜一隻眼、閉一隻眼的並不主動去提及。

可是，今日之事證明，夏家如今的處境比起他先前所設想的還要嚴峻，看著玉華為了這些事如此忙碌，若是他再不聞不問的話，那麼他這個做爹的當真是一點也不合格了。

夏玉華依言坐了下來，因為心中早就有了準備，所以面對父親也顯得很是從容。「爹爹，讓您久等了。」

「孩子，再說這樣的話倒是讓為父慚愧了。」夏冬慶微微嘆了口氣道：「今日之事，為父還沒來得及謝妳。雖說孝兒是妳弟弟，可畢竟是妳救了他一命，對爹爹來說，無論如何，這一聲謝妳是當得起的。」

「爹爹，咱們是父女，彼此間就別再說這些了吧。」夏玉華笑了笑，轉開話題道：「下毒之事，我已經請人幫忙去查了，相信很快便能夠有消息。爹爹，我只是想知道，您若知道這幕後之人是誰的話，會如何應對？」

「妳請人去查？請誰去查？玉兒，妳到底認識什麼人，竟會有如此大的能耐？」聽到夏玉華說的話，夏冬慶不由得想起了玉兒被關押在宮中時，那麼多不同立場的大臣竟同時向皇上上奏摺求情，先前他一直沒找到合適的機會問，這一回又趕上這事，卻是不得不問了。

夏玉華見狀，便解釋道：「爹爹，只是個普通的朋友，他的身分女兒也不方便透露，但是請爹爹放心，女兒行事自會有分寸。」

她不便說出莫陽的身分，畢竟這是人家的秘密，因此只能簡單的說明，不好過多透露。況且她暫時也沒意識到父親所說的如此大的能耐到底指的是什麼，在皇宮關押期間，外頭發生的那些事她都不知情，出來後忙東忙西的，也並沒有誰與她多說什麼。

而夏冬慶這回倒是不打算再瞞著什麼了，徑直搖了搖頭道：「玉兒，妳還是跟爹爹說實話吧，如果只是普通朋友，他怎麼可能在妳抗旨被關押時期，冒著那麼大的風險，聯絡調動那麼多的官員替妳上書求情？」

「什麼?!」聽到這些，夏玉華一時間倒真是愣住了，父親所說的事，她從來都不知道。

「爹爹說的是什麼意思，女兒怎麼聽不明白？」

見夏玉華一副不知情的樣子，夏冬慶不由得說道：「原來他並沒有告訴妳，看來此人對妳倒真是不差，也沒有絲毫邀功之意。如此，為父便告訴妳吧，在妳被皇上關押的期間，不少人都曾替妳求情，除了清寧公主以外，朝中還有不少不同派系的大臣以及諫臣聯合上書替妳求情，甚至於連太后亦出聲替妳說好話。

「清寧公主也就罷了，為父知道肯定是小侯爺的緣故，但是其他的大臣還有太后的意思卻不知出自何人之手，皇上也是因為這些人的陳情，所以才這麼快放妳出來，否則的話，就算是父親獻出所有，也是沒可能這麼快便能夠讓妳平安歸來。」

夏冬慶如實說道：「起先，我以為是五皇子暗中所為，但後來證實並非是他，而那些人也絕對不可能是衝著為父的面子，所以想來想去便只可能是妳所認識的人出手相助了。妳朋友並不多，為父至今也猜不出到底是什麼人，所以妳出來後這事倒也沒有再多提，直到今日妳說請人幫忙查成孝中毒之事，還說很快便能有消息，所以為父這才覺得妳最有可能知道那個幫妳之人是誰。」

聽完一切，夏玉華頓時才明白過來，一時間心中感動無比。能夠有如此大的能耐，她所認識的人裡頭除了莫陽，還能有誰？如果說之前她還不知道莫陽另一層身分的話或許還真猜不出來，而現在卻是不容置疑。

只是她無論如何也沒想到莫陽竟然默默的為她做了這麼多，卻從來都不曾提及過一字半句。

第七十四章

要讓那麼多不同立場的的大臣，甚至太后為她求情，夏玉華可以想像其中的難度，同時還有隨之而來的風險。

這一切，莫陽得動用多大的人脈關係，運用多少的手腕，費多少的周折呀！即便對於他來說要做到這點並不太過困難，但是如此大動作卻也極容易讓他的另一層身分暴露出來，而萬一讓皇上知道的話，後果不堪設想。

以莫陽的智慧，不可能想不到這般做的後果，而憑他的性格，明知有風險卻還是不顧一切去做，夏玉華當真還會看不明白這一切嗎？

知道這一切後，夏玉華心中的那個角落更是被塞得滿滿的，從不曾想到這一世竟然會遇到對她如此好的人。

「爹爹，您所說的人我想我知道他是誰了，不過，還請爹爹原諒，暫時我不能夠將他的身分透露出來。」夏玉華想了想後，出聲道：「但是，爹爹請放心，此人絕對不會對我們夏家有任何不利之處，同時，也不會對女兒有任何不利之處。女兒除了暫時不能告訴爹爹此人的身分以外，其他的事情都可以一五一十的告訴您。」

「其他的事？」夏冬慶反問了一聲，心中雖也清楚玉華這些日子應該是瞞著他做了一些事，卻是沒想到自己還沒有詢問，這丫頭便主動要告訴他了。

夏玉華見狀，一臉鄭重的點了點頭，亦沒有再猶豫，從頭到尾將自己所策劃的事情全都說了出來，包括她擅自與鄭默然達成的交易，包括她即將要對陸家進行的計劃，包括黃叔叔那邊……

看著眼前一臉堅決的女兒，夏冬慶半天都沒有出聲，只是靜靜的坐在那裡，細細的思索著女兒所說的一切。誠然，他早就知道女兒現在不但聰明而且心思細膩，卻也沒想到竟然會有如此的膽識。

「爹爹，您可是在怪我自作主張？」見父親沈默了半天都沒有說話，等了好久的夏玉華只得再次出聲。在她的想法中，就算是任性一回，也得說服父親。

如同之前她跟鄭默然所說的一樣，只要是她想做的事，哪怕是再無理、再過分的，父親到最後也一定會聽她的。因為她知道，為了自己，父親可以付出一切！

而聽到夏玉華的再次追問之後，夏冬慶總算是有了些反應，他不再沈默不語，不再前思後想，左右顧忌，最少他得讓自己的孩子知道，他這個做父親的並不懦弱，就算不為別的，為了自己的孩子，他也是可以付出一切。

「玉兒，妳記住了，從今日起，爹爹都聽妳的！」他站了起來，走到女兒身旁，一臉鄭重的說道：「從今日起，妳不再是一個人，爹爹也不會再讓妳一人承擔起這麼大的重擔。爹爹聽妳的，咱們父女同心，與五皇子聯手，為了咱們夏家日後的安寧重新奮鬥！」

聽到父親如此堅定的回覆，夏玉華頓時欣喜不已，父女倆相視一笑，一切默契與交流盡在那濃濃的親情之中久久迴盪。

差不多一個時辰後，夏玉華才從父親的書房走出來，此刻的她心中充滿了自信，有了父親的主動回應與支持，她的計劃將會更加的完善而有力。

次日一早，黃將軍便將安排給夏家的暗衛分派到位，夏冬慶昨日便知曉了這一切，因此已經提前讓管家對人員作了安排。

黃將軍也算是十分盡心了，那幾人不但都是武藝高強，最主要的是忠心無比，因為他們原本便是大將軍王府的暗衛，亦是對夏家感情最深的。而黃將軍能夠在如此短的時間內，再將這些被朝廷接收遣散之人重新給抽調過來，確實也費了一些力氣。

幫成孝例行診脈之後，夏玉華正準備帶著成孝去院子裡頭散散步，卻見管家走了進來，說是外頭有人送了封信過來，指明是給大小姐的。

聽說有人送信給自己，夏玉華當即便想到了可能是莫陽那邊已經有了消息。因此當著父親與阮氏的面，她也沒迴避，直接接過了信拆開來看。

「玉華，誰給妳的信呀？」夏冬慶隨口問了一聲，原本也並不想太過多干涉女兒私事，只是見玉華看了信上內容時神情顯得高興不已，這才提了一下。

而阮氏與一旁的成孝則是一臉好奇，但都沒有多問什麼。成孝這一點倒是跟阮氏很像，不應該多嘴的地方絕對不會多問，但比起阮氏來卻又更有主見。

夏玉華見狀，沒有隱瞞，直接當著眾人面說道：「爹爹，我現在得出去一趟，給成孝下毒的人已經找到了。」

「真的！」夏冬慶一聽，頓時整個人也跟著來了精神，點頭說道：「玉兒，爹爹跟妳一起去！光揪出這個下毒之人還不夠，我得將那幕後指使之人找出來才行。」

「爹爹放心，我心中有數，自然不會錯過查問那幕後之人。不過此事還是讓我去處理吧，您去的話，一來太惹人注目，二來幫忙之人暫時也不方便露面的。」

夏玉華知道父親的心情，但是目前來說的確不太方便讓父親一併跟著去，所以這事還是讓她去處理比較好。「妥當之後，我馬上便回來跟您稟明一切，到時再商量對策為好。」

見狀，夏冬慶也沒有再堅持，女兒的話不無道理，先讓她去看看，問清楚回來再一併商量也是可以的。

玉華臨出門前，夏冬慶跟了過去，並且叫來了幾名暗衛中最厲害的一人，囑咐他日後跟著夏玉華近身保護，畢竟有了成孝之事，這進進出出的安全問題最為讓他擔心。

當著女兒的面，夏冬慶一臉嚴肅的朝那個名叫松子的暗衛說道：「你以前是我身旁最為得力的暗衛，如今，我將我女兒的安全託付於你。你能做到嗎？」

「將軍請放心，屬下定將全力相護，只要有屬下在，就絕對不會讓小姐受到半點的危害！」松子不多話，但句句鏗鏘有力，讓人有種信服的感覺。

「去吧，日後一切都聽命於小姐便是，她在外面見過什麼人、做過什麼事，不論你看到或知道了些什麼，都不可再跟第二個人提起，包括我在內，明白嗎？」夏冬慶如此當著夏玉華的面叮囑亦等於是讓女兒能夠更加寬心，他這個做父親的說到便能夠做到，除非等到女兒覺得時機合適，能夠將那神秘之人的身分透露給他，否則他也不會暗中去窺探些什麼。

夏冬慶的舉動讓夏玉華心中一暖，能夠有一個如此開明的父親，她真的是再無他求。

出門之後，松子果然表現出了非凡的專業素養，不必夏玉華吩咐，自動的隔了一定的距離跟隨，不遠也不算太近，若是有什麼意外事情發生既能夠馬上反應護主，同時也不會顯得太過惹人注目。

夏玉華騎馬，而松子一旁步行卻能輕輕鬆鬆的總保持著相當的距離，一看便知道是個高手之輩。剛開始，夏玉華還偶爾回頭看看，卻發現當自己意圖尋找的時候，松子總能夠適時的出現在自己的視線之中，卻又不會給她絲毫的壓迫感。慢慢的，她也不再特意去關注松子，習慣了松子這種方式的跟隨。

莫陽在信上給她留的地址是一戶十分普通的民宅，地方並不怎麼惹眼。下了馬，她隨手將韁繩拴到一旁的小樹上，反正有松子在，倒是不用擔心還會有人不知死活的偷馬。

走上臺階，敲了敲那兩扇顯得有些陳舊的院門，片刻之後裡面便傳來了一陣詢問聲：

「誰呀？」

「看房子的，聽說您這兒的房子要賣！」夏玉華按照信上約定好的說詞回答著。

聽到她的回答，裡頭的門很快便打開了，而林伊那張笑容滿面的臉龐頓時出現在夏玉華面前。「進來吧，老大在裡頭等妳呢。」

剛剛說完，林伊突然收斂了笑容，神情一凜，一個伸手朝著夏玉華身後直撲而去，夏玉華還沒來得及反應，卻見松子不知何時已經出現在自己後面，一個快閃先接住林伊的進攻，說時遲那時快便要反擊。

「松子住手！」夏玉華連忙制止兩人，這才明白原來是誤會一場。

聽到她的聲音，松子馬上鬆開了手，不過卻還是一臉警惕的護在夏玉華面前防備著林伊。而林伊卻是很快明白過來，笑著說道：「身手不錯嘛，先前連人影都沒看到，一眨眼便出現在妳身後，差點讓我以為是要襲擊妳的人。」

「他叫松子，是我夏家人。」夏玉華簡單的向林伊解釋了一下，而後側目看向松子道：「這裡已經安全了，你不必跟著進去。」

「是！」松子果真極其服從命令，什麼話也不多說，應了一聲後直接閃人，夏玉華還沒來得及看清松子是從哪邊離開的，人便已經不見了，快得讓人瞠目結舌。

「當真是個人才，有這樣的人隨身保護，老大這下應該可以放心了。」林伊邊說邊示意夏玉華進來，而後關上了院門，帶著她往裡走。

進去之後，夏玉華這才發現院門兩邊的暗處竟然還有幾個人守著，看來這裡的防守倒是很嚴謹的。

「林公子，想不到你也會武功。」夏玉華剛才也算是見識了林伊的拳腳，雖然就那麼一下子，不過她從小對這些並不陌生，看得出林伊的身手也是極其不錯的。果真是真人不露相，沒想到一個看似文文弱弱的風流公子卻還有如此一面。

「叫我林伊吧，公子公子的太生分了。」林伊笑著說道：「我那點花拳繡腿算得了什麼，真正厲害的還是老大呢！」

「你是說莫大哥也會？」夏玉華一聽，頓時好奇地問了一聲，沒想到莫陽竟然也會。

「那當然，老大可比我厲害多了，妳不知道也算正常，除了我以外，並沒幾個人知道。」林伊邊說邊指了指院子西側那間屋子道：「在那裡呢，咱們進去吧。」

見狀，夏玉華也沒有再多問什麼，莫陽這人本身就不簡單，如同一個又一個的謎，在他身上總是能夠發現不同的驚喜。

進去之後，夏玉華一眼便看到了莫陽，還有一名被五花大綁扔在角落裡的漢子。

「老人，人來了。我先去外頭喝口茶休息一會兒。」林伊邊說著邊朝夏玉華促狹的眨了眨眼睛，而後快速退了下去，將門關好，主動給這兩人騰出地方。

裡頭反正就剩一個被綁得沒法動彈的人了，憑老大的身手自然不會有什麼問題，趁著這會兒工夫，林伊還是少在這裡礙手礙腳的，去院子裡頭喝喝茶、曬曬太陽反倒舒服。

看到林伊如此的識趣，莫陽心中不由得笑了笑。等人出去後朝著玉華，指著那地上的漢子道：「玉華，人找到了，他已經承認了正是那日下毒之人。」

聽到這話，夏玉華趕緊上前幾步，朝那被綁著扔在地上的人仔細看去，果然發現與成孝所描繪的特徵完全無二。

看著眼前的漢子，夏玉華神色分外陰鷙，想到成孝差一點便死在此人之手，心中這怒火便無法平息，可她也知道眼前的漢子不過是一個狗奴才罷了，真正居心險惡的還是這條狗的主子。

見夏玉華神色如此陰鷙的望著自己，那漢子頓時又是一驚，先前已經被那莫陽給整得驚嚇到不行，如今實在是沒有辦法再硬氣得起來。

「果然是他！」她冷冷地說了一聲，看向那漢子的眼神凍得讓人發寒，原本那漢子便已經一臉驚恐，如今對上夏玉華這樣的目光更是嚇得臉色都白了。

夏玉華是什麼樣的人物，那漢子心中也有數的，連那莫家公子都暗中幫著她，如今落在她的手中，怕是不死也得脫層皮了。

莫陽拉了拉夏玉華，示意她別太激動，而後又道：「剛才他都已經招了，如妳先前猜測一般，一切都是陸家暗中操縱，而陸無雙更是直接指使之人。」

說罷，莫陽冷聲朝那漢子吩咐道：「將你剛才所說的一切，一五一十的再說一遍，倘若有半點虛假隱瞞，定讓你生不如死！」

漢子一聽，趕緊拚命地點頭。「我說我說，小的什麼都說、什麼都說，莫公子、夏小姐饒命啊、饒命啊！一切都是陸家的人……是陸無雙讓我幹的，小的一時財迷心竅動了這個邪念，才會做出如此傻事來！」

聽完這漢子的話，夏玉華的神色更是難看不已，果然是陸家、果然又是陸無雙，沒想到這個女人竟然如此陰毒，連一個九歲的孩子都不放過。這樣的惡行絕不可饒恕！

「妳想如何？」莫陽只問了一句。不論夏玉華想怎麼做他都不會覺得有任何的問題。甚至於若是玉華不夠狠心的話，他都可以替她代勞。面對時刻想要弄死自己的敵人，他向來覺得什麼樣的手法都不足為過。

而夏玉華沈默了片刻，望著那此刻縮成一團的漢子，半晌之後終於從嗓子裡擠出了四個字：「有仇報仇！」

她已經等不到最後一併看陸家的下場了，如果這個時候還不先給他們些教訓，那麼過度的隱忍只會加劇那些小人的險惡之心。從現在起，她要一反被動為主動，要讓陸家的人忙得沒有時間成天來算計著夏家，她要讓陸家人自食惡果，讓他們知道報應兩字如何寫。

半個時辰之後，夏玉華與莫陽一併走出了那間小屋，院子裡的陽光似乎特別的溫暖，而林伊則幾乎已經在躺椅上睡著了。聽到聲響，林伊的反應倒是很快，馬上醒了過來，一把起身看向走過來的兩人。

「解決了？」他微微伸了個懶腰，朝著莫陽問道：「裡頭那個怎麼辦？」

「聽說今日是陸家小少爺的生辰，派人當成賀禮送過去就行了，他見過咱們的，你應該知道怎麼辦。」莫陽平靜的說了一聲，而後又朝林伊問道：「先前那條手帕呢？」

莫陽所說的手帕是逼問那漢子的時候，那漢子主動交出來的，說是陸無雙那天來找他時不小心掉落的，他給撿到了，一直帶在身上。先前莫陽讓林伊先收著，估摸著會有用得著的地方。

「放心吧，這事包在我身上。手帕是嗎，等等！」林伊一聽，馬上在袖袋之中摸了摸，而後掏出一條繡著牡丹的絲綢帕子遞了過來。「在這兒呢，我先前看了一下，上頭還繡著一個雙字，而且這種絲綢料子是皇室專用的，一準是陸無雙的沒錯。」

「給我吧，這倒是個好東西。」夏玉華笑了笑，順手便接了過去道：「是她的東西沒錯，這繡工的手法一看便是她慣用的。」

「好東西？難不成妳拿著還有什麼妙用？」林伊一聽，頓時好奇不已，陸家這次看來是得好好鬧騰鬧騰了，這夏玉華可不是什麼好欺負的主兒，不惹她便沒事，惹火了誰都沒有便宜占。

「少打聽，去忙你的事，你要是覺得最近實在太閒了，我便再讓……」

莫陽的話還沒說完，林伊便意識到老大這會兒還在一旁，自己這麼嘴碎，不明擺著沒事找事嗎？

「行行行，我不問了還不成嗎？老大，您先送夏小姐出去吧，這裡剩下的事，我來辦就行了！」他趕緊討好的朝著莫陽笑了笑，而後一臉求救般的看向夏玉華，老大冒火的話，也唯有這姑娘才能滅火了。

見狀，夏玉華卻是心領神會，拉了拉莫陽的衣袖道：「我得先走了。」

「走吧，我送妳出去。」不經意的小動作讓莫陽心中愉悅不已，這會兒自然也沒再理會多事的林伊，先將夏玉華送到門口。

到了門口，他下意識的朝西邊角落看了過去，而後小聲朝夏玉華說道：「妳來時有人跟著妳嗎？」

見莫陽果然如此敏銳，一出來便發現了隱藏在暗處的松子，夏玉華自是對林伊所言更是深信不疑。

「不必擔心，他是黃叔叔今日派過來的暗衛，以前也正是我父親的暗衛。」夏玉華小聲解釋了一句，而後側目頗為讚許地朝莫陽說道：「他可是高手，你竟然一下子便發現了他，看來你的武藝不在他之下。」

聽到夏玉華的讚揚，莫陽笑而不答，只是低低地說了一句：「妳若願意，我可以護妳一世周全。」

這句話聲音雖小，可是卻足以讓站在身旁的夏玉華聽個明明白白，一時間，她的臉不受控制的紅了起來，而心裡如同有什麼東西在撞擊一般，怦怦的跳個不停。

「我先走了！」她無法掩飾自己內心的異樣，只好裝作沒聽到一般，匆匆扔下這句話後抬步離開。

松子反應很快，夏玉華剛剛下了臺階便已經現身，並將馬牽了過來，兩人很快便離開這裡，直奔而去。

莫陽臉上的笑越發的明朗，他自然沒有漏掉玉華臉上那一抹少女獨有的羞澀。他還是頭一次看到玉華有這樣的表情，對著他露出那種異樣的羞澀。她的心中應該是有他的吧？如此，便足矣！

回到家後，夏玉華直接去了書房找父親，父女倆在裡頭商量了好一會兒後，夏玉華這才走出書房，夏家暫時一切歸於平靜。

第二天，鳳兒興沖沖的進了屋子，將剛才在廚房聽到的消息告訴夏玉華，只道昨天晚上，陸相家連夜找大夫替他們家小公子治病。陸府上有人傳出消息，說是小少爺上床睡覺之際，一掀開被子竟然有具血淋淋、十分恐怖的屍體放在床上，當場被嚇得不輕，到這會兒還傻傻呆呆的，如今連太醫都請了，還不知道能不能給治好。

鳳兒與香雪討論得熱鬧，直道是惡有惡報，這壞事做多了，總有遭報應的時候，陸家向來針對夏家，處處陷害夏家，如今這報應也才剛剛開始。

「行了，別人家的事妳們就少議論了，一會兒我要出門一趟，妳們倆誰跟我去呀？」夏玉華此刻心情頗好，難得跟鳳兒與香雪說笑了起來。

兩個丫頭一聽，頓時都立馬表態願意跟著去，鳳兒倒是機靈，趕緊求夏玉華帶上她們兩人一併出門算了，反正家中也沒什麼事情，多一人在一旁侍候著總是好些。

「人多不方便，還是香雪跟我去吧，香雪都好久沒跟我出門了。」夏玉華邊說邊站了起來，朝著鳳兒說道：「妳留在家中，多去陪成孝玩玩，讓夫人別太累著了。」

「是！」鳳兒一聽，也沒有半點不高興的，連忙應了下來，又朝一旁的香雪眨了眨眼，一臉的笑意。

出了屋後，松子已經在前院路口等候，見到夏玉華帶著香雪出來了，連忙上前行禮說道：「小姐，一切已經妥當，現在去的話正好。」

「走吧，天氣不錯，出門散散步卻是極好！」夏玉華略微點了點頭，徑直抬步往外走。

沒有備馬，也沒有備轎，出門之後，夏玉華直接帶著香雪不緊不慢的走著。這會兒她準備去會一個人，一個此刻應該一點也不想見到她的人吧！

拐角的街道旁，夏玉華停了下來，朝四處看了看，而後走到對面路邊小茶鋪坐了下來。老闆是對三十來歲的夫婦，看到夏玉華這種打扮的還帶著丫鬟的小姐竟然也來光顧，一時間高興不已，連忙熱情的招待著。香雪隨即取出一點零錢，讓他們上最好的茶來。

喝了一口，味道的確不算太好，但夏玉華知道對這種小本經營的茶鋪來說已經是最高級的招待了，她的心思也根本沒有放在喝茶上，目光偶爾往前邊看去，似乎在等著什麼。

香雪並不知道小姐要做什麼，可是從先前松子說的話，還有這會兒小姐刻意選在這處地方停留休息，再聯想到小姐偶爾投出的目光，這一切足以讓她明白小姐這一趟出門並不是簡單的逛逛而已。

正想著，忽然看到小姐的目光再度朝著街道前頭看了過去，順著也看過去，香雪很快便瞧見一頂軟轎正朝著她們這邊方向走了過來。看樣子這轎中人才是小姐這趟出門的真正目標吧！

這頂轎子也看不出什麼特別之處，京城裡許多達官貴人用的一般都是這種樣式，只不過瞄了一眼轎旁隨行的婢女，香雪卻是很快明白了那裡頭坐的是什麼人了。

第七十五章

就在軟轎漸漸地朝著她們這邊過來之際，夏玉華突然站了起來，不緊不慢的朝著轎子迎面而來的方向走去。一旁的香雪見狀，心中有些擔心，不過卻什麼也沒說，只是連忙跟了上去。

見有人直直地往路中間走，前面抬轎的轎夫趕緊朝她揮手，大聲喊著讓夏玉華與香雪趕緊讓道。可夏玉華卻偏偏跟沒聽到似的，依舊保持著那種不緊不慢的速度往前走著。

這一下，那些轎夫更是火了，大聲罵道：「瞎了還是聾了？趕緊讓開！知不知道轎子裡坐的是什麼人？」

「路是你家的嗎，憑什麼要給你們讓，你們自己不會繞著走呀！」香雪倒是完全摸準了夏玉華的心思，因此也是不甘示弱，完全不顧平日的淑女風範什麼的，一心護主，替主子出頭地朝那些人啐罵道：「裡頭坐的是什麼人呀，倒是出來給大夥兒瞧瞧是哪家的少奶奶，這麼大的架子，難不成是哪個王府的王妃不成？」

香雪這話明顯是故意衝著那轎子裡頭的人說的，而夏玉華見自己這丫頭如此機靈又有膽量，倒是不由得笑了笑，索性站在了原地等著，看那些人能夠如何。

「找死呀！」轎前有奴才直接衝了過來，想將擋路的夏玉華與香雪直接給轟到一旁去，不過這手還沒有碰到人家半點，腳下卻不知怎的，突然一軟，直接給摔了下去。

這一摔可厲害得緊，那奴才竟然連鼻血都流了出來，不但如此，還讓後頭的轎夫不得不將轎子給停了下來。這幾名轎夫認不出夏玉華來倒也正常，不過跟在一旁的那兩名婢女卻是很快認出人來，其中一名連忙向著轎子裡頭坐著的主子稟告著。

片刻之後，那名稟告的婢女一個揮手，朝著幾名轎夫說道：「還愣著做什麼，趕緊將這兩個沒長眼擋道的東西給轟開！」

「是！」那些轎夫一聽，趕緊放下轎子，一臉惱火的朝著夏玉華與香雪而去，特別是那個摔得鼻血直流的，更是氣不打一處來，有了主子的命令，自然更是沒有理由不替自己出這口憋屈之氣了。

可是，也不知道怎麼回事，這幾個轎夫竟然差不多同時慘叫連連，沒一會兒工夫便都朝著夏玉華站的方向跪了下來，神情極是痛苦，甚至還有人嚎啕不已，顯然痛到不行。

「妳、妳到底做了什麼？」其中一人此刻是又痛又驚，看著面前一臉冷笑的夏玉華，頓時有種後背發涼的陰森之氣。

「放肆，我家小姐可是站在這裡一動也沒動，你們自己軟骨頭，路都走不穩還好意思亂怪別人？」香雪指著地上那些人訓斥道：「一群不講理的狗奴才，仗著人多還想欺負人，想強逼我們讓路嗎？看吧，這老天可都在看著呢，這就是報應，知道嗎，報應！」

最後一聲報應，香雪是衝著轎子而說的，她就不信了，那裡頭的人現在還能坐得住不出來。

果真，話音剛落，那轎子裡頭的人終於忍不住，也不用丫鬟服侍，一把掀開簾子怒氣沖沖的衝了出來來。

「夏玉華，妳這是想做什麼？好狗不擋道，夏家當真是沒落得不成樣，堂堂大小姐竟然跟條狗似的跑到外面四處撒野了！」陸無雙臉色難看不已，先前在轎裡知道是夏玉華這個賤人擋路生事時，便氣不打一處來，如今再看到自己這班奴才竟然一個個如此狼狽，更是氣得不行。

「沒用的東西，還不給我滾到一邊去，躺在這裡很舒服是不是?!」說罷，她又衝著那幾個痛得還沒來得及爬起來的轎夫大聲的訓斥著，一洩心頭的怒火。

真是太讓她丟臉了，這麼多個大男人竟然連兩個手無寸鐵的女人都搞定不了，養著這一群飯桶還有什麼用？

原本因為小弟的事，陸無雙便已經在心裡頭將夏玉華給掐死了千百次了，她一收到家中送過來的信，馬上便猜測到肯定是夏家這個賤女人做的，沒想到這賤女人竟然如此不知死活，還敢這般囂張的衝到她面前來挑釁！

這還真是少見，往常這賤人就算再可惡，也從沒有主動跑過來跟她挑釁過，這次卻一反常態，不但敢對她小弟動手，而且還跑到路上專門等著她來示威，當真以為她陸無雙是這麼好惹的嗎？

見陸無雙一出來便跟個潑婦一般張口罵人，香雪可是不依了，正欲出聲護主，卻見夏玉華微微側目朝她輕輕搖了搖頭，不讓她再繼續說。見狀，她只好忍了下來，先看看情況再說，以陸無雙這麼囂張、狠毒的個性，怕是不會輕易罷手，這會兒工夫也不知道松子在哪裡。

不過香雪也並不害怕，憑她對小姐的瞭解，肯定是不可能一時衝動下做那種只惹是生非的傻事，更何況先前陸無雙那幾條狗無緣無故的受傷，想想都知道肯定是松子暗中出手的，如此一來，香雪倒是對松子心生崇拜，暗自喝起采來。

而夏玉華見陸無雙那般毫無形象的辱罵，卻絲毫沒有生氣，不惱反笑著朝陸無雙說道：「我道是誰這麼大架子，竟然非得強迫著別人讓道，原來是端親王府，鄭世子家的……小妾呀！」

「妳！」聽夏玉華在大街上這般羞辱自己，陸無雙臉都氣白了，伸著手指正欲反駁，不過卻還是慢了一些，再次被夏玉華給搶先說了下去。

「陸無雙，雖說妳不是世子妃，只是妾室，不過好歹也是端親王府家的女眷呀，剛才仗勢欺人要我們讓路時可沒少擺端親王府的威風，這會兒說起話來怎麼如此低俗，言行舉止可完全不似王府家眷應該有的樣子呀！」

夏玉華微笑著說道，一臉的優雅從容，與氣急敗壞的陸無雙相比，當真是一個在天，一個在地。

兩邊陸陸續續圍過來不少看熱鬧的路人，聽到夏主華說的話都不由得小聲議論起來，甚至還有膽子大些的開始朝著陸無雙指指點點的。

看到這情形，陸無雙左右看了一會兒，只得暫時強忍著心頭之火，略微收斂了些，朝著夏玉華面無表情地說道：「妳到底想做什麼？」

「不是我想做什麼，是妳的人想做什麼？這麼大一條路，又不是妳家開的，為什麼非得我讓道呢？這幾個奴才聽了妳的吩咐後，還想動手打人強行逼我讓道，妳說到底是誰的錯呢？」夏玉華一臉認真講理的模樣，不緊不慢的說著，今日她倒是得讓陸無雙好好嘗嘗什麼叫被人欺負的滋味。

「照妳這麼說，今日我還得給妳們讓路不成？憑什麼？」陸無雙輕笑一聲，這會兒倒是已經恢復了表面的鎮定，顯露出了她那自信滿滿的美麗笑容，頓時讓人覺得的確是風姿不凡。

見陸無雙已然換上了往日那副自以為是的嬌容，夏玉華越發的覺得好笑，搖了搖頭不在意的說道：「那倒不是，我素來講理，也不是那種蠻橫之人，怎麼可能非得叫妳讓路呢，只不過路是可以讓，但好歹你們說話做事也得客氣些吧，我夏家雖然敗落了，不過臉面還是要的。難不成妳非得仗勢欺人，損我臉面不可？」

「好一張利嘴，像妳這樣，死的都可以說成活的！」陸無雙白了夏玉華一眼，不屑地說道：「臉面？今日我若不給妳這臉面又如何？落地的鳳凰不如雞，妳難不成還以為自己是以前那個大將軍王家不可一世的大小姐嗎？」

說罷，陸無雙鳳眼一掃，朝一旁那些看傻了的奴才怒斥道：「都傻了？養你們是讓你們跟這些人一起看熱鬧的嗎？」

那些奴才一聽，頓時回過神來，其中一個機靈些的馬上便領會到了主子的意思，趕緊帶著人將一旁看熱鬧的路人給趕了開來，守在一旁不讓那些人靠近繼續圍觀。

人多勢眾自然還是有些好處的，一般人雖然都喜歡看熱鬧，不過卻也怕事得很，見到那些奴才個個一臉凶樣，倒是沒有誰敢再強行過去瞧了，只不過好奇心終究還是在，遠遠的看著，不時交談著一二。

看到這情景，陸無雙已是一臉的得意，不過夏玉華卻並沒有半絲惱火的樣子，反倒是再次笑了笑道：「何必如此呢，那些百姓聽不到、看不到，只怕這心裡頭會更加好奇，指不定會猜測些什麼東西來。算了，妳若執意不願客氣一些也無妨，這江山易改，本性的確難移，我也不強求。反正相比於妳其他的一些所作所為來說，這一點不講理又算得了什麼呢？」

「夠了夏玉華，我沒心情跟妳在這裡鬥嘴，妳把我小弟害成那樣子，我還沒找妳算帳呢，今日妳竟然還敢自己送上門來！」陸無雙咬著牙，一臉恨意地說道：「別以為我不知道是妳做的，妳給我等著，遲早會讓妳連本帶利的還回來！」

見到陸無雙如此強烈的恨意，夏玉華不由得搖了搖頭道：「聽說妳小弟是被什麼不乾淨的東西給嚇傻了，起先我還不信，不過這一回倒真是信了。怎麼，這樣妳就心疼了、難過了？」

說到這裡，夏玉華陡然神情一變，當著眾人的面朝著陸無雙厲聲斥責道：「妳找人給我弟弟下毒之際，怎麼就沒想過那也是別人的弟弟，那也是一條人命呢？像妳這般惡毒害人性命之人，還配跟我提什麼算帳？要算的話，妳這一輩子怕也還不清！」

聽到夏玉華的斥責，陸無雙頓時神色有些慌亂，朝四處看了看，雖然身邊沒有外人，不過隨行的這些奴才卻都是端親王府的，並非陸家之人，因此多少還是有些擔心的。

「妳胡說八道什麼，誰給妳弟弟下毒了，夏玉華，妳別在這裡血口噴人！」她暗自穩了穩神，趕緊否認道：「妳若再在這裡胡說八道，破壞我的名聲，我馬上便讓人去官府告妳誣告，到時妳就等著坐牢吧！」

這樣的威脅對於夏玉華來說一點作用也沒有，她冷哼一聲，一臉冷漠地朝陸無雙說道：「妳若有這膽去告便是，還省了我的事！」

她邊說邊揚了揚手中的帕子繼續說道：「別以為妳做得有多乾淨，天網恢恢，疏而不漏，這話聽過沒有？」

看到夏玉華手中的那條帕子，陸無雙下意識的摸了摸自己的袖袋，神情越發的難看起來，她萬萬沒有想到不小心弄丟的那條帕子竟然到了夏玉華手上。如此看來，那漢子死之前一定是什麼都說了，說得一清二楚了！

真是個沒用的東西，她心中頓時又是惱火無比，當時怎麼找了個這樣的孬種做這種事？

事情沒成不說，還讓夏玉華給抓住了把柄，這會兒害到了自家小弟不說，還不知道這女人接下來要幹出什麼事來。

「妳想做什麼？別在這裡嚇唬人，妳若真有什麼證據就直接去官府告我呀，看有誰會信！」她強裝鎮定，這會兒打死也是不能承認的，再者如今夏家這般敗落，單憑一條手帕，又怎麼可能這般輕易的扳倒她，否則的話夏玉華早就動手了，還用得著到這裡來跟她說這麼多廢話？

「我想做什麼？」夏玉華反問了一聲，而後一副思索的樣子，慢慢說道：「我想做的事情還真是不少呢。陸無雙，咱們好歹認識了這麼多年，我的性子妳應該還是知道一些的吧？人不犯我、我不犯人，人若犯我的話，妳說我會怎麼樣？」

「妳這是在威脅我？」陸無雙恨恨地說著，無奈心中終究還是有些顧忌，不再似先前那般猖狂。

「威脅？不，這是警告！」夏玉華冷冷的說道：「我弟弟命大，躲過了這一劫。我要是妳的話，最好祈求夏家的人從此平平安安永無意外，否則夏家之人再有什麼意外的話，陸家可就不是嚇傻一個兒子這麼簡單了！如果你們不相信報應的話，大可以再試試看，再怎麼說，陸家的人也比我夏家多得多吧？」

威脅？就是赤裸裸的威脅又如何？不但是威脅，而且更是最後的通牒，在她徹底扳倒陸家之前，她不會再給陸無雙以及陸家其他人去害夏家的機會。

「就憑妳這些話，我現在使可以讓官府的人來抓妳，妳別以為……」陸無雙氣得不行，可話還沒說完卻再次被夏玉華給打斷了。

「行了，妳就別說這麼多沒用的話了，我若還怕妳這些，今日便不會站在這裡了。」夏玉華邊說邊上前兩步，特意湊近一些，一臉惋惜的說道：「對了，還有件事我想來想去覺得還是告訴妳較好。如此一來，妳也沒旁的閒工夫成天惦記著想那些惡毒的法子去害我夏家了。」

聽到這兒，陸無雙的臉已經黑成了豬肝色，揚起手掌就朝著夏玉華揮了過去，想要先一解心頭之恨再說；這個女人實在是太讓她恨得無法忍受了，她也顧不得那般多，想也沒想便動起手來。

可誰知她的手才剛剛揚起，卻被不知從哪裡突然飛出的石子給打中，一下子痛得無法形容。

「啊！」陸無雙慘叫一聲，連忙縮回手來，一旁的丫鬟還沒來得及去扶，卻見她再次大叫一聲，隨即竟撲通一聲跪倒在夏玉華的面前。

身旁的丫鬟嚇壞了，趕緊衝上去扶起自家主子，目光卻四下打量，如同見了鬼似的，一臉的驚恐。而其他的轎夫與家丁見狀，也嚇得不輕，連動都不敢動了。

「什麼人？趕緊給我滾出來，別再躲著裝神弄鬼了！」陸無雙簡直快瘋掉了，大叫一聲將身旁的丫鬟給推了開來，簡直顏面盡失。

而遠遠圍觀的那些路人更是伸長脖子看著熱鬧，不時交頭接耳的議論著。

「別喊了，妳總是這樣動不動就想傷人，再嚷嚷的話，小心妳那張引以為傲的臉再也沒人想看半眼！」夏玉華冷冷的掃過失態萬分的陸無雙，一臉嫌棄的退開了一些，似乎與這種人走得太近會把自己也弄髒一般。

這一聲威脅倒是實實在在的受用，哪個女人不緊張自己的那張臉呢？想到自己還有先前那些奴才都被人暗算卻毫無辦法，連那人的影子都找不出來，一時間陸無雙不由得怕上了三分。

「好，算妳厲害，今日我便讓妳一回，給妳讓道！」她恨恨地說著，心中還惦記著趕緊回陸家，一來看看小弟怎麼樣了，二來也好與父親商量對策。

「慢著！讓道可以，不過我的話還沒有說完！」夏玉華卻是並沒打算就這般了事。「先前都說了，有件事還是得提前給妳報個信才行，好歹以前我也喚過妳一聲姊姊。」

「有話就說，少在這裡裝模作樣！」陸無雙可沒心思再聽夏玉華胡扯，而且這賤人也不會有什麼好事。但卻還是不得不老老實實的站住了，等著那女人將話說完。

夏玉華不由得笑了笑，而後一臉愜意地說道：「耐煩點，我這不都是學妳的嗎？嗯，對了，聽說世子很快便要迎娶世子妃了，妳可知哪家的姑娘將會來做妳未來的女主人，當家主母？」

夏玉華特意提到女主人、當家主母幾個字，那個不可一世的陸無雙呀，也許這便是她心中永遠的疼吧！上一世如此，這一世更加是！上一世至少她還有希望，有鄭世安的寵愛，而這一世，她只會一無所有！

陸無雙聽到夏玉華說的話，心中頓時一驚，不可置信地說道：「妳別胡說了，端親王什麼時候說過要給世子選世子妃了？」

「沒有嗎？只是妳不知道吧，世子都這個年紀了，難不成妳還以為是在替妳留著世子妃的空位？別作夢了陸無雙，那個位置永遠不是妳的。依我看，妳日後還是少花些心思想著害夏家，多花點精力想想如何能夠在世子妃過門後保住妳這姨娘的位置吧。我聽說鎮國公的寶貝孫女那性子可不輸妳半分，而且還特別容不得人，看來日後這端親王府的日子可是精采不已呀！」

夏玉華笑得極其甜美，而這笑容落到陸無雙眼中卻是刺眼無比。可現在陸無雙已沒有心思再跟夏玉華在這裡扯，受著這個女人的氣，如果夏玉華所說是真的話，那麼這事還真是麻煩大了。

讓那個臭女人當了世子妃，日後肯定四處找自己的碴不說，最麻煩的是那鎮國公向來與父親不對盤，如此一來，陸家還不知道得被鎮國公府欺負成什麼樣！

她突然想起前些天去請安時，不經意間聽端親王妃跟人提到了鎮國公來著，現在想想無緣無故的怎麼可能提起這些，看來夏玉華所言並非虛假了！

「妳是如何知曉？」陸無雙本不想再理會，但心中終究還是按捺不住，雖明知夏玉華不可能真這麼好心告訴自己，但依舊忍不住問了一聲。

「行了，道也不必妳讓了，還是我讓吧，如今我是一介平民，而妳雖說是個妾，卻終究還是端親王府的女眷，我就是不看僧面也還是得看佛面的。」夏玉華並沒有回答陸無雙的問題，轉身徑直準備離開，因為這一切本就是特意為這個女人量身訂製的。

不過，她似乎又想到了什麼，再次回頭朝著一臉難看的陸無雙說道：「對了，如果妳或者陸家人還覺得日後有多的時間來找夏家麻煩的話，那我不介意再幫你們陸家多找點事做做。放心，我不是開玩笑的！」

說罷，夏玉華沒有再理會那被氣得臉都快變形了的陸無雙，帶著香雪徑直揚長而去！

——未完，待續，請看文創風132《難為侯門妻》4

福晉很忙

全套三冊

不按牌理出牌、妙語如珠盟主／涼風有信

宅門（誤）／宮門（大誤）／原創好文開心就好

吾本逍遙一宅女，愛山愛水愛畫畫，

奈何一日入皇家，

吃得苦中苦，方為小福晉……

站在風口浪尖不好玩、在皇子身邊求生存的日子當真挺難過的，
耿綠琴怨氣頗深，隨時蹺府出走的念頭越來越強。
總之福晉可不當、自由不能棄，這詭異平和的日子不適合她！
可謎啊謎～～幾年過去她竟兒女成群，儼然府裡第一主母 ?!
這事事不如意不順心外還倒著發展的情況真令她暈！
並且有賴她的平庸平凡平常心，竟在皇阿瑪那兒也得緣，
最愛對她呼來喚去，每每交付特艱鉅又莫名其妙的任務，
讓她不時得離開四爺忙活，夫妻倆鴛鴦兩分飛……
說真的，唯一只有這事兒令她好——開心哪！
看夫君冷面暗怒就偷笑，因為她吃定他了！
大老爺對外人刻薄寡恩氣場驚人，偏就對她這小福晉無可奈何，
她出外放風得償所願，他政事繁忙理應不在乎也管不著，
卻不料，寡言四爺對她實有驚天動地的陰謀安排……

種田重生／豪門恩怨／婚姻經營

痛快逆襲、深情不悔／不要掃雪

難為侯門妻

全套五冊

她，人們戲稱為京城裡的一朵奇葩，
仗著父親是大將軍王，任性妄為、胡攪蠻纏，
不顧一切嫁給癡戀的男人，
卻因此付出最慘痛的代價……
沒想到死後重生，回到一切悲劇上演之前，
這一世，她真能改變自己去糾正前世的錯誤，
阻止不幸的命運再次發生嗎？

文創風 129 1

她已下定決心不再去招惹那些虛有其表的世家公子，
一心想拜師學醫，成為真才實學的女大夫，
才有能力改變自己與父親的不幸，挽救夏家的崩毀，
但是天下第一的神醫早已放話不收徒弟，連要見上一面都很難了，
這重生後跨出的第一步還真有點傷腦筋～～

文創風 130 2

沒想到世事難料，一切似乎完全反了過來，
尤其小侯爺李其仁的出現，意外打亂了玉華的全盤計畫，
他外向、開朗，真心誠意對待她，對夏家更有莫大的恩情，
她不知道怎樣才能表達心中的感激，同時也越發的不安起來，
人情債、感情債似乎越欠越多，多得根本沒有辦法還清……

文創風 131 3

無論哪一世、無論什麼事，為了女兒，父親都可以付出一切，
這一世，就換她來付出，並討回原本屬於父親的東西吧！
哪知父親才歷劫歸來，唯一的弟弟又遭人下毒，命在旦夕，
這夏家真是屋漏偏逢連夜雨，倒楣事一齣又一齣，
但只要父女同心，其利斷金，便沒有過不了的難關……

文創風 132 4

莫家是天下首富，身為接班人的莫陽個性內斂而清冷，
給人一種不怎麼好親近的感覺，卻總在下令玉華急難時伸出援手；
一個曾經親手為母親煮麵，如今也願意為她煮麵的男子，
這樣的他便足以讓玉華動容，永遠記在心中……

文創風 133 5 完

眼看婚姻中出現了大麻煩，即便錯不在自己，畢竟事情因她而起，
解鈴還需繫鈴人，玉華決定親上火線，化解婚姻危機，
她從不信什麼改命之說，自己的命只有自己能夠改變。
兩世為人，她真真正正懂得要珍惜這愛她及她所愛的人，
斷不會再讓自己留下更多的遺憾……

風 文創
131

難為侯門妻 3

國家圖書館出版品預行編目資料

難為侯門妻 / 不要掃雪著. --
初版. -- 臺北市 : 狗屋, 2013.10-
冊 ; 公分. --（文創風）
ISBN 978-986-328-184-9（第3冊 : 平裝）. --

857.7　　102018487

著作者　不要掃雪
編輯　呂秋惠
校對　林嫵媚　黃薇霓
發行所　狗屋出版社有限公司
地址　台北市104中山區龍江路71巷15號1樓
電話　02-2776-5889～0
發行字號　局版台業字845號
法律顧問　蕭雄淋律師
總經銷　知遠文化事業有限公司
電話　02-2664-8800
初版　102年11月
國際書碼　ISBN-13　978-986-328-184-9
原著書名　《璞玉惊华》，由起點女生網〈www.qdmm.com〉授權出版

定價240元
狗屋劃撥帳號：19001626
網址：love.doghouse.com.tw　E-mail：love@doghouse.com.tw